"星云"系列丛书
主编：姚海军

星云 XIII
NEBULA
赛博桃源记

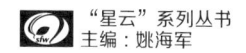

邓思渊 王元 汪彦中 江波 著

四川科学技术出版社

图书在版编目(CIP)数据

星云.XIII,赛博桃源记/邓思渊等 著.——成都：四川科学技术出版社,2023.9
("星云"系列丛书/姚海军 主编)
ISBN 978-7-5727-1138-1

Ⅰ.①星… Ⅱ.①邓… Ⅲ.①幻想小说—小说集—中国—当代 Ⅳ.① I247.5

中国国家版本馆 CIP 数据核字(2023)第 170645 号

"星云"系列丛书

星云 XIII：赛博桃源记

"XINGYUN" XILIE CONGSHU
XINGYUN XIII: SAIBO TAOYUAN JI

丛书主编	姚海军
著 者	邓思渊 王 元 汪彦中 江 波
出 品 人	程佳月
责任编辑	兰 银 姚海军
特邀编辑	汪 旭
封面绘画	安 佚
插图绘画	禄 水 小 花
封面设计	施 洋
版面设计	施 洋
责任出版	欧晓春
出 版	四川科学技术出版社
	成都市锦江区三色路 238 号 邮政编码：610023
	官方微博：http://e.weibo.com/sckjcbs
	官方微信公众号：sckjcbs
	传真：028-86361756
成品尺寸	160mm×228mm 印 张 15
字 数	206 千 插 页 3
印 刷	成都博瑞印务有限公司
版 次	2023 年 9 月成都第一版
印 次	2023 年 9 月成都第一次印刷
定 价	48.00 元

ISBN 978-7-5727-1138-1

邮购：成都市锦江区三色路 238 号新华之星 A 座 25 层 邮政编码：610023
电话：028-86361770

■ 版权所有 翻印必究 ■

目 录

一无所有　001
邓思渊

红纱之星　075
汪彦中

他　者　039
王元

赛博桃源记　143
江波

一无所有

邓思渊

任何人的创造都应该属于全人类。

邓思渊

科技行业从业者,科幻作者、评论者。其代表作有长篇小说《触摸星辰》、中篇小说《一次别离》等。其文字风格硬朗刚健,逻辑严密,追求硬核科幻设定和人性哲思的结合。

收件箱一声轻响,一条新的信息传递过来。

沃尔特抓了抓他日渐稀少的头发,拿起咖啡杯喝了一大口。这个月的任务又快要完不成了,他刚刚好不容易想出一段旋律,但是版权搜索引擎已经告诉他结论:这段旋律的和弦进行早在十三年前已经被注册为环球音乐的版权,请重新来过。这也就意味着,他不能使用这段旋律作曲,否则肯定会被环球音乐告到赔光底裤。

也罢,再想想,再想想。他的音响一直轻柔地播放着这季度最流行的热歌金曲,其中没有一首是他的作品。想当年他刚入行,凭借一股锐气,居然还写了几首歌打榜上了当月的流行榜单,那时他以为这会是他走向巅峰的前奏。然而,十年后,他只能坐在这个拥挤不堪的微型工作室里,给米奇娱乐写广告音乐。而现在已经是凌晨三点,他的季度任务眼瞅着就要完不成了。

沃尔特慢吞吞地打开收件箱,是山内直子给他发的消息。按照常理,她这会儿应该还在直播。

消息很简单:"我找到了一段陌生的旋律,你看看有没有版权。"附件是一个声音文件。

沃尔特摇摇头。多半又是她那些狂热粉丝在瞎出主意,让她唱一首从没听过的歌什么的。实际上,他之前也干过类似的事情,比方说在互联网的垃圾堆里听到一首从没听过的歌,幻想着没准儿可以捡个漏。但是这种好事从来没发生在

3

他身上：结局一般都是这首歌早就在环球音乐、米奇娱乐或者"任地狱"的版权库里，想要使用，对不起，请先支付版权费用。沃尔特在这十年里，已经慢慢认识到自己不是位面之子——他当不成油管上那种叱咤风云随手就能搅动整个娱乐圈的王牌制作人，也没有中彩票的运气。这年头，制造业已经变成了全自动的，是个人就是一个什么"艺术家""音乐家""游戏主播"，他混得还算可以，至少没有失业掉到下城区。

反正没什么事，听听看好了。

沃尔特停掉正在播放的音乐，点开声音文件。文件里确实是一首歌：时长是四分二十六秒，有人声，有伴奏。这首歌明显是一首摇滚乐，使用标准的摇滚乐四大件演奏，有主音吉他、节奏吉他、贝斯和鼓。不过，这首歌很显然是现场录制的，台下听众的欢呼声很明显，而且录音质量极差，又在多次格式转换中进一步丢掉了保真度。沃尔特只能大致听出有人声在演唱，但是唱的是什么根本听不清楚，就连是哪国语言都分辨不出来，只能确定不是英语。

最重要的是，这个旋律他确实从来没有听过。

这点非常奇怪。如果说这首神秘的曲子的旋律是某种复杂而怪异的展开，沃尔特没听过是正常的。音乐史上奇奇怪怪的、不为人知的歌无穷无尽。但是，这首歌是大调的纯四度音程，色彩非常明亮，沃尔特听过两遍之后就会跟着唱了。像这样明快、悦耳的旋律，沃尔特怎么可能完全没听过？这首歌肯定能火！沃尔特做出了判断。

沃尔特将旋律输入版权搜索引擎。他猜想，这或许是一首流行音乐刚刚兴起那会儿的大热歌曲，这么多年已经过气，所以他才从来没有听过。毕竟他只是一个没什么名气的小制作人，不能和版权搜索引擎相提并论。

三十秒过去了。沃尔特感觉不对劲。搜索引擎的结果返回一般是即时的，他从来没有遇到过十秒之后搜索结果还没有显示的情况。难道……

漫长的一分钟之后，搜索引擎的页面终于刷新："对不起，并没有找到一致的结果。以下是几个类似的结果……"

沃尔特点开几个类似结果听了听。有些相似，但是完全相同的并没有。

也就是说，版权搜索引擎告诉他，这段旋律并没有在版权数据库里，没有人知道，没有人听过，他可以随意使用。

这相当于，他走在路上，突然有人出来祝贺他获得了他从来没买过的彩票的大奖。

沃尔特的年纪已经足够大，知道这种事情是不可能的。想到这里，他拨通了直子的电话。这个时候她应该已经下播了。

嘟嘟几声之后，直子接通了电话。她还没有卸妆，但是精致的妆容完全遮盖不住她眼神里的疲惫。"沃尔特，怎么样？你看到我之前发你的消息了吗？"

"我看到了，也去查了。没找到来源。"沃尔特简短地说，"你从哪儿找到这文件的？"

直子的眼睛睁大了，"真的?!"她爆发出一声尖叫。"那我们可要发了……不行，在这里可别说这个。"她迅速压低了自己的声音，"我还有事，我们见面聊。就这样，拜。"没等沃尔特反应过来，她就挂断了电话。在视频窗口消失的最后一帧画面里，沃尔特看到直子眼睛里反射的光线，比她过去十年的都要明亮。

直子和沃尔特是大学同学，两个人都就读于钢琴系，后来沃尔特去做了幕后制作人，而直子走上了前台。大学那会儿，沃尔特暗恋过直子，但是十年之后，两人已经是非常单纯的合作伙伴关系。跟沃尔特一样，直子在刚出道的那段时间凭借着年轻的容貌和活力，成为"颇有潜力""前途光明"的年轻歌手，"才貌双全"的"唱作人"。虽然沃尔特知道，她没有任何作曲上的才华，标着直子作曲的作品基本上都是其他人给她写的，沃尔特也贡献了好几首。她之后的经历跟沃尔特差不多：在公司投入了大量资源之后，直子始终没有大红大紫，在新鲜感和年轻的活力被无情的市场机器耗干之后，她只能过气。现在，直子是一个有着奇怪艺名的三线深夜偶像，靠着直播里那一点点的忠实粉丝为生。

如果说，这首歌真的没有进入任何唱片公司的版权库的话……沃尔特想象着这个美好的场景。

大学里，他的学长和学姐在喝醉了之后告诉他，遥远的黄金年代，曾经有一个不存在版权的美好年代。那个时候人们可以随意地创作音乐，没有公司会因为个人创作的音乐侵犯了他们不存在的版权而把对方告得底裤都赔掉。你的音乐创作出来就能让所有人听到，获得荣誉和收入的都是音乐的创作者，而不是该死的公司。

在如今这个年代，遥远的美好年代已经成为神话。不过，例外总是存在的。业界总有运气极好的个别人，偶然创作了一首大热歌曲，还能将版权收归自己名下，从而名利双收就此走上人生巅峰——沃尔特知道有几个目前业界的大佬就是通过类似的经历发达起来的。

自己或许能够借此机会成为这群人中的一员……

前提是他要小心，再小心。他必须要做成铁案，要让公司没有任何把柄可抓。他必须确认这首歌的版权不在任何公司，还必须证明这件事情从头到尾都跟公司没有半点儿关系——这也就意味着他不能在公司的设备上做这首歌的研究，否则公司的律师一定会主张这是公司的财产，而法官一定会倒向公司。这个世界就是如此。自从国会通过法律，确认版权不再有时效性，在那之后，公司就控制了整个世界。在音乐界混了十年，他对此没有幻想。还好，他的这间工作室里所有的设备都是他自己花钱攒出来的，没有找公司报销。幸亏直子不是在他理论上的工作时间段给他发来的链接，不然他的麻烦就大了。

这件事情必须和直子强调、再强调才行。他想着，打开软件创建了一个新项目，把那个文件拖入项目，标注为"隐藏"，顺手加上了三十二位的密码和层层防火墙。他全盘清理了数据库，确保其他地方没有留下任何痕迹。不知道这么做是否能够抵挡住公司的监控软件。他只能向某个不存在的音乐之神祈祷。

"所以……上次我跟你说的那件事情怎么样了？"直子问得很含糊，但是沃尔特知道她在说什么。就算他们现在坐在一家快餐店里，她仍然不敢把事情说得太清楚，公司可能会听见——不管以什么样的技术形式。他们选择这家快餐店也是经过了精心考虑，位于下城区，周围都是低等级住宅，鱼龙混杂，公司的触角很难伸到这里。今天是他和直子难得的休息日，直子没有化妆，保养得很好的脸上露出一丝青色，这是长期过劳的痕迹，就算用大量的靶向基因保健品也无法祛除这种青色。

"没找到来源。"沃尔特摇摇头。努力装成一副苦瓜脸。

"哦，那可是太遗憾了。"直子垂下头去，努力掩饰自己心里的高兴，"详细说说？"

这一周，沃尔特基本上把所有的业余时间都用在了寻找这首歌的来源上。然而，就跟他第一天在版权搜索引擎上得到的结果一样，一无所获。他挖掘了那些古早的不为人知的数据库，听了大量的没有收录进数据库的、分散在互联网各处的零零散散的音乐，甚至还去他知道的某些秘密地下盗版音乐论坛里找了，仍然没有结果。

"不过，我倒是可以确定这段录音的年代。"沃尔特说道。

"哦？"

"我研究过了这段录音的波形，在大约84Hz的位置，有一个很特殊的缺口。这个频响缺口是Electron模拟信号合成器K-88的第一批次的一个特殊缺陷，只出现在这个型号的第一批产品上。你猜对了，这个设备最早是在1988年发售。"

"哈，那就是正好一百年前。你哪来的这种奇奇怪怪的知识？"直子评论了一句，毫不留情。

"我……最近认识了一个非常了解音乐历史的大佬。极懂设备，就连一百年前的设备都懂。"沃尔特是在一个地下盗版音乐论坛认识的这位匿名用户。这个音乐论坛里潜伏有大量的音乐界业内人士，也经常分享没有版权的音乐，其中也包括他们自己创作的。这位匿名用户经常无偿为论坛中的ID解决问题,回答疑难,所知近乎无所不包。沃尔特小心翼翼地发送了一个切片给他,很快他就给出了回答。

"不会是……骗子吧？或者干脆是公司的技术团队伪装的……"直子压低了声音。

"这种事情……只能赌一把了。"沃尔特也没什么办法。他知道自己是在冒险,但是别无他法。他只能相信自己做足了措施,也相信这位匿名用户的人品——这个地下盗版音乐论坛能活到现在,某种程度上是靠着用户的独立意识和共享精神,不然早八百年前就被执法机构爆破了。

"哼。姑且只能相信你了。一百年前的录音……岂不是当时连数字设备都没有？"

"所以你是从哪里搞到这个录音的？"沃尔特转变了话题。

"不知道。看到的时候就已经躺在我的收件箱里了。原本以为是某个狂热粉丝发私信骚扰,结果一看不是。"直子耸耸肩。

"你有那么多狂热粉丝吗？"沃尔特决定刺她一下。

"唉……有就好了。"跟沃尔特预期的不一样,直子居然没有反驳。她露出了一脸的沮丧。看来情况真的不怎么好。"上面说了,如果流量变得更差的话,他们可能会考虑砍掉我的直播……"直子的声音慢慢减弱,低下头去,沃尔特看不见她的表情。对于直子这种过气三线小艺人来说,砍掉直播,也就意味着失业。一个月之内,她就会丢掉她那间公司分配的、位于中城区的公寓,搬到下城区来,只能干些给酒吧卖唱什么的活,那之后——沃尔特不敢往下继续想。

"沃尔特,这个录音文件是我最后的指望了——算我求你了,如果这事能成,咱们六四分——你六我四,怎么样？好歹是我最早发现的。"直子抹抹脸,声音有些变形。这是她极少见的显露出软弱的时刻。沃尔特知道她说的都是真的,但是沃尔特自己的情况也没有好多少。他已经两个月没有完成公司下达的指标了,他上头的经理跟他谈过一次，如果这个月的指标再完不成，就会将他列入"绩效提升计划"，到这里，他离失业就只差一步了。失业之后，他的境况恐怕并不会比直子更强。

但是这些都没必要让直子知道。他心里转着念头。朋友归朋友，利益归利益，一码归一码，这是他的人生信条，也是在这个时代能活下去的基本原则。"三七开，我七你三。"沃尔特吐出一个数字，"毕竟活儿都是我在干。"沃尔特清楚直子的报价是合理的，但漫天要价，就地还钱嘛。

"沃尔特，你这就有点儿不太厚道了。"直子果然提出了抗议，"我完全可以找其他人去做，但看在我们认识十几年的分上，我找了你，我也相信你不会坑我。但是你现在这个搞法……"直子重新坐直身子，目光炯炯地盯着沃尔特，变脸极快。或许正是这样的性格，让沃尔特最终放弃了和她发展关系。但是她确实是一个靠谱的朋友，说到做到，讲求实际，利益分配也很清晰。

经过一番唇枪舌剑的交换，最终两人同意分成比例为63%对37%。现在他们要做的是将这首歌伪装成原创并且将版权注册到个人身份上——这并不是简单的工作，沃尔特还得请个律师。现在的法律体系早已不是普通人能够理解得了的了——经过几十年的演变，法律已经极度向大公司倾斜，个人丧失了一切权利。但是理论上，个人也可以通过一系列操作拿回这些权利。他们现在是在钻一个针尖大小的空子，如果他们成功了，下半辈子的吃喝就不愁了。

"那就这么成交了。"两人签署了智能合约，现在这个分成比例已经变成了无可抵赖的事实。两人这才各自买了一份午饭吃起来。直子拿了一份薯条，问道："沃尔特，等我们发了……你打算拿这钱去干什么？"直子的脸虽然还是绷得紧紧的，但是她的高兴态度沃尔特还是看得出来。

"别高兴得太早。抱有太高期望是失望的开始。"沃尔特摇摇头。这个道理他在这十年的职业生涯中早就学会了。本质上他是一个没什么想象力的人，或许这也是他没法成为一个杰出制作人的关键原因。

"你说得对。"直子被浇了一盆冷水，话里面的热情也消失了。两人就这么沉默地吃完这顿简陋的午餐。接下来，两人约定下一次也在同一个地方见面，随后各奔东西。

出了门，直子跳上一辆出租车，消失了。这个餐馆离沃尔特的住处不远，沃尔特决定走回去。他的住处在中城区靠近下城区的一栋公寓楼里，环境和设施远远不如直子的那栋，好处是便宜。

导航软件指出一条路。来时沃尔特坐车，还没有什么感觉，但是回程中沃尔特感觉周围的气氛逐渐变得不对劲。他穿过的这个街区，是城市里最破败的区域之一，街道上散落着各式各样的垃圾，建设超过百年的高楼大厦根本无人维护，大多数窗玻璃都已经消失，而那些原本是玻璃幕墙的摩天大楼干脆就只剩下了已经朽烂的金属框架，还时不时地发出怪声，偶尔还会有垃圾砸在路上，让沃尔特不得不绕着走。他遇到的路人极少有肢体完好的，大多数都是缺少一只手或者一只脚，用最便宜的金属义体替代。沃尔特知道有那种从外表上几乎看不出来的高级仿生义体，很显然这些下城区贫民窟的人都用不起。还有不少流浪汉干脆直接躺在路边，"大"字一摊，人事不知，应该是药物成瘾的结果。

这些人的悲惨命运或许是因为贫民窟里无休无止的暴力冲突，或是在建筑工地和自动工厂里受了工伤，沃尔特不知道也不想知道。在这个时代，每个人只能对自己的命运负责。他加快脚步，赶紧逃离这里。

"这位先生行行好，能不能给点儿钱，让我买点儿吃的……"就在此时，沃尔特听见了一个流浪汉微弱的声音。他转头一看，一个穿着一身已经脏得看不清颜色的迷彩军装的流浪汉半躺在马路牙子上，向他哀求道。这个流浪汉瘦得惊人，只剩下一条腿，连义体都没有。他的一双眼睛里透露着茫然，没有任何智慧的痕迹。他身上有一股浓重的味道，沃尔特也闻不出到底是什么。

"我是上次大西洋战争的老兵，我为国家流过血，我替上面立过功……"流浪汉喃喃自语道，"啊，打仗真好啊……吃得饱，穿得暖，可以杀人，还有不限量的多巴胺K可以用……先生,行行好,给我点钱吧,我可以去买多巴胺K……"老兵伸出手抓住沃尔特的裤子,他只能停下脚步。

又是一个药物成瘾到迷糊的老兵,沃尔特这几年见过好几个这样的人。要不是这些人,沃尔特还不知道南大西洋战争——媒体从来不提这场战争,仿佛它不存在一样。不过是一场发生在距离美国几千公里的、某个第三世界国家的战争,结果就是花了几千亿美元,城市街头上多了几个像这样的残疾老兵而已,对美国没有任何影响,不值得美国人记住。沃尔特打算甩开老兵的手,赶紧溜走。

街对面几个身材粗壮的路人向这边看了过来,眼神冷漠。沃尔特只能从裤子口袋里掏出一把塑料币,撒在流浪汉身上,"喏,拿这些钱去买点儿吃的,不要再纠缠我了。"

"谢谢这位好心的先生……"老兵松开手,将塑料币拢成一堆。沃尔特拔腿就走。

"有没有时间见面?就现在。"电话里的直子很是慌张。她没有露脸,这很不寻常。

"我还没下班。到底是什么事情?"沃尔特回答道。他的眼睛仍然盯着屏幕,因为他好不容易来了点儿灵感写出了一段旋律,可不能在这个时候断掉。

"这个……我只能见面说。"直子犹豫了一下,说道。实际上,沃尔特大致猜到了是什么事情——那首神秘的歌。他正在和律师商量,进展颇为顺利。直子那边可能出了什么问题。如果是这样的话,沃尔特想到,还可以借此机会拿捏她一下,再提高一点儿分成比例。

"那你什么时候有空?越快越好。"直子的语气中流露出一丝哀求。她以前可不这样。

"行吧,等我下班。"沃尔特用漫不经心的语气说道,"十点半怎么样?老地方?"

"行。"

"公司发现了。"

沃尔特赶到他们两周之前碰面的那个下城区快餐馆时,已经十一点多了。餐馆里没什么人,只有几个流浪汉躺在餐厅门口,吸收着一点点的热气。直子早就到了,她还留着直播时候的妆容,左顾右盼,显然是心乱如麻。沃尔特坐到她面前,而她的第一句话就给沃尔特一道晴天霹雳。

"什么?!"沃尔特低吼道。他之前设想的所有美好的计划和行动,都被直子吐出的这几个字打得粉碎。他不是没有想到这个可能,但是他之前尽量不去想。

"总之……就是公司发现了。"直子双眼无神,茫然地扫视着周围,尽量不与沃尔特眼神对视,"我也不知道是怎么搞的,我明明都做了最大限度的预防了……"

直子捂着脸,断断续续、毫无逻辑地讲了事情的经过:公司的知识产权部门突然找到直子,表示她非法地拥有一项公司的资产,也就是那首歌。如果她不在时限以内交出那段录音,他们就会开除并且起诉她。到时候她面临的是比死还惨的下场。

"我该怎么办?"直子四处乱瞟的视线终于盯住了沃尔特,"你那边怎么样了?"

"进展得很顺利。"沃尔特含糊地说道,"他们说时限内交出,是具体多长时间?"

"呃,七十二小时内。"直子说出了一个数字。

"那他们提到我了没有?"沃尔特紧追不放。

"那倒没有。"直子立刻回答。很快她反应过来,开始盯着沃尔特,显然是对沃尔特这几个问题有所领悟。

"如果我们在时限之内把流程走完,我想这应该会没问题的。"沃尔特慢吞吞地说道。实际上会更好,他心想。如果直子被公司干掉,他完全可以独吞这首歌的版权收益,只需要在合同里修改几个条款就行。反正他还没有被公司注意到。

"这可不行!"直子站起来大喊,"公司已经盯上我了,就算你能抢在公司前面注册,最终遭殃的还是我……"

"别喊那么大声!你看别人都注意到了。"沃尔特抬起手,示意直子冷静下来。

"这可不行。公司已经盯上我了。我得把这首曲子交上去。你不同意我就把你也供出来。"直子绝望地说道。她脸上的银粉被划得一道一道,在日光灯下闪着银光。

"好好好,就听你的。"沃尔特连忙说,"不过你可不可以稍微拖延一下?毕竟我们还有七十二小时,看能不能再想出点儿办法,让我们两个人都能在这事上脱身,没准儿还能赚一笔。"

"这个……"这会儿直子也冷静了下来。她沉吟着,意识到沃尔特的建议很有说服力。

"这样,我们都先回去睡一觉,等头脑清醒一点再做决定,好不好?这会儿我们都累了,肯定没法想出好方法。"沃尔特循循善诱。对不起了,直子。他已经决定在这件事情上抛弃直子。每个人都要为自己的命运负责。这是一个天大的机会,不可能用任何东西来交换,十年友情也不行。实际上他跟律师的注册流程已经走到最后几步,只需要拖过这二天,他就是这个世界上少数的拥有一首歌版权的个人。这足以保证他下半辈子衣食无忧。

直子再次抹抹脸。"行吧。我现在好乱。有什么新的想法或进展,一定要告诉我。"直子直接站起来走出了餐馆,没有跟沃尔特打招呼。她现在显然心乱如麻。沃尔特已经下定了决心,在注册流程走完之前,一定要稳住她。

沃尔特稍微多坐了几分钟,才站起来走出餐馆大门。直子已经不见踪影,多半是打车走了。夜晚的寒风让他裹紧了自己的衣服。下城区的基础设施大多无人维护,路灯基本都已破败,周围一片漆黑,只有餐馆玻璃窗泻出的灯光照到外面。他扫视了一下周围的情况，联想到他上次从这里回家的经历，决定还是叫一辆出租车。反正他马上就要暴富了。

车很快来了。他钻进车里，余光发现四周的黑暗中似乎有几点微光一闪而过，可能是路过的居民。此时他的手机振动，沃尔特低头打开屏幕，是直子发来的一条信息。哦？她这么快就有新的想法了？

直子发来的是一个电话号码和一段文字："联系这个人，他可能有办法。"不知道是什么人，没准儿是一个很厉害的黑客，能跟公司对抗的那种。

沃尔特回了一个"知道了"。明天正好是休息日，他决定还是去联系一下，没准儿真的有用呢。无人驾驶的出租车平稳地驶过下城区的街道，两侧的灯光劈开黑暗，时不时照射出一些朦朦胧胧的人影，大多数都躺在地上，不知道是死是活。而这些人加起来，都没有计价器上跳动的数字更让沃尔特心惊肉跳。

不要想这些，沃尔特，你马上就要发财了。沃尔特对自己说道。至少你不是车窗外面的这些人。想到这里，沃尔特感觉安心了一些。

床头柜上的振动吵醒了沃尔特。他很不满地睁开眼睛。刚才他做了一个美梦，梦见他"创作"的这首歌大红大紫，他赚得盆满钵满，坐在上城区最豪华的高层公寓的床边喝着红酒。结果睁开眼睛，他还是待在这间狭小逼仄的公寓里。

"到底是什么鬼消息……"他伸手拿过手机。但愿不是经理要找他。点亮屏幕的那一刻，他看到那则消息，浑身仿佛被泼了一盆冷水。

昨晚，一名女子在下城区被杀害，推定为抢劫并二级谋杀。女子的身份已经确定，山内直子，隶属于米奇娱乐的网络主播，人气一般。警方已初步锁定嫌疑人，凯文·斯科纳，三十三岁，无业，美军退伍老兵。现附上照片，如有市民发现此人，请及时通知警方云云。那张照片上的男人，赫然就是沃尔特前两周在下城区碰见的流浪汉。

直子死了?! 还是被自己碰见的那个流浪汉杀死的？沃尔特不知道该如何理

解这件事。这真的是普通的治安案件吗？直子或许只是纯粹地倒霉？毕竟下城区每天至少会出现五起枪杀案……但是那个流浪汉，怎么也不像是能够犯下这种案子的人……难道，他心里产生了某种很不好的感觉。

一条新的信息跳出来。是经理。他这才发觉，刚才的这条新闻是经理给他发过来的，否则他在自己的新闻抓取时间线上未必看得到。新的这条信息内容很简单："我们公司的一个艺人死了，沃尔特，你也要注意安全。另外，下周一来公司，有件重要的事情，我们需要谈一谈。"

这条信息仿佛生长着实质的尖刺，让沃尔特的眼睛发疼。它并不像是某种提醒，而是威胁：我知道你做了什么，小心点。

沃尔特内心那种很不好的感觉被放大了。公司已经知道了。直子或许就是这么死掉的，他是下一个。什么律师、版权法，都没有用。公司认真起来，可以为这么一件事杀人的。

沃尔特一股脑儿爬起来，找到直子昨天晚上给他发的最后一条消息——那个电话号码。联系这个人，他可能有办法。这是沃尔特最后一根救命稻草。说不定有用呢？

"嘟，嘟，嘟……"电话那头只是忙音，没人接。

沃尔特的心又凉了下去。不知道昨晚直子出于什么原因给了他这么个电话号码，是否在公司杀掉她之前的最后一刻，她那时到底是怎样的心情？

就在沃尔特即将挂掉电话前的最后一秒，电话转为自动应答。传来的是一个醉醺醺的中年男人的声音："打这个电话的，别打了，直接来一三一大街一百〇三号找我。门不开就使劲多敲敲，我会醒的。"

一三一大街，沃尔特从来没去过。那里是比下城区还要靠南的地方，是战前的工业区，战时被轰炸过，后来随着全自动工厂的建立被完全废弃，很少有人愿意去那个鬼地方。

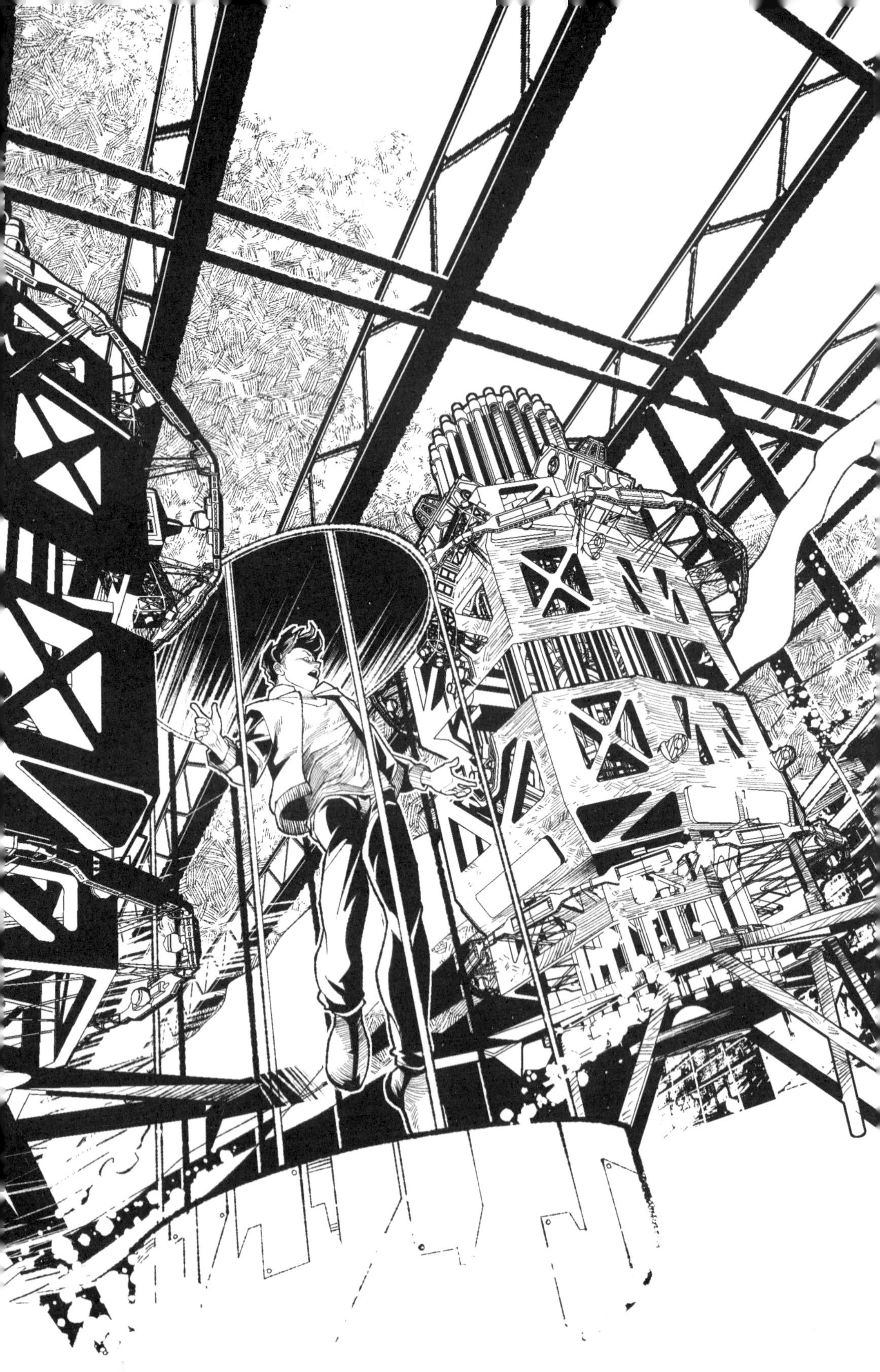

幸好现在出租车是全自动驾驶，否则沃尔特很难找到愿意去那里的出租车司机。出租车驶下州际公路匝道，向着目的地前进。道路变得越来越残破，路边的建筑无人居住，干脆变成了一座丛林，连水泥马路的裂缝中也长出了高大的植物。看上去根本就没有人在此生活——为什么会有人住在这种地方？

出租车足足开了一个半小时。在离一三一大街差不多两公里的地方，出租车彻底没法往前开了。前面的道路已经几乎不能再被称为路。四处都是大坑和裂缝，甚至还有些裂缝中长出了大树。沃尔特只好结了车费，下车独自步行前往那个地点。这下可怎么回去？就在此时，沃尔特看见天上似乎有一个什么东西反射着阳光飞快地划过去——那是一台无人机？为什么它会出现在这种地方？难道……是来跟踪他的？

沃尔特胡思乱想着，又走了好一阵子才来到了这个所谓的"一三一大街一百〇三号"。这是一个巨大的废弃仓库，看得出来原本刷了蓝色的油漆，因为长期无人维护，仓库的彩钢外墙已经锈蚀成了砖红色。在微风中，仓库某些没有固定好的零件发出哗啦哗啦的声音，让人怀疑这座仓库会不会在下一秒轰然倒塌。

真的有人会住在这里？

沃尔特走到仓库的门前。门虚掩着，他试着推了推，没推开——从门缝里可以看到背后是一把钢丝锁。在这里，锁不锁看上去也没多大区别。

这地方应该也不会有什么安防系统。沃尔特试探性地在门上敲了敲，问道："你好，有人吗？"

没人回答。里面好像根本没人。

"门不开就使劲多敲敲"，沃尔特记得自动应答是这么说的。他加大了敲门的力度，"有人吗?!"

还是没人回答。

沃尔特心一横。他干脆不敲门了，而是使劲捶了捶门板，整个仓库都发出了嘭嘭的声音，仿佛这扇门就要被他捶个稀烂。

"还活着吗？还活着的话就吭个声！"沃尔特高声喊道。

一个充满起床气的声音响起来，沃尔特松了一口气。还好他没有做无用功。"来了来了，一大早来干吗？真是，我还没起床呢……"

太阳已经划过头顶的最高位置，偏向西斜。沃尔特找到这地方本来就不容易，现在已经是下午一点半。这是什么鬼作息？

一双拖鞋的啪啪声近了，门后一阵响动，门被拉出一条缝。一个宿醉的男人的脸露了出来，胡子拉碴，双目怒视着他，"你是谁？来干吗？"

"呃，我是沃尔特，我之前给你打了电话……"沃尔特发现很难确定这个男人的年纪，从三十到五十多岁都有可能。他长着一头黑发，但已经花白，不知道是年纪大了的关系，还是基因就是这样。男人脸色极差，有着两个浓重的黑眼圈，连嘴角的口水都没擦掉，一张嘴就是一口浓重的酒精臭味，不知道昨天晚上（或者今天早上）喝了多少。

"我从来不接电话。你是来当我的志愿者的吗？"门缝里的男人继续瞪着他。

"志愿者？不不不，我是……山内直子介绍来的。"沃尔特说道，"她……或者说我遇到了一些问题，她说你能帮忙。"

听到直子的名字，男人的脸色和缓多了。"原来是小直子介绍来的啊。请进吧。"男人终于将门打开，放沃尔特进去。沃尔特这才看到这男人的装扮，他居然穿着一件脏兮兮的不知道多久没洗过的白色实验袍，袍子下面露出一条牛仔短裤，光着脚套着一双拖鞋。

男人趿着拖鞋转头走进仓库，沃尔特跟着进去了。仓库没有分隔墙体，只是入口用了几个大号的储物架稍微挡了一下，挡住了沃尔特的视线。在沃尔特目力可及的地方，摆着的最多的东西是……酒瓶。满地都是，一堆一堆的。这里简直就像是一个存放用过的酒瓶的回收站。

"小直子怎么样了？昨天她下播特别早，我们这些老粉还在担心呢。"男人说着，随手弯腰从一大堆酒瓶里捡出一个，晃了晃，确认里面还有液体，灌了一大口。沃尔特心里了然，原来这家伙是直子的铁杆粉丝。这关系可真是……

"挺好的，应该还在家休息呢。她身体不是很舒服。"沃尔特含糊地说道，决定不把直子的噩耗告诉他，否则很难预料他会有什么反应。

"哦，我忘记自我介绍了。我叫瑞克！是个科学家。"男人喝了一口，打了个酒嗝，说道，"研究的东西都是那些狗屁大学和研究院搞不出来的玩意儿。现在那些狗屁大学教授们没用，不敢搞我搞的东西。他们只会舔公司的屁股沟。"

科学家？研究什么的？在这里居然还能做科学研究？什么鬼？沃尔特脑袋里冒出了一大堆问号。

"我也懒得问直子到底说我能帮什么忙。"瑞克又灌了一口，"总之，我研究的这玩意儿绝对能帮你解决一切问题，只要你够胆量。"瑞克绕过大号的储物架，把沃尔特带到仓库的内部。这下，沃尔特终于看到了仓库的全景：就在这个巨大仓库的中央，摆着一台银白色的、沃尔特不知道如何形容的巨大机器，仿佛是两个小型核反应堆中间夹着一个一人多高的金属鸟笼，看上去非常不搭。这家伙真是个科学家？扯淡吧。

而瑞克的下一句话则让这件事的扯淡程度突破了天际，"你看到的这玩意儿，嗝，是世界上第一台可以实际使用的时间机器。"

什么玩意儿？

这是沃尔特的第一个反应。

"我就知道你不信。嗝。"瑞克又打了一个酒嗝。他随意地指向旁边一个架子上摆着的一堆垃圾，全是泥土，看上去似乎都是从地里挖出来的。"那个架子上是我之前做实验传输回过去的样品，之后我从地里挖出来的。你拿去鉴定，很多都是几百年的古玩意儿。"他看了一眼沃尔特的表情，"得了，你还是不信，我知道，这些东西都可以伪造，我说什么都没用。"他晃晃悠悠地拿着瓶子走到一张沙发前面，一屁股坐下去，又喝了一口。看样子他刚才就是睡在这上面。"总之，我不关心你遇到了什么事情。你要信我，我就把你传输回过去，你想咋折腾都行。

你把你一屁股倒霉事扔了，我有了志愿者，皆大欢喜。你不信我，那就滚蛋。我事儿还挺多的。"瑞克歪歪斜斜地躺了下去，慢慢闭上眼睛。很快，他就打起鼾来，留下沃尔特在风中凌乱。

直子把这个人的联系方式给他，不知道是存了什么心思。这绝对是个玩笑。

但是直子已经死了。为什么她会用她的命跟他开玩笑？

不，这不可能。沃尔特想拔腿就走。就在此时，他的手机响了。是律师给他发来的消息："沃尔特先生，根据米奇娱乐向法院提交的一系列证据，很遗憾，我们之间的合同会暂时冻结。必须等待法院的进一步判决，才能确定我们之间的合同是否继续生效。"

他的最后一丁点儿希望已经破灭。公司最终还是没有放过他。

"喂，瑞克，醒醒。你这个玩意儿怎么用？"沃尔特摇醒瑞克。

"所以说，嗝，你要去什么时候？"瑞克问道。现在沃尔特就站在两台核反应堆中间夹着的那个一人多高的金属鸟笼里，惴惴不安地看着瑞克在那个破控制面板上操作。这家伙仍然醉醺醺的，还时不时灌一口酒，怎么看都不太靠谱的样子。

沃尔特条件反射般想到一个月前——他可以抢到一个月的时间把那首歌的版权注册到手。这样他就可以发大财了。

"一个月前……我不知道行不行哎。"瑞克醉醺醺地说道，"可能会出现两个沃尔特。这对宇宙没准儿会有点儿影响，比方说引发大爆炸什么的。哎呀，全息量子信息论我上学的时候就没搞懂。你还是挑个你出生之前的日子吧。"

你连原理都不知道就敢搞时间机器？！沃尔特很想出声大骂，转念一想，大骂也没用。另外，就算他搞到了这一个月的额外时间，他真的能凭借着这一点点的优势和公司对抗吗？他现在已经完全没有信心了。

"那就……1988年。"沃尔特横下心。既然他已经丧失了在这个时代生存的可能性，他总可以寻找一下这一切的原因。一百年前不知道是什么样子……他对历史不怎么了解，但总归不会活不下去吧？

"好……的！1988年是吧？我看看啊……"沃尔特看见瑞克的手晃晃悠悠地点击着屏幕，有点担心他会不会输错一些参数什么的。"别、别担心。一切都能搞定，很快就好。"没想到瑞克居然猜到了他的想法。

"我还有回来的可能性吗？"沃尔特突然想到这个问题。他也很惊讶，自己到这会儿才意识到这件事。

"哦，那个我，嗯，正在弄。具体技术细节就不跟你解释了，反正你也听不懂。到时候你见到了就是见到了，没见到就是没见到。"

这话等于没说，沃尔特腹诽道。"那我成功地回去之后，怎么跟你联系？你总要知道你的实验是否成功了吧？"沃尔特又想起了一件事。

"啊，嗯，这倒是个问题。"瑞克正在操作的手停下来一刻，随即继续，"啊，我还没想好。嗯。你自己琢磨琢磨。总有办法。哦，没问题了。都已经搞定了。"

还没等到沃尔特反应过来，瑞克点击了一下屏幕，随后拉下他左手边的一个红色闸刀。下一刻，沃尔特两边的大机器发出了巨大的高频噪声，淹没了屋子里的一切声音。就在此时，沃尔特看见瑞克似乎注意到了屏幕上的什么有点儿不对劲，开始再次极速地点击屏幕。沃尔特试图大喊，问瑞克这是不是正常现象，但是他都听不见自己说了什么。这阵巨大的噪声的声调越来越高，越来越让人无法忍受。很快，噪声超越了人类的听觉上限，整个仓库重新变得安静无声。在这万籁俱寂的一刻，沃尔特本来想说点儿什么，但他随即陷入一片黑暗。

沃尔特坐在商店街的门槛上，啃着他刚买的长棍面包。面包非常干硬，只能靠着他在旁边的酒馆里买的一杯啤酒才能咽下去——幸好酒馆老板比较善良，允许他这样的流浪汉坐在酒馆外面的阶梯上吃饭，不然他只能干吃面包。沃尔特啃着面包，双眼无神地盯着路上辚辚走过的马车。直到两周之前他才搞清楚，瑞克那个王八蛋弄错了日期——他现在身处1888年，而非1988年。

穿越已经是一个月之前的事情。他醒过来，发现自己身处一片树林，晕头转向好一会儿才走出树林，发现自己所在的位置是一个城市的郊区。他找到大路进入城区，随便找了个路人搭话，才发现路人说什么他完全听不懂。后来才知道，路人说的是法语，他穿越到的这个地方是1888年的法国。他一度认为瑞克在骗他，他身处于一个大型虚拟现实游戏之中，直到很长一段时间之后，他才终于认清现实：以他所在的2088年，虚拟现实游戏不可能有这种真实程度。那么另一个问题就来了，如果瑞克那个时间机器真的能穿越时间，那么它是怎么穿越空间把他从美国传送到法国的？

他很快遇到了最基本的生存问题，他不懂当地语言，也没有当地货币，无法生存。他硬抗了一天，终于顶不住饥饿找了一个面包店打算抢一把面包就走。结果，零元购本身也是个技术活儿，而这时候的店员可没有他所在时代的店员那么客气。他差点儿被人暴揍一顿，幸好那个老板懂一些英语，他才免于被人活活打死的命运。

那之后一段时间，他开启了流浪汉的生活，跟他在二百年之后面对的命运也没有多大区别。他慢慢地学了一些法语，半是乞讨、半是打零工地活了下来。至于他来这里的原本目的——寻找那首歌的起源——已经不再重要。他现在的唯一的目标就是生存下去。有时他也会想，如果瑞克那个王八蛋真的发明出了某种回程的传送技术，他是不是就能回到2088年了？但是，回去之后他不还是要去当流浪汉吗？

当他的人生目标变成了"找到下一顿饭在哪里"的时候，沃尔特发现自己重新夺回了他的音乐天赋。虽然他的本我现在完全由他的饥饿感驱动，他的超我却向上飘去，充满了各种各样的灵感和创意。在这个鬼地方，虽然他一天都不见得能听到十分钟音乐，但是他的耳边却总是充满旋律，这些旋律都是他自己的作品，就等着沃尔特把它们演奏出来。就在他又撕扯下一块面包的时候，他又想出了一段新的旋律，不禁哼哼起来。

就在此时，他左手边的十字路口冒出了一大堆人。沃尔特已经能够分辨出，这些人都是本地的纺织工人。他们穿着破破烂烂的白色棉布衬衫和蓝色高腰工装背带裤，扛着旗帜慢慢地往这边走来。沃尔特还不大能看懂旗子上的文字，似乎是"提高工资""八小时工作制"之类的。这些人里，高矮胖瘦什么样的人都有——不，沃尔特默默地在心里更正，没有胖的——还有不少干脆就是十几岁的小孩。

人群默默地往前走，不多时便接近了沃尔特。路上的其他人看到这个阵势很快就走掉了，只剩下沃尔特还坐在那里好奇地张望，他确实没有见过这么多人聚集在一起。这是一场"罢工游行"，沃尔特也是前几天才第一次知道这个词。面包店老板跟他解释，工人们无法忍受工厂的压榨，于是自发组织在一起散步，要求工厂老板提高待遇。面包店老板惊讶于他连这个都不知道，他则想不通为什么这么做就可以让工厂老板提高待遇。在他的那个时代，主流的价值观是"每个人为他自己"。那是一个无比孤独的时代，所有人只需要自己的小隔间和网络就可以满足一切需求。

罢工的工人们走过他身边。一个看上去只有十二三岁的少年跑过来，塞给他一张传单。"支持纺织工人的正义行动，先生！支持八小时工作制！支持合理的工资制度！"小孩向他喊道。传单上用粗糙的油墨印了些东西，大致也是这些意思。这段时间，沃尔特作为流浪汉，目睹和体验了不少事情，发现人类在这两百年里也没有多大变化：富有、高贵的阶层坐着豪华马车出行，而流浪汉们只能睡在大街上，还经常被警察驱赶。实际上，他自己就被驱赶过好几次，现在已经跟其他流浪汉一样练就了一番用鼻子就能闻到警察的本领。所谓的中产阶级，也就是他穿越之前所处的那个阶级，则对他现在的样子避之不及。他穿越到这个时代之后产生了一个疑惑：时间过去了两百年，技术很明显有了极大的进步，为什么人类社会的进步如此之少？

人群中一阵骚动，沃尔特的鼻子告诉他，警察来了。就在这条街的另一个路口，一大群穿着蓝黑色制服的警察出现了，全部拿着长长的警棍，甚至还有两个骑着马的骑警。看上去，警察比罢工工人更多。

"黑狗子！""资本家走狗！""我们不怕你们！"人群虽然停了下来，但是喝骂声不断。

"喂！对面的！立即解散，回工厂上班，既往不咎！"警察开始大声发号施令，"否则，我们将采取极端行动！这是最后一次警告！"警察们开始整队，两个骑警骑着马慢慢走到中央，而其他警察则排成一个方阵，随时准备冲锋。沃尔特这一个月以来看过不少警察对街上流浪汉和工人大打出手的场景，但是这么大的阵仗还是第一次看到。他饶有兴致地伸着脑袋，全然没发现周围的商店全都锁了门。

罢工工人队伍里似乎出现了一些争论，小个子的少年们在人群里窜来窜去传递着消息。工人们似乎做了一次整队，一些个头比较大的工人操着一根木棍走到队伍最前面，一个衣服没有那么破烂的工人跑到队伍前面，正在大声对工人说着什么，他没有用扩音器，沃尔特听不到。只见工人队伍慢慢平静了下来，沃尔特在他们的脸上发现一种他以前——也就是在2088年那个未来很少见到的神情——坚定。

"释放被捕工人！""提高工资！""八小时工作制！"工人们的口号再次响了起来，震耳欲聋。

接下来的事情发生得太快，沃尔特感觉时间变慢了。骑警们骑着马开始冲锋，直直地冲向罢工工人们，其他警察也一窝蜂地跟上。两支队伍在短短的几十秒里撞在一起，这让沃尔特想起他曾玩过的一些古典冷兵器战争游戏中的场景——人，马，全部绞成一个混杂的肉团。然而这一次，是完全真实的。

尽管工人们有着更高的士气和抵抗的决心，但是警察们装备更好，人更多，营养也更充足。工人们在奋力抵抗，然而警察的警棍仍然落在了更多工人们的头上,沃尔特亲眼看见好几个工人当场被砸到人事不醒。罢工工人的队伍开始变得混乱,更加分散,没有组织。周围全是惨叫声和棍棒砸在肉体上的声音。沃尔特不知道为什么,突然之间两边的对抗就向着他的位置发展过来了。他还没反应过来,几个工人就在他身前散开来。两个警察举着警棍直直地向他冲过来。其中一位让沃尔特印象分外深刻,跟当时法国男性的普遍风尚不同,那个警察只留着一抹极短的卫生胡。

"这个事情跟我没关系,我不是罢工工人……"沃尔特情急之下喊道。

然而,警察们显然听不懂英语。就算他们听得懂,也不会在意。

沃尔特伸出手去试图阻止警察的棍棒,然而棍棒重重地敲击在他的右手臂骨上,他可以清晰地听到自己的手臂骨折的噼啪声。接着,一阵尖锐的疼痛从他的右臂上传来,沃尔特感到眼前一黑。

接下来的事情沃尔特记得不是很清楚。他只大概记得他抱头蜷缩在泥地里,棍棒如雨点一样砸在他身上,全身的剧烈疼痛传递到他的大脑,让他的意识变得很模糊。不知道过了多久,疼痛停止了。警察们似乎离开了。

死亡是不是就是这样一种感觉?

周遭的世界逐渐恢复了声音。沃尔特感觉到一只手搭在他的肩膀上。"你怎么样了,同志?"一个陌生的声音说道。

沃尔特不知道该如何回答。

"这位同志似乎伤得挺重的,把他抬回去吧。"那个陌生的声音说道。

听到这句话,沃尔特心里一松,晕了过去。他没感觉到那之后有几双手把他抬上了担架。

沃尔特再次醒过来的时候,发现自己正躺在一个大仓库里,跟瑞克当初的那个很像。他睡的那张所谓的"床"只是一块简易的门板,底下用砖头垫高。周围横七竖八地摆着很多类似的床板,上面都躺着被打伤的工人,四五个穿着白衣的女性正走来走去照料他们——其实也就是给这些工人们喝一点儿水,药是完全没有的。沃尔特抬起右手,颇为安心地发现他骨折的右臂已经用纱布和木板做了固定。看来工人里还是有人懂一些医疗技术的。

"你醒了?感觉怎么样?"一个声音在他耳边响起。沃尔特记得这个声音,在他昏迷之前就是他问自己怎么样了。

"我……还是……疼。"沃尔特用破破烂烂的法语尽力说道。他身上到处都是被警察的棍棒砸得乌青的痕迹,好在他作为未来人,体质一直不错,所以除了一点儿皮外伤之外,也没多少伤筋动骨的地方。右手是例外。

"那就好好休息。"沃尔特费劲地扭过头来才看清楚这人的模样:大概三十岁,戴着瓜皮帽,留着一脸这个时代的人常见的大胡子,脸上架着一副圆框眼镜,流露出一股浓厚的知识分子气质,跟这里的纺织工人相差不小。"我听说你不是我们纺织厂的工人,而是个美国人?"这个人问道,态度随意。

"我,我……"沃尔特登时有点着急。这是要把他赶出去的意思?

"没事,这又没什么关系。你都替我们挨了警察的揍,就是我们的同志了!"来人咧开嘴,微笑着说道,"我们的同志哪里的人都有,德国人、奥地利人、英国人、波兰人、俄国人、犹太人,都多得是,多你一个美国人算什么。对了,我叫皮埃尔,是工人党的干事。哦对了,我也不是法国人。"皮埃尔伸出右手,他注意到沃尔特右手的伤,于是换成左手。

"我叫沃尔特。"沃尔特伸出左手与他相握。

"很好,从今天开始,你就是我们工人党的同志了。"

在加入工人党之后,沃尔特的处境变好了很多,这都是因为皮埃尔偶然间发现了他的音乐才能。作为干事,皮埃尔本来就在工人党里担任"工人之声"合唱团的总指挥,而沃尔特很快就成为工人之声合唱团的"音乐制作人"——至少沃尔特自己是这么理解这个职位的。他负责给合唱团写歌,排练,以及用乐器伴奏。

作为一个两百年后的专业音乐人,他应付这些事情绰绰有余。他迅速地成了工人之声合唱团的台柱子。作为交换,他现在有了稳定的三餐和住处,还有一些微薄的收入,足以在业余时间改善生活。皮埃尔说,他自己在里尔音乐夜校学习了两年,知识远远比不上沃尔特,对沃尔特心服口服。

"沃尔特,你作为一个美国人,又受过这么好的专业音乐训练,是怎么跑到我们法国里尔这么个小地方来的?"这一天,结束了合唱团的排练,工人们陆陆续续地离开,留下皮埃尔和沃尔特收拾他们作为排练场地的教堂偏厅。

"呃,这个很复杂……"沃尔特总不能告诉皮埃尔他是从未来穿越回来的,只能含糊过去。

"我明白了。"皮埃尔没有追问,态度很坦然,"'无产阶级没有祖国。'不管你是从哪里来的,只要是无产阶级,我们都是一样的人。"

"所以……"沃尔特小心翼翼地问道,"到底什么是'无产阶级'?"他听皮埃尔,包括工人党的其他人说过这个词很多次。他现在的法语虽然比刚来的时候进步了非常多,但是他始终没有搞明白这个词到底是什么意思。在2088年他原本生活的那个年代,这个词也从来没有出现过。

"哦,看来你还真是挺美国人的,不理解也很正常。"皮埃尔笑了。"无产阶级,按照马克思主义的定义,是指那些没有生产资料、只依靠劳动挣取收入的人……比如你我这样的人、纺织工人,就是无产阶级。啊,看起来我似乎一次性说了太多专有名词了。这样吧,你可以参加我们开办的马克思主义学习研讨班,每周三晚上,如何?"皮埃尔看到沃尔特迷惑不解的神情,补充道。

"没问题。"沃尔特点点头。马克思主义?那又是什么?

"所以你的意思是……著作权、版权这些东西都不应该存在?"这一天是周四,沃尔特、皮埃尔和皮埃尔的弟弟阿多尔弗三个人的工作是沿街演奏手风琴募捐,支援正在罢工中的皮革厂工人。沃尔特和皮埃尔两个人负责演奏手风琴,而阿多尔弗则负责演唱沃尔特之前写好的歌曲。由于沃尔特的歌曲写得十分动听，他们早上的募捐相当成功，一早上就有差不多五法郎的收入。午饭休息时间，皮埃尔随口提到了，他认为版权和著作权都是不合理的制度，不应该存在。

"当然啊。"皮埃尔点点头，不以为意地说道，"任何人的创造都应该属于全人类。当然，我们可以给作者一定的一次性补偿，这个是合理的。但是决不能允许任何人或者任何组织垄断这些权利，向全人类收税。在我们所希望的那个未来之中，我相信这一点必然会得到贯彻。"

经过几周的马克思主义理论学习研讨，现在沃尔特大概能明白皮埃尔的意思。但是这仍然严重地动摇了他的世界观：沃尔特的世界里，著作权和版权是天经地义的，属于自然之理；公司们可以凭借他们的版权永久地获利，没有任何人会出声反对。他在研讨会里听到的那些马克思主义理论，在他穿越之前的那个两百年后的未来，是一些闻所未闻、说出来会被人当作疯子的道理。如果他没有穿越，他也不会相信这些道理；但是他来到了这个两百年前的世界，成了社会底层的"无产阶级"，他才真切地理解了这些道理，并且回过头来发现人类虽然发展了两百年，但太多的事情根本没有变化。他原本的那个所谓"音乐制作人"的身份，现在看来跟这些纺织工人也没有什么本质区别，他和他们一样，是依靠出卖劳动力吃饭的无产阶级。公司们所掌握的"生产资料"，全是像他这样的打工人绞尽脑汁奉献出来的歌曲。所有的版权都归公司，永久所有，这就是马克思所说的"剥削"。

"沃尔特，你看上去好像不太赞同的样子。"皮埃尔注意到沃尔特脸上的神情。

"我……只是不太有信心这样的未来一定会到来。或者我们能活着看到它。"沃尔特苦笑一声。皮埃尔当然不会知晓沃尔特这几分钟在脑子里转动了这么多念头。他很清楚，未来的两百年，皮埃尔所希望的那个未来不仅没有到来，世界反而向深渊的更深处滑落了。但是这怎么能和皮埃尔讲呢？

"我相信这个未来一定会到来。对此我毫不怀疑。"皮埃尔微笑着说道，"你也要有信心。"他将最后一口硬面包塞进嘴里,"好了,我们也应该继续工作了。阿多尔弗,打起精神来!我看看……两个'黑皮'往这边过来了,我们赶紧转移吧!"

三个月过去了。沃尔特越来越习惯在这边的生活。虽然在物质条件方面,19世纪和他原本身处的21世纪有着云泥之别,但是他在这边感受到了前所未有的人与人之间的温暖。他有皮埃尔这样一个朋友,有共同努力的同志,能够自如地在合唱团里发挥他的才华,甚至还有几个姑娘对他表示了一定的好感。这些东西,在他原本身处的那个时代都不存在。来听工人之声合唱团演出的人越来越多,甚至已经不局限于工人,还包含了很多服饰精致、看上去就有一定社会地位的人。甚至他们在街上演奏、为罢工工人募捐的时候,警察都变得客气了很多。

"沃尔特先生,请留步。"一天,合唱团的演出结束,一位穿着黑色毛呢大衣、戴着高帽的先生叫住了沃尔特。沃尔特对他有点印象,这两周几乎每次演出他都会过来。

在这位先生的示意之下,两人走到一个僻静的角落。"沃尔特先生,我是里尔歌剧院的音乐总监弗兰克·贝尔纳。这次来的目的很简单,主要是希望能请您担任我们歌剧院的驻团导演。经过这段时间的观察,我相信您的才能绝不仅仅是指挥一个业余合唱团的水平。我们也将向您提供一份相当有竞争力的薪水。年薪两千五百法郎怎么样?当然,如果您不满意,我们可以再商量。"

两千五百法郎?!沃尔特知道,在这个时代的法国,这是相当高的薪水。他们所在的工人党,普通纺织工人的年薪才五六百法郎。沃尔特现在的收入实际上也就这么多。

他可以从此挣脱无产阶级的命运,回到他原本的中产阶级位置上,过去的好时光就会回来。不,不止这样,他的艺术才能在2088年只能算作是一般水平,但是回到19世纪末,他将会是比贝多芬、莫扎特、肖邦更伟大的音乐家。只要他接受了这个邀约,他将会一步步走上这个阶梯,最终获得前无古人的成功……

然而,皮埃尔的话再次涌上心头。"任何人的创造都应该属于全人类。"他已经知道未来会是如何。他如果这样做,无非是顺着历史走到他熟悉的那个21世纪而已。他是否应该做出一些努力来避免那个21世纪的出现?

另一个声音也在他脑中响起:人怎么可能对抗历史潮流呢?他不过是在选择一条更有利于他个人的道路而已。

"贝尔纳先生,非常感谢您的邀约。不过,我需要时间考虑一下才能做出决定。您能给我几天时间吗?"沃尔特说道。

贝尔纳抬抬眉毛,似乎是对他的犹豫不决感到一丝惊讶,但是他仍然保持了很高的风度。"没问题,沃尔特先生。如果您做出了决定,请来里尔歌剧院找我,大门随时为您敞开。"两人握了手,贝尔纳随即离开了。

到底该不该接受这份邀约?这是不是对工人之声、对皮埃尔的背叛?沃尔特满怀心事地回到了住所,试图用他这段时间学到的马克思理论分析他现在的处境,但是怎么也分析不清楚。皮埃尔说得没错,最难的事情,就是认识你自己。

"沃尔特!有个事情我需要你的帮助……哎,你看上去好像满腹心事的样子。"刚刚回到住处,沃尔特在客厅的钢琴前坐下,打算弹弹琴自娱自乐,以作排解。他现在的住处实际上就是皮埃尔家的阁楼,没想到皮埃尔很快就冲了进来。

"……没什么,我在想新的曲子。说吧,你有什么事情需要帮忙的?"沃尔特也没含糊。

"下午西蒙找到我,他想要一首新曲子,给工人之声合唱团使用。他还特别指定了,歌词要在这本诗集里挑一首。我还没想好挑哪一首,曲子也没想法。你能帮我想想吗?"西蒙是里尔工人党的负责人。他经常来听合唱团的演出,很是欣赏沃尔特的创作才能。他过去也要求两人为合唱团创作新曲子,但是在写曲子之前,歌词都已经指定好了的情况,这倒是第一次。

"看来西蒙也是给我们出难题啊。"沃尔特感叹一声,把那本破旧的已经卷毛边的诗集拿过来翻了翻。如果是随便找一首诗快速糊弄一个曲子，对沃尔特来说倒是不困难，但是他不想这么做。

"这个我得想想。"沃尔特随意地在钢琴上弹了几个和弦，"这样，诗集留在我这里。我有想法了告诉你，怎么样？"

皮埃尔点点头，"就这么说定了啊。"

或许，沃尔特冒出来了这样一个想法，将这首歌作为临别礼物给皮埃尔。他写完这首歌，就可以毫不惭愧地去里尔歌剧院做他的驻团导演了。

第二天，是他们固定的街头演奏日。沃尔特表示他今天就不去了，在家谱曲。于是皮埃尔和阿多尔弗两个人上街募捐，留沃尔特一个人在家构思新歌。他反复尝试了很多个不同的和弦和旋律，却总是无法达到满意的水平。

或许下午去拜访一下那位音乐总监？换换脑子会有新的思路。沃尔特想着。他午饭吃了一点儿面包和奶酪，穿好外套出了门。他看看自己身上的这件衣服，这实际上是皮埃尔借给他的。他比皮埃尔要胖不少，绷在身上确实不太合身。或许今天应该去买一套新衣服再去见人比较好。这几个月的时间，他也攒下了一些钱，买身合适的衣服应该不成问题。

"这位……尊敬的先生，我们这里是整个里尔最好的裁缝店。"

沃尔特打听清楚了里尔的服装店的位置，赶了过去。这里也算是里尔的高级商业区，离里尔歌剧院并不远。他走进这家服装店。看到他闯入，原本还一脸和煦微笑着的服务员顿时变成了紧张兮兮的表情。

沃尔特没明白她是什么意思。"裁缝店"他倒是听明白了，这里的服装都是定制的，没有成衣出售。或许他应该找个成衣店直接买一套？

"这个……不好意思，这位尊敬的先生。"服务员也看到他一脸迷惑不解的表情，勉强露出一个笑容，带着一丝怜悯，"我们这里的定制套装的价格……比较昂贵，可能超出了您的承受能力。如果您想要比较平价的成衣，可以出门右转……"

31

原来是服务员觉得他消费不起。沃尔特这才明白过来，低头看看身上这件紧巴巴的灰色棉纺外套，一看即知是廉价货色。这也是他这两个多月以来第一次被人如此看低。他现在的社会地位，仍然是一个穷兮兮的无产阶级，他就配和那些工人们在一起。

一股无名的怒气在沃尔特胸中迸发。人不应该是平等的吗？"说吧，你们这里定做一套最高级的套装多少钱，我付。"三个多月来他攒了几十法郎，他还不信就买不起一件衣服了。

"明白了。"服务员似乎对此早有准备。"这位尊敬的先生，如果你决定挑选我们这里最高级的美利奴羊毛和杭州丝料套装的话，价格大致是，"她吐出一个数字，"五百二十法郎。"

沃尔特顿时被噎住。他确实买不起。在他来的那个2088年，他也有很多东西买不起，但是那会儿他习惯了。穿越之后，他在工人党里的这三个月，他所获得的最重要的东西都不是用钱买的。他几乎忘记了这种"买不起"的感觉。服务员的微笑告诉他：认命吧，你应该转身出门，去你应该去的地方。

他不甘心。他站在那里没有动。

"沃尔特先生，下午好。您也是来定制服装的吗？"就在此时，一个声音打破了此地的安静。一个人影从柜台后的裁衣间里转出来，居然是里尔歌剧院的音乐总监贝尔纳。他显然是这里的熟客，看到他出来，服务员微笑着向贝尔纳打招呼，问他是否已经挑好了。

"啊，是的，贝尔纳先生。"沃尔特挤出一个笑容，"但是这里的价格……似乎有点超出我的承受能力。我还是换一个地方比较好。"

贝尔纳点点头，看了一眼沃尔特，立马理解了情况，"我还以为是什么。难道我们里尔歌剧院未来的驻团导演，不值得一套优良的正装吗？奥德蕾小姐，请带沃尔特先生进裁衣间度量尺寸，记住，要最好的料子。钱款就记在里尔歌剧院账上。"

服务员露出了花一般的笑颜，"贝尔纳先生，遵命。"现在她看向沃尔特的眼神已截然不同。

当沃尔特晕乎乎地从裁衣间里出来的时候，他惊讶地发现贝尔纳正坐在旁边的椅子上抽烟，显然是在等他。看到他出来，他简单地吩咐了服务员两句，又对沃尔特说："沃尔特先生，下午天气不错，陪我走走怎么样？"

"不用谢我，这是里尔歌剧院理应当给予你的福利。未来你要上台演出，还要定制好几套演出服才行。这可跟你在破旧的教堂偏厅里指挥一群大老粗不一样。"沃尔特刚想要说一些感谢的话，就被贝尔纳拦住了。他们现在漫步在里尔最好的商业区，三三两两的路人服饰精致，行为优雅，周围的街道也都干干净净，还有硬质地面，2088年的很多街区也不过如此。与沃尔特已经习惯了的工厂区截然不同，工厂区的路都是黄土夯成，人一多就尘土飞扬，一下雨就遍地泥泞。

"我打听了一下你的背景，听说你是个美国人？"贝尔纳没继续在衣服上纠缠下去，继续说道，"美国人来到法国的确实不多。你有这么好的音乐才能和训练，为什么沦落到工厂区了？"

沃尔特只能表示情况很复杂。

"行了，我也不想多猜。"贝尔纳抬起一只手，"跟家里闹翻了，跑到欧洲，身上值钱的东西全部丢光，只能成为流浪汉。这种人我也见过。总之，你现在只是回到了你应该在的位置上。"

应该在的位置。沃尔特咀嚼着这个短语。

"那么，我就当你是同意我的邀约了。"贝尔纳先生语气悠然，"如果你不同意的话，你现在就欠里尔歌剧院五百法郎。"

"我想……是的，贝尔纳先生。"沃尔特知道贝尔纳在开玩笑。但是在他的内心深处，他仍然不确定自己是否真的想去"那边"。

现在，他们的脚步慢慢走到了歌剧院门前。前面的街口传来一阵嘈杂的音乐声,还伴随着人群的骚动。沃尔特望过去,一群人围成一个大圈,中间飘来的手风琴声表明演奏的分明是他的作品。几个嘈杂的人声用稳定的节奏快速地唱完一首曲子,周围的人群爆发出一阵阵掌声和欢呼。一个灰头土脸的小孩噔噔噔从人群里钻出来,跑到两人身边,将一张传单塞在贝尔纳先生的手里。"请支持罢工工人的正义事业!先生们!"他转瞬间就跑远了。

这就是我的创作了。沃尔特感到一阵自豪。他还没转头跟贝尔纳说,贝尔纳便从喉咙里发出一声不屑的哼哼。"这种东西有什么好看的?"他将传单揉成一个纸团随手扔掉。

"这些人,就是不知道自己应该在什么位置。老老实实地工作,是上帝给予他们的使命。什么八小时工作制,无产者联合起来,都是一些歪门邪道。"贝尔纳评论道。"当然,我相信沃尔特先生您是不一样的。"贝尔纳补充了一句。

沃尔特张了张嘴,他发现自己什么都说不出来。他肚子里有一堆道理,但是既然他接受了贝尔纳先生的邀约,再说什么都没有意义。他想起了皮埃尔有一天告诉他的那句话:"只有背叛阶级的个人,没有背叛阶级利益的阶级。"他是不是就是那个无法背叛自己的阶级中的个人?

"啊,这一团糟终于有解决的希望了。"贝尔纳先生眼睛发亮,似乎是看到了什么。沃尔特顺着他的视线望过去,原来是两个警官站在歌剧院门口,正在抽烟闲聊。两人都对募捐演唱现场视若无睹。"稍等我一下,我去去就回。"贝尔纳盼咐道。他快步走向那两个警官,说了几句什么。显然两个警官对贝尔纳颇为尊敬,听到贝尔纳的话之后不停点头,然后一个警官很快走开。随即,贝尔纳招呼沃尔特过来。

"沃尔特先生,来认识一下洛朗中尉,他负责我们这几个区的治安。"贝尔纳先生介绍道,"这位是沃尔特先生,马上就是我们里尔歌剧院的驻团导演。"

这位洛朗中尉笑眯眯地主动跟沃尔特握手,嘴里念叨着未来要多多亲近。还说这位沃尔特先生好生面善,似乎在哪里见过。

沃尔特嘴里念叨着不敢不敢，也觉得似乎在哪里见过这位洛朗中尉，特别是他上唇一抹极短的卫生胡，十分与众不同。

就在此时，另一位警官气喘吁吁地回来了。"事情办妥了。"他向洛朗中尉报告。

"两位尊敬的先生，公务在身，就先不打扰了。"洛朗中尉展颜一笑，转身向着人群走过去。随即，从街那头，两名骑警伴随着五六个警察出现了，径直冲向人群。洛朗中尉一声大吼："无故聚集，扰乱治安，散开！散开！"人群登时一片混乱，警察冲进去，将还在演奏的工人合唱团成员按在地上一顿暴揍。

看着警察冲进去的身影，沃尔特突然想起来他是在哪里见过洛朗中尉的了。在纺织工人罢工的那一天，冲上来打折他手臂的那个人，就是洛朗中尉。而现在正在拼死保护合唱团成员的，是皮埃尔。他用身体挡住合唱团里的孩子们，警察们的棍棒如雨点一样落在他身上。

沃尔特的血液凝固了。他站在那里，感觉自己无法移动。不知道为什么，他想起了他最后一次见到直子的场景。那个时候，直子的身影消失在快餐店门外的黑暗之中。

"这样才能给他们一些教训。"站在他旁边的贝尔纳志得意满地说道。沃尔特突然明白过来，正是应贝尔纳的要求，这帮警察才对皮埃尔他们采取了行动。沃尔特不理解，为什么一个对他态度如此友好的人，会突然化身为如此厉鬼？

你应该在的位置。沃尔特终于理解了这个短语的意思。他应该在的位置在哪里？

沃尔特的脚自己动了起来。他冲向混乱的人群和警察。"不许殴打工人！支持罢工工人的正义事业！"他喊着这些他自己都不是特别理解的口号，扑向警察，扑向那个把他的手打折的洛朗中尉。他现在只想把中尉那撮漂亮的卫生胡打得稀烂。他攥起拳头，用力挥向洛朗中尉的脸。

"沃尔特,现在感觉怎么样了?"

沃尔特躺在一堆茅草上面,浑身都是刺骨的疼痛。但是他的内心十分平静,甚至称得上满足。皮埃尔正好躺在他旁边,跟他状态差不多。他们两个都因为"扰乱治安"的罪名被扔进了里尔警察局的看守所,包括当时合唱团的其他人,也都在这一个大开间里。

"我?还好。你呢?"沃尔特回答道。他稍微动了动手脚,没有大碍,基本上是皮肉伤。

"没什么事。这里我来过几次,不过是扰乱治安而已,很快能出去。"皮埃尔轻笑道。他居然还笑得出来。突然,沃尔特自己也很想笑,不知道为什么。或许是为了他断送的前途,或许是为了他滑稽的现状,或者单纯为了时间穿越。他突然笑出了声,带着皮埃尔,两人一起笑个不停,仿佛是听到了什么全天下最好笑的笑话一样。不存在的音乐之神把他送回到1888年,是否有什么深意,或者只是一个单纯的玩笑?

"对了,关于西蒙要的那首歌,你有什么想法了吗?"笑完之后,皮埃尔转移话题问道。

"还没有。"沃尔特承认。

"我刚才突然在想,或许用这首诗作为歌词,会比较好。"皮埃尔从怀里掏出那本卷了毛边的诗集,翻到特定的某页,递了过来。他居然还随身带着这本诗集。

沃尔特之前并没有仔细地读过这本鲍狄埃的《革命诗集》,他的法语还是破破烂烂的。他看着皮埃尔挑的这首诗,开始轻声默念。

突然,旋律出现在了他的脑海里。似乎就是直子给他的那首歌,似乎又不是。他原本穿越的目的就是来找到那首歌到底是什么,而在这段时间里他几乎已经忘掉了那段旋律到底是怎样的。或许这段旋律是出自他自己的灵感,他已经搞不清了。在这一刻,他突然明白了那个不存在的音乐之神让他穿越到1888年的目的,时间在这里变成了一个环,他来这里,就是要让这首歌出现。他也明白了为什么在他的那个未来,这首歌已经无人知晓,因为这首歌所反对的那股力量,系统性地抹去了这首歌在那个未来的一切痕迹。而他的使命,是将这首歌永远刻在历史里。

他开始轻声地哼哼起来,然后将歌词唱出声:

起来,饥寒交迫的奴隶,

起来,全世界受苦的人!

满腔的热血已经沸腾,

要为真理而斗争!

旧世界打个落花流水,

奴隶们,起来,起来!

不要说我们一无所有,

我们要做天下的主人!

沃尔特唱得越来越大声,皮埃尔也跟着唱了起来。一个接一个,看守所里关着的工人合唱团的同志们都跟着唱了起来:

这是最后的斗争,

团结起来,到明天,

英特纳雄耐尔就一定要实现。

这是最后的斗争,

团结起来,到明天,

英特纳雄耐尔就一定要实现。

沃尔特大声地唱出这首《国际歌》,合唱声穿过里尔看守所的围墙,直抵天际。他决心要改变他的那个未来。而这首歌,不会被人遗忘。

(责任编辑:汪 旭)

他 者*

王 元

文明的存亡重要,还是个体的生死为大?

*文中关于婴儿语言习得的理论参考《没开玩笑:婴儿时期,每个人都是天生科学家》(艾利森·高普尼克著)和《婴儿,天生的语言学家》(帕特里夏·K 库尔著)。

王 元

新锐科幻作家。曾获光年奖、"蝌蚪五线谱"科普写作比赛奖、晨星科幻文学奖。在《文艺风赏》《超好看》以及Clarkesworld等杂志发表原创科幻小说与翻译作品数十篇。已出版科幻作品集《绘星者》和长篇小说《人性回廊》。

一切众生,从无始来,迷己为物,失于本心,为物所转,故于是中,观大观小。若能转物,则同如来。身心圆明,不动道场。于一毛端,遍能含受十方国土。

——《楞严经》

经历过改革开放的人总说,那是中国发展和变化最快的年代,"日新月异"这样的成语就是那个年代的专属注脚。如果他同时见证了2000年到现在的成都,一定会将"最快"的头衔安在成都头上。仅仅几年,人们的生活方式跟过去大面积割裂,进入全智能时代,衣食住行,概莫能外。

如今的成都逐渐形成两种风格,太古里和春熙路愈发繁华与新潮,宽窄巷子与东郊记忆更加传统而古朴。这是我熟悉的成都。吉普车途经人民公园,我还看见鹤鸣茶社里面喝盖碗茶、听评书的老人。日之所及的远处,夕阳缓缓跌入金水河,撞出灿烂的涟漪。

吴非面无表情地开车,侧脸硬朗。

光影透过车窗,可以看见车厢里面飞舞的尘埃,营造出一种恍如隔世的氛围。我突然觉得眼前的一切就像一部电影,而我是降维到平面世界的二维人物,我也像电影中的角色一样,不知道接下来的剧情。不过可以琢磨出大概的走向,跟他们有关。

吉普车一路向南,经过双流机场还没有停下的意思,到海洋公园附近才开始减速。我来过一次海洋公园，跟前男友。漫步亚克力海底隧道时，他牵起我的手。真奇怪，在这种危急时刻，我不应该思念更加亲近的家人吗？我的爸爸、妈妈、弟弟，甚至是即将过门的弟妹。也许在我的潜意识里，他们已经抛弃我了。

吉普车经过层层关卡，冲进一个停车场，那里整齐而庄严地摆满了同款车。不知为何，我脑海里冲进来一个看似不相干的感觉：肃杀！

"非常抱歉用这种方式把你请来。"吴非把我带到一间客房，仍然面无表情，他的欢乐和悲伤在出厂设置时已被删除，"从现在开始，你住这里。"

"请？你这是绑架。"我丝毫没有感受到他的歉意。

"对不起。"

"道歉没用，我一定会追究你的法律责任。"

"是他们。"

于是我安静下来，彻底安静下来。只有巨大的悲伤和喜悦才能制造出超脱的平静，而巨大的未知同样如此。

啊，他们。

一切都变得逻辑自洽，毕竟是外星人嘛。

恍如隔世的感觉愈发强烈而真实。我想起小时候，爸爸带我去锦里采耳，那些脸上刻满岁月痕迹的老人抽出一根根专业器材，我吓得缩进爸爸怀里，他们就笑了，露出疏松焦黄的牙齿，说："耍一下嘛，巴适得很。"然后我就晕倒了。每当害怕或者惶恐到极点，我就会晕倒。被吴非粗暴地带到这里，我还有抵抗和战斗的精神，但听见"外星人"三个字，我晕倒了。

***

缓缓睁开眼睛，直视洁白无瑕的天花板，挨延片刻我才想起身在何处。我打了个激灵,下意识掀开被子,衣服在,鞋没脱,猛烈抽动的心暂时平复,直到我看见站在床边的吴非。晕倒之前,他把我从实验室"请"到这里。我暂时只能用"这里"进行模糊的指代,就像科幻电影里面惯用的剧情,总有一个对于普通公民来说讳莫如深的部门。

"你醒了?"吴非双手交叠在下腹,"会议已经为你推迟半个小时,请尽快入场。"

我按了按太阳穴,深呼吸,配合吴非的邀请。我不得不收起固有的认知,所谓的知情权、隐私权以及虚与委蛇的过场。这里什么都没有,我们可以坦诚相对。

"你没有开玩笑吧?"我一边跟他离开房间,一边问询。

吴非点点头。

是我多此一问了,他就没有匹配开玩笑的功能。

所以,外星人真的来了,或者说,前些日子悬停在成都上空,如今不翼而飞的不明物体的确是外星飞船。

可这跟我有什么关系?我既不是机关领导,也非相关领域从业人员,哪怕邀请一位科幻作者都比我适合。我满腹疑问,跟在吴非身后。他步幅很大,我要小跑才能跟上。我们经过一条长廊,两边有卫兵把守,围墙粉刷着"强军"标语。推开会议室大门,烟雾缭绕,几乎人手一根香烟,或者雪茄。长桌两侧泾渭分明,一边军装,一边西服,两边齐刷刷地望向我。我呛得咳嗽两声。吴非帮我拉开一把椅子,我乖乖地坐上去,劈入会议。

"人到齐了,我们正式开始。"坐在主持位置的是一名军人。我看不懂肩章,但也能意识到他的军衔不低。他摘下军帽,露出一头银发,有浓浓的成都口音,"想必大家已经初步了解,召集各位是因为外星人事件。外星飞船并没有离开。今天,它们派出代表,对地球展开访问。不过它们显然没有做好功课,并不了解我们的语言,而我们,也没有报过外星人语的学习班。"这是一个幽默的点,但在场没人(敢)应和。

"它从哪儿来？"

"未知。"

"不管它从哪儿来，能够穿越星际到达太阳系，说明它们的文明级别远远高出我们，至少是Ⅱ类文明。来者不善，我们要做好被俘虏的准备。"一位戴着黑框眼镜的中年男人回应。

"现在还不确定它们的目的，就算是侵略，我们也不能束手就擒。"

"你没明白，我们跟Ⅱ类文明的差距比我们与蚂蚁更大。怎么反抗？跳起来咬它们的脚趾吗？"

"兴许它们只是来观光？"

"跨越数万光年的旅行？地球有什么可看的！"不管谁搭话，说什么，黑框眼镜统统不留情面地怼回去。

我留心观察他桌前的名牌，陈平。名字倒是蛮中庸。

"各位先不要忙着发散，我们集中到会议主题。"军人夺回主动权，"我们的目的非常简单，就是查明外星人的目的。从哪儿来无所谓，重要的是，来我们地球，或者说来我们成都做啥子[①]！"

会后，我们分成几个小组，我恰好跟陈平结队。他是一位物理学家，主要研究方向是凝聚态物理。物理学家是每个小组的标配，他们不见得了解地外文明，却深知人类文明的基础和极限，确保我们不会闹出笑话。外星文明的语言与人类语言千差万别，但物理学大同小异：因为我们生存在同一个宇宙。

其他小组申请了各种各样的先进仪器，我也调来一台MEG[②]设备。后勤反复询问我是否还有其他需求。我知道有人趁机搞到了"神威·太湖之光"和"天河二号"的使用权。

[①] 四川方言，指做什么。
[②] 指脑磁图技术，集低温超导、生物工程、电子工程、医学工程等21世纪尖端科学技术于一体，是无创伤探测大脑电磁生理信号的一种检测技术。

"四个孩子,年龄分别是六个月、九个月、一周岁以及一周岁半,性别不限。"

"请问?"

"我的专业是研究婴儿语言习得,当然需要婴儿。"

"我会跟上面反映。"对方用奇怪的眼神打量我。

我毫不怀疑工作人员会跟上面反映我是一个精神病患者或者人贩子。外星人不远万里(光年或许更合适,一旦跨越地球的阈值,很多成语不再适用)来到地球,本以为会受到最高领导人的接待,没承想要帮我们带孩子。其他小组都在使用行业最顶尖的技术,我却派出四个牙牙学语的小屁孩儿,实在有失体统。没错,牙牙学语。这正是重点所在,我的计划就是让孩子跟外星人一起生活。

婴儿拥有快速习得陌生语言的天赋,六个月大的婴儿可以轻松掌握汉语拼音读音,如果让他们同时接触印第安人的盖丘亚语和菲律宾的他加禄语,他们同样可以毫不费力地学会这两种语言的声学特征。三岁左右,他们就能跟该母语的使用者流畅对话。我想,换成外星人语也大差不差。"外星人语"听上去有些不伦不类。我们约定俗成的是"中国话""日语",不会说成"中国人话"和"日本人语",所以应该是"外星话"或者"外星语"。如果搞到他们的行星名称,再以此冠名为宜。外星人语这个临时攒成的名词被领导反复提及,众人只好"将错就错",媒体第一时间跟进的报道用的也是外星人语。在我还拥有手机自由的时候,关于外星人的新闻铺天盖地,所有社交媒体和聊天群都在讨论相关话题,就像一场下在所有人头顶的暴雨。在全新的信息时代,任何人都难以独善其身。有了互联网,个人对于社会的参与度超越了以往任何时代。

***

"你要办幼儿园吗?"

得知我申请调配四个小孩协助研究,陈平如是说。跟他在会议上乱咬人的行径如出一辙,即使我们已经达成合作共赢的关系。

"对,我是主班老师,你是生活老师,一共五个学生:四个地球婴儿,一位外星来客。"我毫不客气地回敬。

"有意思,比那帮老顽固好玩多了。"陈平没有回击我的怨气,反而示好,这让我准备跟他对垒的锋利论据无处施展。

"请多多关照。"我换上一副社交通用的笑脸。

"别这么说,"陈平道,"你少给我添麻烦就行。"

后来我才晓得,陈平之所以与我组队,是因为被其他成员排挤。他的口无遮拦在一众有身份、有资历的学者看来并不是率真,而是扯拐[①]。陈平太扯拐了,简直莫名其妙。

我们可以说是最不被看好的小组。业内都知道陈平是刺头,不管对方什么身份,他都不留情面。如果不是考虑到陈平专业知识过硬,军方恐怕也不愿拉他入伙。也就是我好说话和好欺负。不被看好的,除了陈平,还有我。

我申请四个小孩的提议一开始被驳回了,组委会给了八个字的回复:兹事体大,切莫儿戏。

后来的经过我也不清楚,只知道吴非据理力争,毕竟是他把我捞到这里。但我并不觉得对吴非有所亏欠,我有什么亏欠呢?

***

总有人怀疑我的权威性,作为一名儿童语言习得和儿童社会发展专家,却没有生养过孩子。这种偏见由来已久,被五千年文化和传统浸透。我早已习惯他们

[①] 四川方言,形容一样事物坏了,比如手机扯拐了,指手机用不了,或者形容一个人不可理喻。

的冷嘲热讽，并泰然处之。我的研究方向是儿童语言，很多人初次听说，以为我跟幼师一样，每天围着一群叽叽喳喳的孩子转，陪他们游戏，喂他们吃饭，教他们上厕所和利用两只绑在一起的气球练习擦屁股。大部分时间，我不需要跟孩子混在一起。而且，我对小孩兴趣不大。这看起来非常矛盾，不喜欢孩子为何从事相关工作，这不是自讨苦吃和本末倒置吗？好吧，我是误打误撞进入这行的。大学期间，我主修心理学，实习期间，导师让我帮他盯项目，阴差阳错，我被甲方录取。反正要找工作，我懒得再去编一份连自己都陌生的漂亮简历去赢得那些大同小异的福利待遇。先做一段时间，不行再换，没想到一不小心搭进去十数年工龄。话说回来，几人会钟情自己的职业？朋友聚会，最常发出的感慨就是公司太操蛋，老板是个龟儿了，天天摆龙门阵。事实上，我还蛮中意现在的工作环境，起码不必操心与同事和上级的关系建设。

除了婴儿语言，我还同时涉猎语言与文化研究。业界有一种说法，不同语言造就了不同思维方式。我的观点更为偏激，不同语言甚至影响使用者的行为习惯。

"这篇论文是你写的？"

吴非把一本翻开的杂志递到我面前，我扫了一眼题目，《婴儿天才论：从统计规律中学习》，内容是阐述婴儿能凭借统计学习能力学会各种语言的音位[①]。纸媒多年前开始式微，却一直没有彻底灭绝，包括几份重要报纸、内参以及《环球科学》，他手里那本正是2015年12月的《环球科学》。凭借那篇论文，我受到业界和多方关注，也"收获"不少抨击。批评者认为我哗众取宠，甚至针对"婴儿具有抽象而复杂的知识，甚至，婴儿生来就掌握这些理论，比如对于事物和人类行为规律的认识，他们甚至能理解统计样本和取样群体间的关系，像科学家一样进行分析与总结"这段描写爆发了大规模抗议，原因是我把婴儿比作科学家，反过来即是说科学家像婴儿。

我点点头。

---

① 能够区别语言意义的最小单位，每种语言的音位体系各不相同。

"嗯。"

"就这样？"我以为他也会附赠两句不屑的指责和抨击，就像之前我遇见的那些所谓的专家一样。

"你要的孩子已经到位，两男两女。"吴非放下杂志，拿出 iPad，四个小孩的照片出现在屏幕上。

"他们叫什么名字？"

"从大到小，编码为阿大、阿二、阿三、阿细。"

"我不同意。他们是人，不是器皿。"

"我没有征求你的意见。"吴非说，"你的任务是破译外星人语言，不是给小孩起名。他们只是破译工具。提醒你一句，四个孩子的身世绝对保密，不要打听。明白没有？"

"惨无人道。"

"我问你明白没有？"吴非突然大声喝道，我的耳膜都有些发痒。

陈平就站在一旁，嘿嘿偷笑，像观摩两个嬢嬢吵架。

"明白了。"我嗫嚅道。

"这件事的确必须严格保密，如果让媒体知道我们用四个孩子来接近外星人，肯定会进行铺天盖地的报道。"陈平插了一嘴，"你跟他们谈理论，他们跟你谈伦理。"

我倒没有想到这点，甚至可以说舆论迟钝。这大概跟我没有孩子有关，设身处地地想一想，如果我是一位母亲，对待这件事就会持谨慎和保守的态度。那可是外星人啊，谁知道他们会做出什么样的反应。换句话说，不管他们做出什么样的反应，我们都无能为力，只能听天由命。我必须冒着成为罪魁祸首和万夫所指的风险。为了破译外星人语，我没有第二条路可走。

"还有，组织上审阅过你们的计划书，驳回两点。第一，我们不允许你和孩子与外星人有实质性接触，只提供音频，其他小组一视同仁。第二，时间要缩短。

三年太长，还搞个铲铲①——领导让我原话奉告。"

"不行！"我脱口而出。

"我没有征求——"

"我也没有征求你的意见。第一，必须见到外星人，如果你看过我的论文就应该明白，里面提到一个非常重要的观点——社会门控。婴儿大脑的学习必须以人际互动为前提。只听音频，根本没用。第二，三年是学习并熟练掌握一门语言的最短时间。如果你们等不了那么久，我可以退出。"

"你不用威胁我，我只是上传下达。"

"那就上传啊。"我摆明态度。任何事情我都可以让步，但必须坚守研究的底线。我所有的条件都有数据支持，不怕他们验证、核实。

我本来对外星人并没有太大的兴趣，好奇当然有一些，但更多是厌恶，如果不是突如其来的外星人，我根本不会出现在这座"监狱"。本来我预约了一场手术，检查我糟糕的身体还有没有存续的可能，或是直接被判处死刑。

"我尽快。"吴非妥协了。

＊＊＊

之前的心理学家、哲学家和精神病学家一致认为婴幼儿没有理性和是非感，他们的认知仅限于具体事务，无法理解前因后果，更分不清现实虚拟。随着研究的深入，这个托大和闭塞的观点不攻自破，婴儿非常聪明，只是语言限制了他们的表达。婴儿认知世界的方式与科学家相似，开展实验，分析数据，形成直观的生物、物理和心理学理论。这一切都得益于一种非比寻常的能力：从统计规律中学习。八个月大的婴儿就能够根据音节连续出现的概率来区分词语单元。需要

---

① 四川方言，用作反语，表示强烈否定，相当于说"屁"。

注意的是,面对面交流是统计学习的前提条件。

我做过一个实验。

把二十名婴儿(标准:九个月大、非普通话母语、从未听过普通话)均分为四组,第一组和第四组配有看护,第二组和第三组没有。第一组看护的母语为普通话,需跟婴儿一起读书,做游戏,玩玩具。第二组观看视频,以动画片为主,语言同样是普通话。婴儿的注意力非常容易被鲜艳的色块和角色的表达方式所吸引。动画片对话的方式可以视为婴儿专用语言。婴儿学话的快慢不仅取决于倾听能力的优劣,也受倾听对象说话方式的影响。世界各地,不管是四川自贡,还是图拉利普印第安保留地,成人对儿童说话的方式总是异于成人之间的交流,这种针对婴儿交流的语言被称为"婴儿语"(或者"父母语")。研究表明,"婴儿语"有助于婴儿学习语言。研究表明,音频较高、语速较慢、声调夸张的声音对于婴儿更有吸引力,能够抓住并保持婴儿的注意力。第三组听普通话录音,包括儿歌和广播。第四组为对照组,由一名来自德国的看护读同样的书,做同样的游戏,玩同样的玩具,看护全程使用德语。

三个月后,训练结束,四组婴儿接受心理测验和脑活动监测,其中,只有第一组学会了识别普通话音位。通过电视和录音接触普通话的第二、三组铩羽而归,他们的音位分辨能力与对照组(第四组)相当,毫无长进。我由此得出社会门控的理论。对于婴儿来说,出生头几个月的社会经验非常重要,他们将听到的声音存储在记忆中,这些记忆调控着大脑运动中枢,使后来的语言习惯与在社会环境中频繁听到的声音相匹配。所以,妄图让婴儿通过音频(对比第三组)学习外星人语行不通。

成年人之所以难以学习一门外语,也跟社会门控有关。我们已经形成一套熟悉并稳定的社会交流体系,而且,成年人大脑的神经突触得到过有效的剪辑,不像处于混沌状态的婴儿,可以自由编辑。

"直播。"吴非给出一个看似中和的选择。

"直播跟视频本质上没有区别。"

"与外星人接触是最高机密,行动总负责人也做不了主,需向更上级请示。"

"请示啊。反正我不着急。"

"请你紧张起来,事关人类文明的生死存亡。"

"我同意。"陈平介入对话,"不过,我认为生和存的可能性微乎其微。"

陈平一直宣扬外星人可以秒杀地球文明,认为根本没有交流的必要。重点不是我们,而是他们,如果他们闭口不谈,我们只能接受现实;如果他们意欲毁灭,我们只能引颈受戮。

"可他们目前没有做出任何威胁人类的举动。"吴非看不惯陈平不战而退的姿态。

"永远不要揣测高级文明的用意。"陈平说,"他们毁灭我们,就跟打个响指一样简单。"

"那他们现在在做什么?观察?还是收集宝石?"我问道。

"我不知道。我怎么知道?"陈平嘟囔一句,靠在沙发上,凹出一个安逸的躺姿。

"其他小组早就紧锣密鼓地展开了研究,你们俩,一个不可理喻,一个举旗投降,能不能拿出些科学家的魄力?"吴非又想发脾气,或者,这是他谈话的艺术。

"结果呢?"

"什么结果?"

"其他小组的研究结果。"

"目前还没有实质性的进展。"

"尊重事物的发展规律,摸着石头过河。"我说,"他们谁敢说自己的方法能行?我敢。我有把握,满足我的要求,一定可以破译外星人语。眼睛是心灵的窗口,我必须看见对方的眼睛,才能打开他的心灵。"

"我已经说过,与外星人接触必须经过高层商议。"

"我也说过,我可以等。"我补充道,"孩子也能等。大不了到时候换一批,反正我们有的是小孩,对吧?"我这么说有些不负责任,不管对自己,还是对孩子,这说明经过陈平的提醒后我仍然没有意识到舆论的力量。我只是盯着自己的一亩三分地,我想尽快展开实验,成功或者失败(我都不在乎),然后尽快结束,我需要去医院,我需要做手术。

我需要……活下去。

"我提一句。"陈平说,"外星人也许没有眼睛。难道你们认为眼睛是进化的必要产物?深海几乎隔绝光照,黑暗中的鱼群,眼睛退化为无,却可以识别周边微弱的光芒,拥有超强的视觉能力。杆状视蛋白和视黄醛蛋白大量增加,使它们获得了敏感的视觉神经,可以捕捉到周边每一个光子。我们连外星人来自哪里都不知道,怎么确定他们的母星有光?"

我和吴非都没有反驳陈平,他言之有理。

***

我跟陈平无所事事地待了几天,聊天解闷。

他问我,为什么必须跟真人互动,并且观看对方的眼睛。

我回答他,婴儿通过注视说话人的眼睛,可以获取关键的社会线索,有助于加快下一阶段的语言学习,理解实词的意义。这有数据支撑,跟随成人目光指向的婴儿比其他实验者掌握的词汇更多。注视与说话之间存在的联系有助于婴儿后天的语言习得,所以收看录像远远不够。像我之前的实验,婴儿会注意到看护介绍物体名字时所注视的物体,这个细微的动作将词语与实物联系在一起。只有在看护和玩具之间来回观看的婴儿能学会该词语和对应音位。由此可得:婴儿的社会技能是语言习得的关键,或者说婴儿的社会技能是语言学习的门控机制。

"如果他们没有眼睛呢？必须考虑这种可能。"陈平再次提出这个观点，一本正经地说，"毕竟，我们目前都没有见过外星人，哪怕是图片。"

"但他们一定有视物的机制，婴儿会自动捕捉这一动作，并进行模仿。"

"说真的，你想见外星人吗？"

"我只想见主治医生。"

"你有病？"

"卵巢癌。"我不知道为什么会跟一个陌生人——陈平对得起这个称呼——谈论最私密的痛处。或许正因为他是陌生人。面对亲朋好友，我反而无法张嘴。我害怕他们层出不穷的安慰，没用的安慰。"还没有恶化，但必须做手术摘除才有痊愈的可能。"

"传染吗？"

"你他妈又没有卵巢！"我瞪了陈平一眼。他非但没有为自己的举动感到害羞，反而舒了一口气，仿佛有种死里逃生的庆幸，"一点儿生活常识都没有，还物理学家，我看你就是个晃壳儿①。"

"我的大脑是用来思考宇宙终极问题的，没有空间盛放鸡毛蒜皮的常识。所以，你到底会不会死？"

"不动手术肯定会，动了手术还有几年缓冲期。"

陈平看着我，陷入沉思，眉头捏出三道褶皱，我没想到他这种不近人情的物种还能流露出这样饱满的情愫。

"想什么呢？"我问他。

"我在想，外星人吃什么？地球生物跟外星文明不是同一个进化体系，他们的胃恐怕无法消化我们的食物。"

"我快死了！"我吼道。

"我知道。"我真想从吴非那里偷把枪赏他一发子弹。我听其他几个研究小

---

① 四川方言，指肚里空空，无真才实学的人。

组的成员谈起过，我们所在的基地调来了大量未曾公布的先进武器，以防万一，欧盟甚至已经开始讨论往同步轨道运输核武器。他一脸无辜地说："但跟我有什么关系？"

他说得没错。

我快死了，与他无关。

我很想骂脏话，把从小到大听来的不堪入目的污言秽语都罗列到了嘴边，最后只化成一声叹息：唉！

成年人与孩子的区别就在于前者要独自品尝世界的苦，根本不存在所谓的感同身受。

***

一连几天，我都没有跟陈平见面。陈平想讨好我，用一次性纸杯制作了简易的通信装置。我笑话他无聊和幼稚，从未拨打。踏入基地之后，所有跟外部联络的设备都被没收，这里就像一座孤岛。但我仍然可以从一些守卫和后勤人员那里听到一些模棱两可的外界言论。老话说得没错，天底下没有不透风的墙；老话又说，捕风捉影。媒体得知了我的翻译计划，对此大肆批判，甚至引发了大规模的游行。我看到一张像素模糊的照片，是我的照片，上面赫然写着三个红字：杀人犯。

还有人把我比作巫师，以为我用孩子向外星人献祭，就跟《西游记》里村民向灵感大王供奉童男童女一样。

这都哪儿跟哪儿啊，外星人在他们眼里跟妖怪无二。我在他们眼里就是一个杀人犯，而且杀害的还是四名婴儿，放在任何一个国家、任何一个时代，我都无法被理解和原谅。如果放在中世纪，我可能会被绑在石柱上，让群情激愤的围观者用石头砸死。幸运的是，我生活在现代的中国，围歼我的只有惊涛骇浪般的舆论，而且由于我被保护（监押）得很好，惊涛骇浪被过滤成了打湿我衣服的露水。我不可能无动于衷，我是一个生活在世俗中的人，也是一个不幸的人。我当然会生气，甚至想反击，如果给我一个ID，我能炸掉所有社交平台。

四个孩子都还没有见到外星人，坊间却传言，他们已经沦为外星人的口粮。这是新世代的副作用，造谣成本太低，人人都可以不经过调查发表任何言论，只要他喜欢。

为了让我们安心工作，我们每周可以跟家人通一次话。我不想跟任何人打电话，也没有人关心我。后来父母的电话打进来，他们希望我不要再用小孩做实验，他们因为我而遭到了网暴，父亲被迫提前退休，母亲也从广场舞的队伍中被除名，最惨的是将要结婚的弟弟，女方家庭要求退婚。我跟他们解释，全都是捕风捉影，小孩们根本没有见到外星人。突然，电话那头的声音变了，问我具体的实验流程，问我外星人的信息。我后来才意识到，除了父母，还有几名记者，他们以直系亲属的名义蹲守在电话一端，竭尽所能地挖掘猛料、新料，就像吸血鬼用滴血的獠牙对准我纤细的颈部，我仿佛听到了颈椎断裂的声音。

咔嚓。

啪的一声，我挂断电话。

眼泪吧嗒吧嗒地掉下来，我懒得去擦。回顾我并不算漫长的前半生（也可能是一生），我觉得自己真是悲哀，唯一算得上不错的只有事业，无人问津的事业。而现在，我被软禁在"这里"，满眼都是阴暗的未来，而可以预见的未来是我将籍籍无名地枯萎，一切与我相关的印迹将彻底从这个世界上被抹除，就像我不曾降临一样。

***

陈平说得没错，我的生死与他何干？我们只是萍水相逢，如果没有突然莅临的外星人，我们也许这辈子都不会有交集。不只是他，就连我最亲爱的父母也选择抛弃我。事情是这样的，他们评估了我的病情，即使手术成功，也最多活五年。五年中，他们必须担惊受怕，面临随时失去女儿的风险和诅咒。他们不会好过，我也活得难受。好在他们还有一个好儿子。他们语重心长地跟我商量，弟弟结婚要买房子，他们准备把积蓄给他，这事关他的一生，而我的一生只剩肉眼可见的唏嘘光阴。他们希望我理解。我当然理解。我跟他们一样爱我的弟弟。弟弟为人耿直，如果让他晓得，肯定会说："我可以没有新房和新娘，但我不能没有姐姐！"他能说出这种话，也会践行。他们希望我不要声张，悄无声息地离开。不是离开成都，而是离开这个世界。天底下，哪儿有这样狠心的父母？我从小不受待见，学习心理学也是想自救。我渴望婚姻，却畏惧生育，我担心会成为父母那样的长辈，把孩子带到这个世界，再毁灭给他看。

再次见到吴非，他说："孩子可以跟外星人接触，你只能跟孩子接触。"

对于研究来说，足够了。"我可以立刻开始。"

"等等。"吴非说，"我听陈平博士说了你身体的事情，我们会给你做全面的检查，调配全世界最优秀的医疗资源。但是，我们会采取保守治疗，等你的研究步入正轨再考虑手术。"

"谢谢。"

"只是为了你能健康工作。"吴非依旧板着脸，"你最好给我活着！"

"问你件事，现在外面还在声讨我们吗？"我说了自己听到的情况。

"你不用管他们，反正他们找不到这里，就算找到，也进不来。在这里，你拥有绝对的人身安全。"

"我不是这个意思。"我说,"你们没有对外解释一下吗?我并不是恶魔。"

"时间会告诉他们答案。"

"可是我没时间了,我不想死了之后还被人们贴上杀人犯和女巫的标签。"这算什么?这只是我最后,也是最卑微的请求。我不在乎,以前不在乎,现在更没关系,但我必须为弟弟做些什么,那个傻小子,他有什么错呢?我不确定他是否找到了真爱,但他需要这场婚姻仪式来洗礼他的人生。是啊,仪式,我们不就是为了一场又一场仪式而活吗?满月礼、成人礼、婚礼、葬礼……我连葬礼都不配拥有。"我来运作。"半晌之后,吴非说。

★ ★ ★

我和陈平见到四个孩子,陈平逗他们说:"叫老汉儿[①]。"小孩哇的一声哭了。我一脚踹在他屁股上。陈平五官簇在一起,做出吃痛的表情。小孩全都咯咯笑了。我也跟着笑了。

"一群龟孙,笑个屁啊,小心外星人把你们当口粮吃了。"

"别吓唬孩子。"

"概率很大。"陈平突然严肃起来,"他们以为我们送去的是食物,这是非常自洽的推理,就像我去你家做客,你拿瓜子和水果招待。我们必须做好这个心理准备。如果外星人真把四个孩子吃了,你就会成为众矢之的。别说孩子父母,社会舆论就会把你生吞活剥,连骨头都不带吐的。"

"我早被他们咽下去了。"

"你还是没有认清,假如我们出去——"

---

① 四川方言,指父亲。

"打住,你觉得我们还能出去吗？"

"能……吧。"陈平嗫嚅道。

一个孩子爬过来,搂住我的脚踝,抬头望着我。那一刻,我真诚祈祷,千万不要让他们受到伤害,就像祈祷让我战胜病魔那样真诚。我好赖活了四十年,他们才刚刚发芽。

＊＊＊

我准备了一些字卡,正面是汉字,背面是对应的图片,包括日常用品(椅子、衣服、书、筷子、足球等)、具有特殊指向的物品(飞船、武器、太阳系等),还有经过精心挑选的玩具(坦克模型、玩具手枪、地球仪等)。没有幼教辅助,我只能亲力亲为,焦头烂额地向四个孩子演示。他们并不配合。陈平见状拔刀相助,很快跟孩子们打成一片。没想到跟谁都臭脸的陈平和孩子在一起时会展现出极大的亲和力。他双手撑地,屁股高高拱起,把身体架成一座桥梁,让孩子穿行。小孩们很喜欢这个游戏,每次爬过去就爆发出咯咯的笑声,大桥倒塌,将孩子压住,他们爆发出更热烈的呼叫,以为是游戏的高潮。

陈平得到我的真传,一边字正腔圆地领读字卡,一边运用眼神引导他们观看实体。屋顶挂着两个监控,全方位无死角地捕捉我们的一举一动,经过剪辑,这些录像将会跟孩子一起送达外星人的居所。

我们跟孩子相处了一个星期,之后将他们转交给吴非。

那一晚,我跟陈平都揪着心,谁也没法安然入睡。假如孩子真的被外星人吃掉,我们就是帮凶。我的余生都将背负谴责——相比万夫所指,我更惧怕内心的十字架。幸运的是,我没有多长的余生了。这是死亡唯一的仁慈。

"看不出来,你对小孩挺有耐心。"我们第一次启用了那部"有线电话"。

"我想女儿了。"

我差点儿说出"你这样的人还能结婚,简直天理难容"。可他没心情开玩笑。纸杯紧紧地扣着我的耳朵,收集并放大了沿着细线传来的啜泣。

"放心吧,我们肯定会出去的,你女儿还在等着你张开怀抱呢。"我安慰他。

"你呢?"他没头没脑地来了一句。

"什么?"

"我可以抱抱你吗?"

我以为他想到那个方面,男男女女的方面,结果他接着说:"哈哈,被我骗到了,我是在占你便宜,把你当成我女儿。"

"龟儿子。"我笑着骂了一句,很奇怪,脑子里竟浮现出吴非那张面无表情的臭脸,排除心理作用,那称得上是一张五官端正的脸,还有那么点儿英气逼人。

再次见到吴非是一个星期之后,他把孩子们送还,只有孩子,没有任何影像资料。刚开始,我们顾不上其他,沉浸在孩子们平安归来的喜悦之中。在此期间,我晕倒了两次。我不喜欢孩子,但我更讨厌他们被吃掉。等我冷静下来,向吴非问询,更像是问责:这不公平。

没什么是公平的,吴非的回复非常官方。官方认为不宜将外星人的外貌公开,我们得到的反馈只有音频。经过磋商,我终于拿到经过了处理的视频,画面中的外星人被一片马赛克牢牢覆盖,我只能判断出对方的体积,但连它有几根胳膊、几条腿都不清楚。这是最后的妥协,其他小组得到的信息也是如此。

好吧。

我戴上耳机,仔细聆听。我首先听到孩子的哭喊,他们一定对陌生的环境感到恐慌,用他们认为最有效的方式回击——哭。或者,外星人的样貌过于丑陋,吓哭了孩子。都有可能。回想那些在科幻电影中出现过的外星人,没几个慈眉善目。接着,我从孩子们高频的哭声中辨认出一些频率较低的声音,缓慢而悠扬,像笛声。可以肯定,这就是外星人的语言。只要我原封不动地把这段录音公之于众，一定会引起全世界沸腾，这是人类文明史上第一次与外星文明交流。

大约十分钟后，小孩们此起彼伏的哭声渐次收尾。年龄，也就是月龄最小的孩子阿细竟然爬到外星人身边，被马赛克吞没。如果不是已知他们完好无损，我真担心他再也不会出现在画面中。外星人声频较低，按说很难吸引婴儿注意，但是通过视频发现，每当外星人"吹响笛声"，四个婴儿都会安静聆听，视线牢牢地粘在外星人身上。当然，不能仅凭这段录像就断定婴儿比成年人更能适应外星人的音域，或许只是外星人奇怪的形状惹人注目。

我通过剪辑软件把外星人的语言剪成数个片段，标记序号。陈平按照我的指示准备好MEG设备。这是一种安全、无创的大脑成像技术，用来研究大脑对语言的反应。相比其他五花八门的仪器，MEG设备称得上简洁，该设备包括三百零六个超导量子干涉装置的探测器，安装在一个看起来像吹风机的仪器内。当婴儿坐在里面时，探测器可以测量儿童的大脑在听到言语时相应神经元放电所产生的微弱磁场。

往后一段日子，这就是我们最主要的工作：我依次向坐在MEG设备里的孩子朗读之前训练的内容，同时展示对应的图片，假如孩子给出积极的反馈信号，仪器会记录波动。接下来，我依次播放标记了序号的外星人语，当他们听到某个发音时，波动形状如果接近之前的信号，我们就可以认为该发音等同于汉语对于该事物的指涉。

当然，存在不确定性。

我会在等式后面加一个"？"，直到其他三个孩子对同一段音频做出相同反应，我才会在"？"后面添加"√"。

一个月过去，我的实验记录簿还没有出现过勾，鲜红色的叉号像是在给实验结果判处死刑。

"你能发出那个音吗？"我们第二次把四个孩子转交给吴非后，陈平问我。我知道他指的是外星人语。

我尝试发声，但只要一张嘴就感觉不对。"嗡——"陈平轻轻哼出一声，像许多蚊子振翅，"闭着嘴，更像。"

我依言而行，的确如此。

"我们闭着嘴只能发出声调，不能咬字。这意味着，我们就算听懂外星人语也无法与之交谈，除非他们能学会普通话。"

"不要太悲观，这已经超出我的预期，至少我们还能发出类似的音素。"

陈平一脸阴郁。我认识他以来，这是他第二次展露愁容，上次是记挂孩子的安危，这次是担心他们的未来。他比我更快地跟孩子们建立起情感连接。我想，大概是因为他有一个女儿，而我至今单身。所以，人们对我权威性的质疑顺理成章。

"你听说过狼孩吗？"陈平说，"我看过一个纪录片，狼孩的生活习性与狼一样：用四肢行走；白天睡觉，晚上活动；畏火、光和水；饿了吃，饱了睡；不吃素食和熟食；吃肉不用手拿，放在地上用牙齿撕；午夜引颈长嚎。养育她的家庭花费了很长时间和很大精力，都不能使之适应人类的生活方式，她用了两年学会直立，六年学会行走，奔跑时仍然四肢并用。她直到十六岁死去时也没有真正学会人话！相对于外星人，狼跟人类几乎算近亲了，都是哺乳纲。外星人的进化环境跟地球迥异，厌氧、高热或者严寒都有可能，所以他们大概率不会跟人类一样拥有双眼，以及接近的音域。"

"然后呢？"

"你还不明白吗？狼孩都没有学会狼的语言，这四个孩子也不可能掌握外星人语。"

"据我所知，狼孩可以跟狼交流。"

"但别指望他们充当人和狼的翻译。狼孩四年只学会了六个单词，听懂几句日常用语，七年才掌握四五十个单词，勉强能说几句简单的话。我不想他们变成狼孩。"

"不会的。"我打消他的疑虑。陈平忽略了一个关键的要素——社会门控。婴儿学习母语元音的最佳时间在六个月左右,学习辅音的最佳时间在九个月。关键期只持续几个月。发音系统在关键期逐渐形成比较稳定的神经通路,想要改变非常困难。错过关键期,会对心理发展带来无法挽回的损失。因此,长期脱离人类社会环境的幼童,很难产生人类普遍拥有的脑功能,也无法建立与语言相联系的抽象思维和人的意识。人类社会环境对婴幼儿身心发展起到决定性作用。狼孩之所以成为狼孩,是因为他没有社交,而这些孩子并非一直跟外星人待在一起。更多时间里,他们跟我们混。

"我们两个人也不能构成社会啊!"陈平叫嚣道,在我看来,这已经属于无理取闹的范畴,"他们已经被抛弃过一次,我不想让他们经历第二次。我们,算是他们的父母吧?"

"你别占我便宜。"

"吃亏的是我好吗?你是只剩半条命的光棍,我可有家室。"

"你怎么变得这么敏感?你之前不是挺目中无人、无所畏惧的吗?"

"我们大概率永远无法离开这里,包括这些孩子。我想我的女儿了。"陈平说着又要哭,声音颤抖,眼眶发红。

我完全没有想到这点。不过我并没有陈平那么感伤,或许因为我只剩半条命,而且了无牵挂。我感谢当初抛弃我的父母,也感谢自己单身的觉悟。

"兴许等我们搞清楚外星人的目的,那些人就会允许我们离开。"我轻轻说道。

***

一般来说,婴儿在半岁到一岁期间学习的语言将成为其母语(跟遗传因素有关,但并非绝对),其他语言则被排除在外,除非婴儿同时接触多种语言。四个孩子由我和陈平教授普通话,陈平突发奇想,讲了不少四川方言。我不建议这么做,我可不想跟外星人通话时出现"舵把子"[①]和"粉子"[②]这种措辞,官方也不会希望看到。这算是陈平的恶趣味。我们已经在此"关押"了大半年,没有任何娱乐活动,他有理由搞点邪门歪道。

学习说话,首先必须了解构成词语的音位。刚出生的婴儿拥有绝对的天赋,可以分辨全部音位(约计八百有余)。一种语言大概由四十个音位构成,即是说,婴儿需要分辨四十个左右的音位才能学会说话。统计某种语音发声的频率,对于婴儿了解音位起着重要作用。特定语音的统计频率会影响婴儿大脑对语音的感知方式,这就是为什么婴儿可以轻松学会第一语言。

经过半年研究,我仍然无法标注外星人语的音位,这让我崩溃。所有音频听来都类似低沉的"嗡"音,我只能根据音波的轨迹进行辅助判断,人耳根本无法分清,我们也难以发出类似音节。唯一的惊喜就是随着孩子们跟外星人相处时间的增加,互动明显加强。

起初,四个小孩只是把外星人当成毛绒玩具对待。渐渐地,他们把外星人当成宠物;现在,他们会朝着外星人喃喃,把外星人当成朋友。阿大已经可以使用普通话跟外星人交流,其他几个孩子偶尔也会蹦出几个单字,但从未发出过"嗡"音。

一年之际,我们这些所谓的专家再次被召集,与会人员的情绪普遍低落,看来大家的进展都不顺利。大家依次做出报告,差不多坐实我的猜测。相比之下,我和陈平的进展最大,至少研究表明,婴儿可以跟外星人交流,只是目前无法确定,是你来我往的对话,还是自言自语。一切都要等这些孩子长大才能确定。正常来说,儿童在三岁时,就能和父母、同伴、陌生人或者外星人流畅对话。我做完报告,没有人再怀疑我的专业性,只是问,能不能缩短时间?三岁才能交谈的节点不是我定的,而是掣肘于进化的规律。所以,不能。

[①] 四川方言,原指掌舵的人,后引申为帮派老大。
[②] 四川方言,指漂亮女性。

我和陈平以及四个孩子成为最后的稻草，也许是救命的稻草，也许是压垮一切的稻草。

唯一令人感到安慰的是，外星人似乎很享受当下的状态，仿佛已经与我们产生默契，也在安安静静地等待孩子成长。

就这样，又过了半年，我的病情再次恶化，到了不得不手术的关键阶段。

大部分小组的研究停滞不前，只有我和陈平的项目如火如荼。四个小孩已经跟外星人打成一片，交流互动肉眼可见地增加。我利用外星人语的录音拼接成对话，向其展开问询，却没有得到回应。他们好像不喜欢和大人说话，只爱跟小孩玩耍。

阿大马上快到三岁的节点，从他口中我们得知，外星人自称为"咕噜咕噜"。经过文学的调整，书面用语拟定为"古鲁古鲁"。有专家过分解读为"古蜀"，搞出一堆煞有介事的推理，把外星人和三星堆扯到一起。

我在测试阿细的 MEG 时晕倒，不是出于惊吓、慌张，而是单纯的身体不适。我醒来后，见到的第一个人是吴非。我昏迷了三天，必须要做手术。"你们会让我去医院吗？"

"不会。我们会把整个手术室和医疗团队搬到基地。你需要休息，彻底放空。"吴非冷冷地说，"别怕，有我在。"他从不会说假话大话，这几个字比海枯石烂的承诺更让我动心。

我本来挺烦他一本正经的样子，冰冷，没有温度，现在听来却觉得温暖，心怀感激。

"你对国家有用、有功，我不会让你牺牲。"他随即补充道。

好吧，我想多了。

可是手术也救不了我，多活几年有什么用？就算手术成功，我也要活在死亡的恐吓之下，过着提心吊胆的日子。以前上学，觉得课文里那些英勇就义的战士没什么特别，换成是我，在那种环境下也会视死如归。然而，我现在想想都怕，那可是死亡啊，在漫长的黑暗中踽踽独行，不能视物，没有声音。爸爸妈妈说得对，我最好悄无声息地离开。

经过一年半，人们紧绷的神经也有所松懈，我只用了两个并不算精妙的谎言就糊弄了过去，我骗守卫，我需要亲自护送小孩，当面跟外星人确认几个发音，这是破译外星人语的关键。他们信了，或者说，他们才不信，只是疲了。我带孩子走进外星人隔离区，亲眼见到没有马赛克遮盖的造物。

我冲他吼道："既然你们有能力来到地球，那么一定可以治疗癌症，救救我，我不想死！"

外星人说："嗡。"

陈平说得对，我没有找到外星人的眼睛。所以我无法确定他用什么样的目光看待我。我只听见他发出"嗡""嗡"的声音，后知后觉的管理者冲进来将我押解出去——他们严阵以待了一年半，终于逮到用武之地——准确地说，是抬出去。

我被倒吊着，分明看见外星人分裂了。

***

分裂并不准确，原谅一个搞语言的人的吹毛求疵，严格来说应该是，外星人分娩了。

这出乎所有人预料，专家组之前评估讨无数次外星人的行为，推测他们造访地球的真实目的。到达地球接近两年，他们的飞船仍旧稳稳地停泊在成都上空，只派出一位使者，而且言语不通。他们似乎并不急于展开交流，有点儿深夜访友兴起而往、兴尽而归的意思，重点不是见面，而是过程。这样的猜测，人们并不接受。他们必须有一个目的，或崇高，或阴暗，如此才能对等他们的行为。几十、几百、几千甚至数十万、上百万光年的天文距离让这场历史性的会晤足够深刻，不是随便几个假想就能打发。现在,专家们终于发现外星人叵测的居心:他们把地球当成了产房。

一个完整的计划浮出水面:外星人在航行过程中受孕,因为某些尚未查明的事故,他们必须来到一颗气候和环境适宜的星球待产,同样因为某些尚未查明的缘故或者巧合,他们选中地球,定位成都,也许是看中这里温润的气候。外星人母星的环境也许跟地球千差万别,大概率如此,但外星人不需任何辅助设备就能在地球生存,说明他们非常适应地球环境,这是小概率。地球人把外星人像价值连城的珍宝一样保护起来,给他营造了足够舒适的临时居所。我也可以给出佐证,外星人洞察了我们的子嗣文化,才会对小孩展现出耐心和热情,又或者,怀孕的雌性外星人总是对小孩有一种莫名的好感,放诸宇宙皆准。

怀孕,分娩,这些都可以接受,乐于助人本来就是中华民族的传统美德,让人胆战心惊的是外星人的分娩方式。它不是从"子宫"中排出婴孩,而是均匀地一分为二,紧接着不久,新生的躯干快速成熟,进入第二轮分娩。仅仅一周时间,外星人马不停蹄地分裂六次,数量达到六十四(只),而且看不到停止的迹象。按照这个进度,用不了多久,最初的单体就能繁衍出一个族群。只需要分裂三十三次,外星人的数量就将超过地球人口。

这是我能想到的最疯狂的侵略方式。

地球上有许多鸠占鹊巢的物种,有种黄蜂可以在蜘蛛背上产卵,并控制蜘蛛的行为,让宿主的身体沦为黄蜂后代的子宫。等到黄蜂后代育儿所建成,蜘蛛便会死亡,遗体被日益长大的黄蜂幼虫啃食干净。现在,地球就是被外星人选中的蜘蛛。

***

"大致就是这么回事。"陈平告诉我,"有一个好消息,一个坏消息,你想先听哪个？"

"坏消息。"

"坏消息是——你得先听好消息，军方当机立断，将外星人轰成碎片，终止了它的妊娠反应。它反抗了，整个基地都遭到破坏，死了一些人。我们算是幸运的，进入了第一批转移人员的名单。停在地球同步轨道的宇宙飞船不翼而飞，我真搞不懂他们为何不反击，外星人应该具备引爆太阳的技术。哦，还有，我们的实验数据被波及了，不过放心，四个孩子平安无事。"

"这是坏消息？"经过反复追问，我确认躺在医院病床，而不是基地。我们重获自由。陈平堆砌了一脸掩盖不住的笑容，他终于可以阖家团圆，而我必须回归孤家寡人的常态。

"不，坏消息是没人出钱给你做手术，你很快就会死了。我现在跟你道别，也算见你最后一面。"

"吴非呢？"

"就义了。"

这才是坏消息，相比之下，前者反而显得不堪一击。我愣愣地盯着陈平。

"不跟你玩了，其实坏消息不成立。"

"吴非在哪儿？"我大声叫道。

"他死了，我说过。"陈平说，"院方联系了你的家人，他们愿意承担手术费。我见到你弟弟了，他傻乎乎的，说什么可以不结婚，不能没有姐姐。"

***

手术成功了，我白饶三年寿命。

这三年我过得很好。我辞去实验室的工作，每天坐地铁，随意选择一个站点，上到地面领略成都的日常。我想在死之前好好看看这座生我养我的城市。我跟父母和解了，这感觉很奇怪，我们都做了伤害彼此的事情，因此相互抵消。弟弟的婚期没有耽误，他工作很努力，虽然辛苦，但很幸福。

刚开始，我的社交媒体收到过成千上万条人身攻击的评论，甚至有人给我寄过拧下脑袋的洋娃娃，控诉我是一位双手沾着鲜血的刽子手。也有人半夜敲门，在我的门上用红漆或者血写下对杀人犯的控诉。换作从前，我肯定会精神崩溃，但经历过生死，我看淡了许多。我卸掉全部的社交软件，甚至戒掉手机。这并不是一件容易的事，除了提供新鲜诱人的消遣，手机已经融入我们的生活习惯，比如消费，比如工作。我有段时间挺不适应的，但熬过那段时间，就豁然开朗。

外星人的新闻曾短暂冒出一些，不过都没有熬过几天，总有更新鲜的热搜出炉。我有时甚至怀疑那两年发生的一切的真实性，如果不是我最后见到了外星人的庐山真面目。

偶尔，我会想起吴非。

还有陈平这个龟儿子。

以及，那四个小孩。

我多方打听过，只知道他们被送到四个不同的领养家庭，具体地址保密。

我再也见不到吴非了。

陈平也没有露面，我们唯一的通信装置留在了基地——他用纸杯和绳子制作的电话。

我以为，我会这么悄无声息地死去，并且我已经做好了与死亡会面的心理准备。这几年，我一直准备着。

来吧。

他者

***

我没有想到，有朝一日我竟然还能见到那四个孩子，不，三个。阿大，阿二，阿三。他们长大长高了，可我一眼就认了出来。我以为，这只是我一厢情愿的幻觉。我用三年时间偷偷从所有亲朋好友的生活中销声匿迹，我不想让自己的葬礼成为大家相聚的理由。我安排了自己的后事，躺在病房，等待死亡。这一次，死亡没有三年前那么面目可憎，但也足以让我胆战心惊，唯一的安慰就是我常常陷入昏迷，我也期盼着可以在沉睡中故去。

"你们怎么来的？"

"古鲁古鲁。"阿大答非所问。

"外星人？你们还记得。"

"从未忘记。我们学会了外星人语，但像个哑巴，只能听，不能说。当时无法意会，直到最近才恍然大悟。"阿大不过六岁，谈吐却颇为成熟，完全不像他这个年龄段的孩子，"懂得外星人语，就会按照他们的方式思考。"语言可以影响思维，"如同灌顶。一句佛偈，便可顿悟。我找到他们，助其开窍，可惜没有阿细的消息。"

"我们找你事出有因。"阿二接着说，"外星人来地球其实是为布道。它是名宇宙传教士，到处宣讲自己的信仰。"

"这是一套非常复杂的体系，大致跟佛教相当，主体思想是生与死。它们不存在性别之分，雌雄一体，繁殖方式就是分裂，每次分裂都是一次死去和重生。因此，它们彻悟了生命与死亡的奥秘。死亡才是文明的第一生产力。"阿三收尾。

"你们是来劝我不要抗拒死亡吗？"

"恰恰相反，我们是来拯救你的。"阿大说，"宇宙之中，空间和时间的密度不均匀，外星人驾驶飞船从河外星系进入太阳系，除了钟慢效应，还发生了折射。"

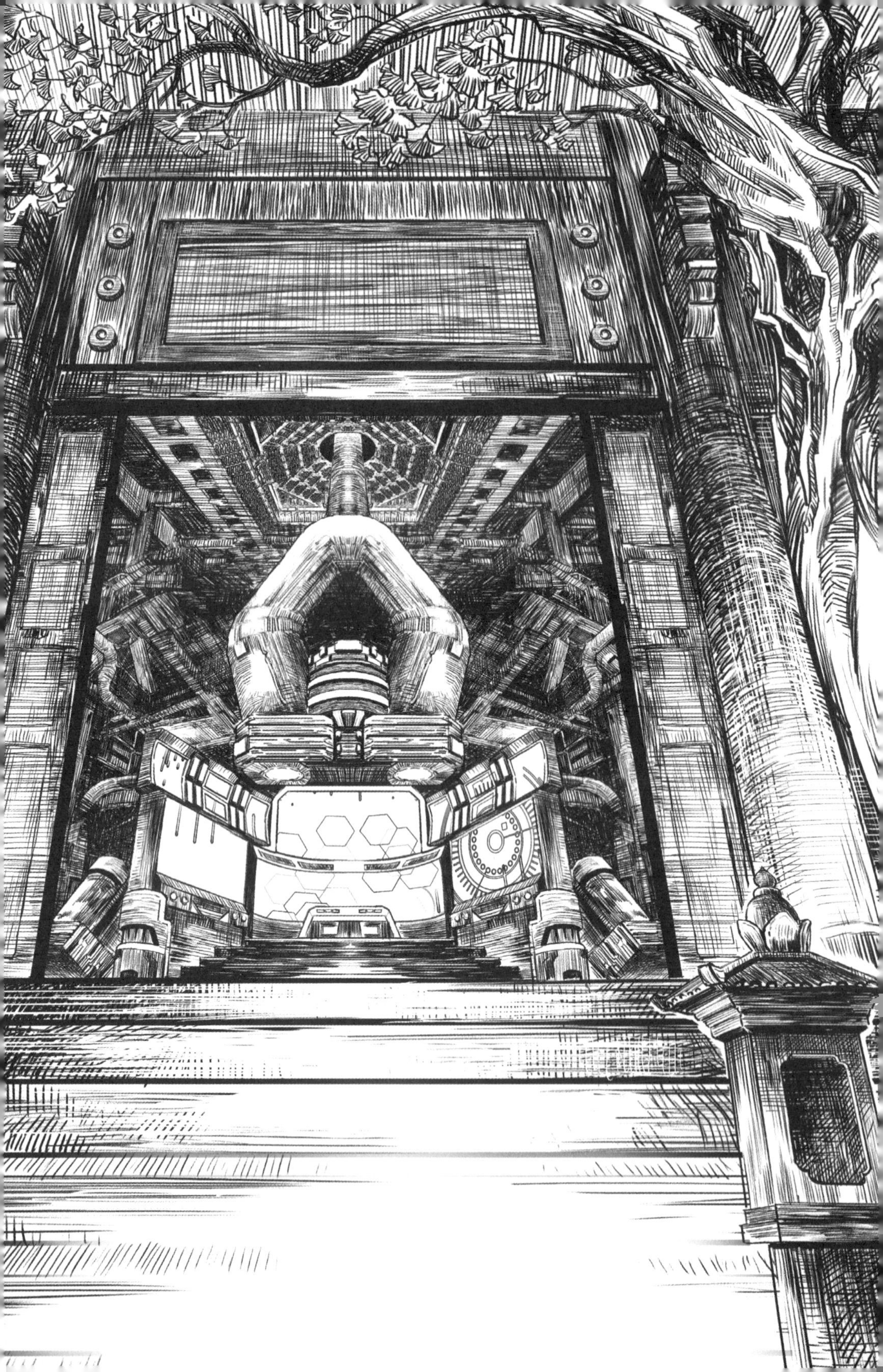

"就像光从空气进入水中。"阿二接龙,"时间偏差刚好一百年。他们本来要去一百年后的地球。他们可以对时空进行调整,但是——"

"懒得去做。"阿三抢白道,"现在更适合他们传授理念。一旦掌握外星人语,就会具备他们的思维,其中最重要的一点就是——"

"安之若素。我们可以帮你启动时空调整,助你去到一百年后,那时的医疗技术也许可以根除癌症。我们看透了生死,你没有。你想活!"

"它当年听懂了你的诉求。"三个孩子异口同声,"你想活!"

***

没错,我不想死,谁想死呢?

于是,我来到一百年之后的成都。

整个过程简单到无以复加,没有高端和复杂的设备辅助,只是睡了一觉,梦中度过百年。

我以为成都会发生翻天覆地的变化,就像科幻电影里的未来世界,到处是机器人,飞艇满天,脑控技术得以实现,物联网普及……我看到的成都几乎没有变化,以至于我觉得时间一直没走。只是街上明显萧条,步行半个小时,我没有看到一个人,一辆车。

我来到曾经人山人海的春熙路,仍然没有看到半个人影,车辆整齐地停靠在路边,许多车的车身已经严重腐烂。要么,这真的是一个梦,是我弥留之际的无聊幻想;要么,未来的地球被外星人杀了回马枪,占领又抛弃。地铁停运,路边的商店大门紧锁,橱窗里的商品还在,落了一层厚灰。我走进一家便利店,货架上的商品生产日期最早的是2030年。

我刚想离开,一只大狗虎视眈眈。大狗体型接近牧羊犬,尾巴又粗又直,像

71

根舌耷垂在地上。这哪里是狗,分明是狼。我连忙关紧玻璃门,小心又惊惧地观察那只狼的行踪。狼在门口蹲下,引颈嗥叫,引来狼群,它们一字排开,静静望着我这顿晚餐。

未来的成都沦为一座野生动物园。

我不敢出去,它们不能进来,就这样对峙到天黑。货架上有许多零嘴,但没有一样食物的保质期超过十年。我虚弱的身体撑不了多久,我会晕死在这里,腐烂成泥。

远远地,我听见一阵钟声。狼群轰地散去。我不知道这是否是它们的诡计,但我必须走出去,离开还有一线生机,留下来只能坐以待毙。有钟声的地方就有人,我循着钟声走去,在夜色彻底降临之前来到文殊院。

为我开门的是一位白眉白须的老僧,他用阿弥陀佛和一碗热粥接待了我。房间燃着一根白蜡,烛影摇晃,我睡意深沉。

第二天,老僧带我参观寺院。我之前来过文殊院,不止一次,可如今跟百年之前大不相同。

"整个寺庙就您一位?"

"整个成都就我一位,所有人都去了堆栈世界。"老僧说,"您不认得我了吗?"

"你是——"我捂住嘴,眼睛一热,"阿细?"

"欢迎来到一百年后的成都。"阿细说,"我泡了一壶龙井,我们边喝边聊。"

堆栈世界就是虚拟实境。这不是多么新鲜的技术,类似的概念在一百多年前的文学和影视作品中已经泛滥,到真正实现却走了相当长一段旅程。

堆栈世界的魅力非同小可,以至于人们奋不顾身要摆脱尘世。那是终极乐土,人们随心所欲地改变自己的长相,改变世界,可以拥有一颗专属星球,只需要运行几行代码就能将想象中的图景拓成模块。那是人类最后的归宿。每一座城市都有一座服务器。堆栈世界对所有人开放,上传,上传,上传,所有人都会成为世界的王,不生不灭,不垢不净,不增不减。这个原本科幻的场景反而显得不那么离奇,相比之下,还没有外星人事件对我的冲击力更大。我安静听完,没有任何头昏脑涨的迹象。

"所以,未来也没有治愈我的手段,除非上传?"

"没错。"

"人们都去了那里,现实世界就这么被抛弃了?"

"人有八苦:生、老、病、死、爱别离、怨憎会、求不得、五阴炽盛,一旦脱离肉体凡胎,八苦也无从谈起。这是人类最大的欲望,没有人能够抵挡。试想一下,永生、不老、没病、无死、随心所欲,谁不向往这样的世界?只是我们学会了外星人语,懂得死亡才是文明的第一生产力,不会受此诱惑。'古鲁古鲁'游历宇宙,发现诸多文明的终点都是堆栈世界,于是他们发明了一种特殊语言,到处传教。"阿细给我斟满一杯香茗,拱手说道,"你可以选择上传,也可以回到过去。我可以把你送回外星人分裂之前,挽救那些被摧毁的研究数据,凭借这些理论,你可以教会一批婴幼儿,等他们长大,成为社会栋梁,代代相传。如此,人类就能幸免于难。而你,将为此付出生命的代价。"

"幸免于难?或许,这正是文明进化的必经之路。"无可厚非。我无比接近过死亡,知道那是什么样的滋味和煎熬。文明的存亡重要,还是个体的生死为大?况且,进入堆栈世界的人们以二进制的方式继续维系着人类的香火,永远不会凋零。

"选择权在你手中。生存还是毁灭,这是一个问题。"阿细再拱手,"请茶。"

吃完茶,阿细把我带回大殿,还没靠近殿门,嗡嗡声就不绝于耳。大殿之上没有供奉任何佛祖,也没有香案、蒲团,而是整整齐齐码放着运行系统的方阵。阿细告诉我,所有成都人都在里面。存储器发出的低鸣让我想起外星人语——"嗡"。

"你现在可以做出选择了,"阿细指着计算机组说,"永生还是死亡?"

"我选择永生。"我毫不犹豫地说,我是一个平凡的人,我想活。

阿细有些失望地看了我一眼,双手合十:"阿弥陀佛。"

***

光,一道光劈开无边的黑暗,世界向我走来。

(责任编辑:姚海军)

红纱之星

汪彦中

我们就是这里的一切,
我们的意志就是这里一切事物的意志。

汪彦中

江苏省科普作家协会科幻专委会副秘书长，世界华人科幻协会会员，江苏省作协会员。作品见于《科幻世界》《科幻Cube》《特区文学》《萌芽》等刊物及多部国内科幻精选集，曾获中国科幻银河奖、晨星科幻文学奖。著有科幻作品集《二次遗书》《异变》。

1

浑身上下充斥着无尽的亢奋和激情,从内到外,所有知觉全部开启,仿佛此时能够赤身体验宇宙中的一切;眼前的景象则更加离奇,拥有无限颜色的光似乎永恒地笼罩着,眼花缭乱却并不晕眩,犹如身处另一个完全不同的宇宙。

"这不是梦。"佟骁对自己说,他的意识始终很清醒,"这只是实验。"

他唯独略感有些模糊的,是实验的这段时间。

缓慢地,一切知觉全部消失。在极为短暂的黑暗中,他的意识消散了,真正地陷入昏厥。

再度醒来时,眼前是苍白的色彩。佟骁睁开眼睛,第一反应是自己睡着了。周围走来几个穿白大褂的科研人员。

"我睡了多久?"他问。

领头的实验员面露笑意,"三分钟半。是不是觉得恍若隔世?"

确实,回忆之前的体验,佟骁感觉自己好似度过了一整年那么长的时间。

"恭喜你啊,佟先生,实验非常成功。我们组还是头一回遇到匹配度像你这么高的人。录取通知大概半小时后送到,请不要离开研究所,先去和你的家人一起吃午饭吧。"

覆盖在床铺顶端的几套"8"字形磁检测仪，啸叫着翻转成如无限符号般的形状，缩回墙壁里。佟骁起床穿衣，发现周围这些人用前所未有的和善眼神看着自己。

三分多钟前，他走进房间时，这些人都不拿正眼瞧他，只是满脸公事公办的漠然神情，毕竟他们这两年每天都要接待至少五十几个像佟骁这样的申请者。

"我真的符合要求了？"他问领头的实验员。

对方示意他看看监控屏幕，上面写着一行字：

佟骁，男，38岁，远程电化脑感知实验初查结果——具身性匹配度98.18%。

研究所到处是灰暗苍白的单调光影，墙上时钟显示现在是上午十一点。佟骁在实验室门口的椅子上找到妻子和女儿，她们在读双语绘本，第一个故事都还没读完。毕竟他从进去到现在出来还未超过五分钟。她们身后的入口，仍然排着一队等待测试的申请者。

"结果怎样？"妻子抬头看他。

"百分之九十八。"

"这是合格了？"

"应该是，他们说录取通知一会儿就发。好像算是高分。"

妻子脸上再次露出那种复杂的表情，欣慰、沉重、迷惘，还有可以预知的压力，全都浮现出来，刺激着佟骁的内心。

"去吃午饭吧。"他说。

"等她读完这篇。"妻子低下头继续监督。

十几分钟后，有工作人员送来录取合格通知书，同时附上了一本小册子，封面上有"合同"等字样。

"还是重申一下，一切全凭自愿，你可以选择是否接受这份工作，我们建议你……"工作人员看到佟骁有妻小在场，稍有犹豫，但仍说道，"建议你还是考虑一下。只是出差半年，就有一百多万的收入，全国那么多人申请，不是想去就能去的，浪费这个机会就真的可惜了。"

那人走后，妻子没有心情再看绘本，只是望着窗外，"一百七十五万，是吧？"

"这不是挺好？还附送保险呢。"佟骁避开妻子的眼睛，走到女儿面前蹲下，把录取通知递过去，"看，爸爸的考试成绩出来了，九十八分。"

"这么高啊，那就可以去开宇宙机器人了？"女儿摸着通知的纸角问。

"是，也不是。不是去开机器人，是去当机器人。"

"那个宇宙有多远？"

"没多远，在那边我也能看到太阳，跟你一样。"

"吐哦，那个世界会很好玩吧？我也想去。"

"应该吧。想去，你的考试成绩可得跟我一样好才行。"

佟骁抬头，看到妻子正独自往电梯门口走去。

他摸着女儿的头顶说："我想，肯定比现在这个世界有趣多了。"

2

本省的项目控制中心设在城市东部郊外的一处山顶上，四周是平原和水田，清静又安全，最重要的是信号收发效果很好。佟骁走进遥控指挥中心，见到了负责接待他的组长。

"一个人来的？"组长见佟骁独自入内，只带了一只旅行箱。

"孩子今天上学，老婆也有事。"

"干净利落，很好。"他颇有些赞赏地拍拍佟骁的肩，"这份工作最适合性格果断的人。"

倒不如说是薄情寡义的残忍之人吧，佟骁心想。

前往宿舍的路上，组长问："关于工作系统的原理，手册你都读熟了吧，应该不需要我再重复介绍了？"

"还是您再说一遍比较稳妥。"佟骁回答。

"很谨慎啊，非常好。去宿舍说吧，比较方便。"

环顾四周那些如畸形巨神般矗立的生命维持设备，佟骁心想，这大概是世界上最不像宿舍的宿舍了。

冰冷的地底库房中，各类维生设备被层叠的黄色或绿色保温管道包裹，不见尽头的黑色光缆扭曲地盘绕在地板上，如流淌出来的怪物肠道。它们在库房中央交汇，拱卫着一根横卧着的、白到刺眼的不明材质圆柱体。圆柱体顶盖已经打开，里面是一张床，床上覆盖一层极厚的透明胶质体，表面散发着丝丝缕缕的冷气，让佟骁联想到日料店里专为刺身准备的冷冻砧板。

"是挺冷的，但睡着后也就没感觉了。你知道为什么吧？"组长问。

"因为那时我的脑子已经不在地球上了。"他回答。

状如巨型棺材的圆柱体另一端，有一根"L"形转折的防辐射管道，内壁灌满了铅和石墨。佟骁很清楚，其中无数的光缆通向建筑物顶部的发射站。它们负责将"棺材"里的电波发射至六十多亿公里外的冥王星上。

"也不是马上就能发射到位。"组长补充说，"你在里面睡着后，从休眠至完全启动需要三天。三天后执行发射，接着还要花四十几个小时才能把你脑子里的一切思维全部传送完毕。挺耗时间的，不过比真人宇航还是要快太多。"

"对我来说都一样。睡着之后，时间对我就没意义了。"佟骁说。

"那倒也是。"

准确的"睡眠时间"要从麻醉剂起效开始算起。昏迷之后，将有一支专业小组负责剖开佟骁的身体，将信号传输系统和辅助循环系统接入他体内。在地球上，他将成为一具沉睡长达六个月的活尸，而在太阳系另一头，数天之后，他将拥有一具全新的人造身躯。

"新身体的情况你都了解了吧?虽然你做过模拟,身体和硬件方面的匹配也没有问题,但真到了那一天,万一醒来之后你受不了那个'身体',心理上——"

"都已经决定这样了,我什么都能接受。"佟骁回答。

组长却有些疑虑,"钱确实很重要,人人都需要钱,不过放弃自己的身体,被困在那个怪异的地方——鬼知道那里今后还会发生什么——不是人人都能受得了的。我听到小道消息,全国到目前为止,包括你在内,匹配度超过97.5%合格线的人,在全部申请者里不超过百万分之二。十几年的实地勘测,六年多的传送技术攻关,到现在为止,也只做到这个概率,只能找出两个人去现场。我们是真没有办法……"

这些话,佟骁前几天在网络媒休上读到过。他问组长:"冥王星上现在还是那副样子吗?"

在任务控制大厅的屏幕上,佟骁看到一幅属于高度机密的冥王星表面近期观测画面。

尽管这大半年来,冥王星周边空间出现"不明物体"的新闻早就在全球范围内传播,但第一次亲眼见到现场画面,还是让他惊愕不已。

从冥王星表面看去,星空已完全看不出黑暗的原色,淡粉红色的光晕层层叠叠,轻薄中又仿佛带有无穷厚度似的,犹如纱巾遮蔽着整颗星球。这层如烟如雾的"轻纱"并非实体,某些地方还能透出星光,但星子非常稀疏,地球上大城市受污染的星空都要比它更分明。

"除了系外恒星、太阳、太阳系内行星外,冥王星和卡戎等小卫星也被它挡住了。这和地球这边以及韦伯望远镜的观测结果一致,冥王星本身正被它紧紧包裹。"组长说。

"但是它不妨碍电磁波收发,对吧?"

"当然,否则你也就没法去那边出差了。它真的好怪异,只在视觉上显现,引力和电磁辐射方面没有任何存在迹象,好像不属于我们这个三维宇宙似的。它唯独把我们发射到那里的卫星信号全遮蔽了。"

"我们的任务主要是观测它?"佟骁问。

组长回答:"这当然是一方面。另外,十几年前就定下的开发计划仍在继续,你们要维护和扩建当地的自动化工程前期准备设施。目前看来,这层'轻纱'除了妨碍当地的光学观测外,对其他工作基本没有影响。当然,如果你们能发现它更多的秘密那就更好了。"

此前佟骁就已经注意到了这处细节,"您说'你们'?"

"当然了,否则这些画面是谁拍的?摄影机的位置并不在主基地。"组长伸手指向屏幕,"那边现在已经有一个人了。她是你的同事。"

顺着对方的手指,佟骁在低帧率画面的右侧,看到一个不同寻常的人。

淡粉红色的天幕中,一名仅穿着条纹衬衫和牛仔短裤的少女,裸露着手臂和腿部的雪白肌肤,背着黑色双肩包,挺直腰身梳理着自己的长马尾辫。

"这就是……同事吗?"

零下二百二十几摄氏度、气压不足地球几十万分之一的无氧大气里,这位看上去只有十几岁的女子,站在一块赭色岩石的顶端,仰望着头顶的粉色光辉。她的表情恬静淡然,眼睛不时眨动几下,嘴角微动。在佟骁看来,她此刻像是正享受着与宇宙交谈的乐趣。

3

刚醒来时,佟骁的第一个感觉是眼前一片红润,除了红之外不见其他颜色。随后那些红色逐渐变成粉红色、淡红色,最后褪去。眼帘中的一切,也就是这间狭小卧室里的铁床、铁墙壁、铁质天花板等一切物体，颜色都是那样鲜艳，数不胜数的彩虹色反光显现在万物边缘。

眼幕最左侧短暂而分明地闪出一行竖着的字符：可见光模式已转换。佟骁刚辨认清楚，字符便消失了。

他发现自己躺着，且能感觉到自己下颌与脖颈交界的位置有什么东西紧紧地束缚着。伸手去摸，那是一根腕粗的柔性电缆。指尖刚触到它粗糙的表面，佟骁头部内侧深处就传出一道振动，电缆马上就掉落下来，垂落在铁制地面上，并有弹性地、状如巨蛇般自动缩回床架下面。

提示字符又在同样的位置闪现：信息缆011已卸除，请确保数据完整性。

坐起身来，身体的一切动作及其带来的感觉并没有太多的不妥。佟骁习惯性地抬起左腕想看时间。

没有手表。白而消瘦的手臂有着惊人的光滑肌肤，没有毛孔，没有粗黑的汗毛，没有痣，是一只光洁白皙的只属于青少年的完美手臂。

字符在眼幕中跳出：北京时间20XX年X月XX日，15时52分26秒。秒数正在不停跳动。

赤脚站在地上，佟骁感到自己脚底板的皮肤异常细嫩敏感，可以敏锐觉察到金属地板上哪怕只有一毫米大小的划痕和凹凸，但同时又有着某种迟钝感，因为完全觉察不到任何温度。既不冷也不热，好像地面与自己身体有着同样的温度。房间异常单调，墙上有些规律性的矩形裂缝，里面大概藏着什么设备。除铁床之外，房中别无他物。

在佟骁对面的墙上，有一面落地镜。走到镜子前，虽然早已有心理准备，但他还是傻了，站在原地愣了很久。

镜中是一名身高一米七五以上的白皙瘦削的少年。模样大概只有十六七岁，一头短发乌黑浓密；相貌清秀白嫩，不是"帅"或者"美"等词汇能够简单形容的，而像是综合了大多数人面孔特征后制作出的一种"标准长相"；鼻子高挺，嘴较小，没有胡须；喉结处有一个七边形的淡红色线框，佟骁推测那是刚才那根电缆连接的位置。

至于躯干和四肢，一切都是那样完美，只是在小小的肚脐上方，有六个狭小的黑色圆孔镶嵌在"腹肌"表面。

他凑近看自己的眼睛。眼睛很大，无比明亮，瞳孔是奇异的淡金色。

身上穿着一条白色的四角内裤。犹豫一会儿后，他还是按捺不住好奇心，伸手探向那里——

房间舱门开始发光。有节律的、如鸟鸣般的提示音响起，在佟骁脑中显得过于嘹亮清晰，令他停止了动作。

"你醒了？那我进来了。"

有人在门外自说自话，是个清脆的女声。话音的来源也在佟骁脑中，明显是人造电子嗓音，标准，好听，但不属于某个真人。

"嗯……"他有些迟疑，无端地发出一声嘟哝。同样是人造嗓音。

舱门裂成大小不等的四片，旋转着开启。一位少女穿着露腰T恤和超短裤夏装，披着头发，大步走进来。一样完美无瑕的身体，眼眸也闪着与他相同的淡金色光芒。她对佟骁露出标致的微笑。

"下午好，我是你的同事，我叫辛菁。出发之前你应该见过我，对吧？"

佟骁近乎赤裸地站在冥王星的表面。

四周是淡黄色的荒漠，远处有暗红色的群山。铺天盖地的淡粉红色在地平线上蔓延，遮蔽着天幕，表面零散地点缀着一些刺眼夺目的星星。没有风，没有冷或热的温度，只有脚下沙石凹凸不平的触感，以及身后辛菁穿着运动鞋走路踩出的沙沙声。

他深深地吸了一口气。闻不到任何气味。但同时，他视野右侧跳出一块狭长的橙色半透明统计表格，内容是本地大气实时组分数据。

和其他感觉一样，嗅觉在这里也只是拿来科考探测用的……

"感觉怎么样？"辛菁的话音响起，打乱了他的遐思。

"还行。"

"你好厉害，居然没什么反应。我刚来的那天，发呆了整整一天半。当然是北京时间的一天半。"辛菁站到他身旁，笑着说，像是故意要分散他的注意力，"那时候每时每刻都想哭，想回家，可惜不能。"

"是不能回家，还是说不能哭？"

"都不能，我们签了半年期合同呀！而且这副身体也没有哭的机能。"

对方的盈盈笑语透过通信系统实时传进佟骁的人造脑中，仿佛每字每句全都是在他体内说出，让他产生错觉，以为对方正在他的心里说话。

他走到辛菁面前，想要确认对方眼睛里是否有泪腺。辛菁看出他的意思，解释道："哦，泪水的话还是有的，不过是为了保护我们的眼球探测器。"

"探测器？"

"对啊。"辛菁蹲下抚摸着粗糙的地表，像一个在海滩上游玩的女高中生。她的T恤很宽松，衣领内一览无余，虽明知那是人工制造的肌肤，佟骁还是下意识地避开了目光。

"我们身上的一切都是探测器，组长之前应该也跟你说过吧。"

"是的。"

"这里气压极低，几乎等于真空，沙土微粒非常尖锐，不好好保护眼睛探测器可不行。"她抬头对着佟骁不停地眨眼，展示眼睑和睫毛的清洁功能。

佟骁也蹲下来。他抚摸着地面，刺痛感阵阵泛起，手部皮肤也只有敏锐的触觉而没有任何温度感。只剩眼幕中不断跳出的温度数据提示着他，目前地表温度逼近零下二百三十八摄氏度。

在这片与地球单程通信延时超过四个半钟头的荒土上，身体只是为了满足工作条件而已。人造皮肤、人造肌肉、人造钛复合物骨架，可以拆卸的四肢、可以打开的胸腹腔以及其中的核电池，使他们的身体可在这里毫不辛苦地自由移动。甚至，任务计划书中强烈建议他们平常尽可能地裸露肌肤，为的是让浑身的传感器更高效地工作。每日穿着夏装，以无穷丰沛的体力在星球各处游走，重达七百多公斤的躯体在此地的引力下仍可轻盈地奔跑、跃动，宛若置身天堂。

这里真的是天堂吗？已近中年的佟骁心头不时飘过各种失常的思维。难道在这副完美的身体中，那颗电子脑的运作能力比自己的肉体更强，导致自己不受控制地开始胡思乱想？

他起身摇摇头。听不到风声，只有提示风速的数据跳出来。

"该工作了吧？"他问。

"到今天的二十四点之前，你的工作就是适应身体，我负责帮助你。"辛菁回答。她站起身，指尖捏着一小块形状怪诞的石头，像是粉色的玉，但边缘极其锐利。"有没有想过，为什么我们这副身体连嘴巴、牙齿和舌头都有？"

"这我还真没想过。"舌头做出舔舐口腔和牙齿的动作，佟骁承认，这确实不甚合理。

"我也是前段时间才搞明白。把这个含进嘴里试试。"

辛菁把石头放入他嘴里。在他眼幕下方，飞速升起一大块半透明的橙色表格，详尽地显示出这块石头的物理特征、化学成分等数据。

"咬一口。"辛菁饶有趣味地看着他说。

切齿只轻轻一嗑，一半怪石马上碎裂在佟骁口中。他感到一阵崩裂的震动由钛骨架传遍全身。眼幕中的数据表格瞬时更新，增添了更详细的光谱分析结果。

"原来如此。"他吐掉石头碎渣，用手指在自己嘴里刮蹭。一些碎粒卡在牙缝里，他皱眉处理了很久才勉强弄完。然后他看到辛菁正在开怀大笑。

"对不起，你刚刚那个姿态和表情，真的好有意思啊。"

没想到，就连人类最微妙的笑容都能如此精确地模拟。佟骁愣愣地看着对方。这确实是他生平所见的最美的笑容，同时他又万分清楚，这不过是一张假脸。

"啊,好开心。谢谢你,佟先生。"辛菁挺直腰杆深吸一口气,看上去像是十分满意,"在这里住了快三个月了,一直都是一个人,今天第一次见到男同事,真的很愉快。"

"三个月啊,那可能会有点孤单。"

"是非常非常孤单。"她转身来到佟骁跟前,"还有八个小时才需要开始工作,我们一起到周围转转吧。散步还是开车?"

佟骁确认了一下时间,现在是北京时间下午四点多。

从冥王星上不可能看出昼夜变化,太阳不过是粉色天幕上的一个亮点。对他们这样的人造身体而言,星球上永恒的暗夜似乎根本不存在,因为人造眼球探测器早已将夜视强度调整至常人最舒服的程度——相当于秋日晴好天气下午的光景。在这里,只有他们眼中那行滚动的日期数字在展示着时间的流动。

他感到自己的时间概念混乱了。

"就是说,'明天'凌晨零点就要开始上班?那现在是不是应该先回去休息,睡一觉?"

话音被辛菁的笑声打断。

"睡觉?怎么可能?你可以看一下工作计划。"

一想到次日的工作内容,马上就有一片亮红色表格从佟骁眼幕上方快速垂下。内容显示,明天的工作时长是二十四个小时。后天也是。大后天仍是。到第四天凌晨,才会安排一次例行的身体修整,地点是基地的卧室,时长为一个小时。

"我们的身体是不需要休息的。"辛菁解释,"原则要求每七十二小时修整一小时,实际上也只是按章办事,那一个钟头里你在卧室连接信息缆,身体内部会自动维护。那时候才最无聊呢,整整一个钟头坐在床上什么也不能做,干瞪眼。"

"明白了。可除了身体,我们精神上难道不需要休息吗?"

辛菁回答:"不需要。我们真正的身体和大脑,现在正在地球上休眠,全天二十四小时睡大觉呢。现在站在这里的,其实只是我们自己头脑里的那个

'意识'。"

这些话听得佟骁有些晕。他看到辛菁伸一个懒腰,高举双手仰视淡粉色的天穹。

"不觉得这很伟大吗?我们再也不用浪费时间在吃饭和睡觉上了,比以前可以多活至少三分之一个人生。"

接着她朝佟骁伸出细嫩的右臂,示意握手。

"今天是我上班以来最开心的一天,谢谢你,佟先生。"

佟骁与她轻轻地握握手,"不客气。后面请多关照,辛小姐。"

两人的手和手臂部分都轻轻地颤抖了一下。

辛菁按捺住自己的情绪,故意笑起来,"这样讲话怪怪的,我们是不是都该换个称呼?"

佟骁没有回答。

他沉浸在一种人生中从未有过的、最怪异的体验里:在对方这位与自己身体工艺完全相同的"女性"手中,他体会到一种触觉,由两人敏锐的人造肌肤在同一时间共同塑造出来,并以双倍的效果在他们的皮肤之上扩散开来。那是一种前所未有的、激烈的、隐秘的、不可告人的柔软和丝滑。

人造身体没有心脏,它本质上是一台遥控人形机器,内部核电池仍在平稳运转,但极度激烈的思维意识,在电子脑高度发达的机能的保障下,此刻正在两人真正的"心"中如风暴般呼啸。

然后,异象开始出现。

警报声在两人脑中大作。一级风险提示和最高优先度的科考建议等各类警告字符开始冲刷他们的眼幕。他俩松开对方的手,同时看向天空——

两条粗壮蜿蜒的云雾状气流,正在天上飞快穿梭、剧烈滚动,宛如在这颗星球上刮起一阵风暴。

这是人类自发现冥王星以来,历史上首次观测到的现象。它不符合现存一切已知科学。

4

拖着长尾的气流状云朵，或者说某种类似云朵的东西，正在逐步增多，从两个变为三个，再变为更多，不出半分钟便增殖为一大群。它们毫无规律地在高空中穿梭涌动，仿佛自带生命。而在它们的"身后"，不少原本呈淡粉色的天幕则袒露出许多狭长的亮蓝色的色块，色块逐步扩大和增加，很像台风天中，厚重的云层被狂风逐步破开后，露出蓝天的样子。

然而这里不是地球，根本不可能存在类似的大气现象。蓝天和白云绝不属于冥王星。

"那究竟是什么？"佟骁愣愣地看着天穹上那几团愈发粗壮和复杂的气旋状物体。他体内的探测装置能直观地检测到这样的可见光变动，但也仅此而已，其他方面的数据都无异动。出发前，项目组根本没说过冥王星上会出现这种天象。

"任务规划更新了。快走，观测天象是现在最紧要的任务。"辛菁拉起他的手，转身朝基地飞奔。

没有温度的手，带给佟骁的是无尽细腻又紧密结合的触感。这种触感同样也在辛菁的脑中激荡，但两人此时暂无心思享受这些。他们的眼幕中急促闪动着的，是刚刚更新的紧急任务规划方案，由基地控制程序自动发布。它觉察到冥王星大气层内的异常骚动，立刻对现场人员提出任务要求，任务优先度被设为最高，必须立即执行。

如羚羊跳跃般，二人跑到设备库门口，舱门自动掀开。辛菁从门内侧找出一套淡蓝色连体工作服，抛向佟骁。衣服如纸片般在空中飘舞起来，像是没有重量。佟骁接过，边穿边问："这刀枪不入的身体还需要穿衣服来保护吗？"

"说反了,穿它是为了防止碰坏仪器,我们的身体比金属仪器更结实。"辛菁回答。

在辛菁的指挥下,佟骁用手臂和肩膀托举起重量近一吨的仪器舱,走到基地正门口一片平地内,用支脚将其固定于地面。花了近十分钟,二人固定了共计五台仪器舱,可测量光学、热力学、辐射、电磁、引力计数等诸多环境数据。

"你也有启动观测的权限,打开试试。"准备工作完成后,辛菁对他说。

佟骁在眼幕里打开一堆菜单,同时问:"在哪儿?"

菜单栏中突然跳出一个闪烁的绿斑,貌似在自动翻阅菜单并执行。他马上反应过来,这是辛菁。对方进入了他的电子脑,正在代替他执行器材遥控操作。

五台偌大的仪器舱纷纷自行展开外侧蒙皮,像一排神秘巨兽的蛋正逐一破裂、孵化,露出其中的金属骨架和各类灰黑色的探测仪器。许多天线状设备从舱中升起和展开。

他们俩并排站着,一言不发。

天空中的异象正在荡漾着消退。或许它们从刚出现之时起,便已开始逐步衰减。数分钟后,最后一缕神秘的气流淡化消失,天空重又恢复成平常的样貌。

辛菁那张漂亮精美的人造面孔上浮起明媚的笑意。她把刚刚从基地网络里整理出的数据全部发送到佟骁这边。"看看,是不是很有趣?"她说。

对照数据表单里自带的参数标准和期望值,佟骁从数据里读出,方才天空中出现了强度急速增加的电磁流。

"估计再过四个多钟头,地球上的人都会很激动吧。"辛菁说。

"不可思议。你之前见过这样的事?"佟骁问她。

"怎么可能呢。"她席地而坐,抱着双膝,仰头眺望,"这个宇宙真是有好多乐趣可供我们发现啊。"

与佟骁之前的想象不同,选择"普通维护"模式,在自己额下插入电缆后,直到模式自行正常开启,他的这副身体也完全没有任何变化。没有休眠,没有关闭,连所谓的困倦感都没有,更不必提梦境了。他只是独自枯坐在床边,眼睛看着自己的赤脚和脚下的灰色地面。

维护期间,什么都不能做,身体只能保持静止。佟骁心想,看来终于免不了要和自己独处一番了。

过去的近七十二个小时,他非常繁忙。大气层中那些奇怪的现象,不出所料在地球指挥部那边引发轰动。之后的通信时段里,他和辛菁接受了总部发来的大量调查任务单。任务单内容涵盖人类已知的所有技术调查手段,乃至富有创造性的全新内容:裸身站立在气流中检测大气情况,用舌头舔舐深层土壤采样柱,用鼻子大力吸取高空大气样本(随任务书还附上一份器材改造说明,装置形状如同中东地区的水烟壶),等等。

繁多的任务要求每天都会新增,日渐积累,工作时间规划表格已经延伸到了明年第二季度。佟骁抓紧一切时间,将七十二个钟头里的每分每秒都投入工作里:拆卸、安装、搬运、维护、改造、保护、整理记录……他全部是自觉自愿地埋头苦干。

自觉自愿,是因为,从来到这里的第一日起,他就发现了一个问题。

他发觉自己很不对劲。

现在,正自己独处,手中无活儿可干、精力无处分散的他,这种感觉愈发强烈。

"骁,你还在维护中吗?"

空旷的舱室画面中跳出一行辛菁发来的黄字,语音信息也同时响起。

"是的,还有二十多分钟才结束。"

"这么久呀。我这边已经好了。"

"嗯。"

"现在我就在门口,我要进来啦。"

佟骁抬头看舱室门，还未来得及拒绝，破裂成数块的门板已经消失。辛菁穿着纤薄得几近透明的吊带背心以及牛仔短裤，赤着脚走进来，停在他面前看着他，表情平和。

"有什么事吗，前辈？"

"不是说了吗，不许叫我前辈。"辛菁继续站着不动，表情没有变化。

"什么时候说的？"

"四天前，你刚来的时候。"

"我几乎都不记得了。"

七十二小时之前的事，对佟骁来说确实显得有些遥远。在他的主观感受中，从抵达这里到现在第一次日常维护，几乎像已经过去了一个星期。

"维护的感觉怎么样？"辛菁挨着他坐在床边，这令他暗暗紧张起来。

"有些无聊，我本来以为会休眠。现在我感觉在这里过日子也挺没劲的。"

他未曾料到，原本只是为了勉强聊天而随口说出的一句话，竟逗得对方欢笑起来，是那种不捂嘴的、尽情的大笑，这么大幅度的表情和动作出现在辛菁的这具标准东方美女的身体上，看起来有些过于放纵，以至于不太文雅。

辛菁右手抚着肚子，左手撑床，很放松地斜靠着身体，说："啊，太开心了。肚子不会笑痛，可是在我脑子里却又有肚子痛的感觉……"

"有这么好笑吗？"

"不是因为好笑，而是因为我觉得开心。"辛菁说着，猛然握住他的双手，拉到自己胸前努力摇晃，做出一副向志同道合者热情致以问候的模样，"原来是真的，你真和我猜的一样，是个能跟我合得来的人。"

维护期间，电缆不可拔出，佟骁的身体无法动弹，只能任由对方如此肆意地进行肢体接触。

一道荡漾如波的电击感从两人手掌的接触面生出。显然，双方都能感到。辛菁迅速放开他的手，双眼瞪大，表情惊愕。与此同时，像是错觉，两人同时听到，好像从这间舱室的四壁上传来如钟鸣般的"铛"的一声。

辛菁站起来，转移话题。"七个小时前，我给总部发过去的汇报里，多加了一封申请书，上午我看到他们确认了。我马上去第一仓库，你维护完之后直接去那里找我。"

第一仓库是最大的一间工程舱，确切地说是个开放性的棚子。

"去那里干什么？"佟骁问。

"你不是说，觉得这里的工作无聊吗？我也有同样的想法，所以申请了一个不那么无聊的考察项目。"她走到门口，冲佟骁抖了抖身上薄如蝉翼的背心，"衣服正常穿就可以了，但记得系上腰带，戴上头盔。"

那种感觉又出现了。佟骁支支吾吾地应着，迅速把脸转向另一边，闭上了眼睛。

不对劲。他越来越强烈地感觉到自己出了什么问题。原因不在对方身上，而是在自己这边。这就是最恶劣的问题，他阴郁地想。

5

遥控信号从辛菁脑中发出，第一仓库的保温充气帘徐徐上卷，露出仓库中央那架庞大的金属灰飞行器的硬朗线条。佟骁走进去，眼睛瞪大，他通过眼幕里显示的辅助信息，知道这是国内近年刚刚服役的最新型地外飞行器。

"这个东西我们也可以使用？"他问辛菁。出发前他对这机器有过了解，但没有经过任何相关训练。

飞行器的前后主舱门同时自动打开。已经穿好喷气腰带的辛菁现在正悬浮于机背上方，检查各处蒙皮的外部状况。她回答说："这个基地里的一切东西我们都可以用。"

"你会开？"

"不需要'会'啊。"

她控制机首上方的舱盖张开，以漂亮顺滑的下降动作滑进座舱里。几秒钟后，机身外侧的照明灯、警示灯、编队灯等电气设备已全部启动。眼幕的新信息提示佟骁，眼前这台机器正在进入启动程序。

"快上来。"辛菁细嫩的胳膊伸出机身外，对他招手。

佟骁还是决定从地面进去。喷气腰带丝毫不会伤及他们的身体，不过他认为这样用气体吹在对方头上很不礼貌。他从后部货舱门进入，看见一辆六边形的浮空车放置在货舱中央，被许多纤维绑带固定，车身下塞着防震垫。

在货舱前部，一架折叠登机梯从顶端降下。佟骁攀着它上去，躬身穿过一道小闸门，进入驾驶舱。坐在右侧座椅上的辛菁看了他一眼，同时收起那架登机梯。

"坐吧，你来开。"

左侧座椅是主驾驶位。佟骁犹豫着坐下，后脑勺刚一接触椅背，马上就传来被磁力装置吸附所产生的震动。

"他们从来没教过我驾驶这东西。"他略显不安地说。

辛菁笑道："也没人教过我。因为这根本不需要教。"

"那怎么操作？"

"什么操作都不用。你可以闭着眼睛、跷着腿、抱着胳膊，在脑子里命令它飞起来、飞去目的地就可以了，途中你也可以用想法随意控制它。不过，记住头不能离开椅背太远，否则连接断了它就只能切回自动悬停状态。"

原来如此，通过电子脑直接控制。佟骁点点头表示明白。

"那就先升空，升到五十米高度看看。"他在脑中下令。

各类大大小小的震动接连传来，驾驶舱和货舱全部关闭。同一时刻，第一仓库的整个框架结构也自动张开，放倒在地面上，不再阻碍飞行。粉红色的天光让周围万物的样貌变得鲜明生动起来。大小不一的八个喷口将气体吹向地面，激起许多沙石,如同在基地内刮起了一场小型风暴。

见佟骁本能地攥紧安全带,辛菁拍拍他的肩说:"用不着。"

"我觉得还是谨慎点好。"

"不是那个意思。我们的身体比飞机更结实,不系安全带反而更保险。"

"哦,明白了。"

悬停在五十米高度后,佟骁调出今天的任务单,指挥飞行器再升到两百米高度,朝东南方向二十二公里处的一座山峰进发。看着眼前这男人满脸新奇,辛菁沉默良久。

"这里有很多这样的东西,以前的人满怀希望地设计出来,到最后却一点儿用都没有。"

"是吗?"

佟骁全身心沉浸在控制机体的愉悦中,对辛菁的话只是随口应付。脑部直连状态下,飞行器的机翼就是他的手,发动机就是他的脚,他此刻正在冥王星表面自由翱翔,成为全太阳系里最快、最高、最自由的人类。

"就比如说,在这架飞机里,安全带、座椅、气闸门、逃生装置,还有氧气瓶,全都是没必要的东西。你来之前,我已经扔掉了一批,重量变轻之后,飞机飞起来又快又稳,是不是很方便?"

"确实方便。"

"非常方便,但非常不公平。"辛菁的话音变弱,语速也减缓下来,"两百万分之一的概率,不管我多么想他来陪我,不行就是不行,一点儿办法也没有。"

此时,飞行器掠过周围几座极其尖锐突兀的巨岩,呼啸声在机身内部剧烈回荡,微微的气压拂动从机身蒙皮各传感器被直接传入佟骁体内的"神经"。他用自己这副不可思议的肉体在复杂地形中流畅地穿梭,辛菁向他传输而来的幽幽低语被他完全忽略了,包括对方话语中那个意义不明的"他"。

到达目的地标注点所在的位置之后，佟骁发现那是一处极端陡峭的悬崖，看上去几乎垂直，实时测量角度超过七十五度。他将飞行器停泊在附近约一公里外的一处缓坡上。不需要太精确，地球指挥部估算那日出现的神秘云朵，其方位就在这一带。

"今天的任务是安装一个收发台。"辛菁打开座舱盖，说道。她的语气已恢复如初。

野外收发台是一个枣核状的尖锐舱体，与浮空车一起被固定在货舱里。卸下浮空车及其他物资后，佟骁重新启动飞行器并悬停。辛菁在地面上将收发台竖起展开，用金属索把它头朝上固定到飞行器腹部的绞盘上。使用腰带返回驾驶舱后，她接过飞行权限，十分娴熟地飞抵前方一座山峰的峰顶，并令飞行器悬停在峰顶上方。

两人从机腹一个圆形舱门钻出，攀在金属索上。索绳降下，将全部载荷送至山巅地面。在辛菁的指挥和喷气腰带的辅助下，佟骁可以愈发灵活地运用自己身体的特性。两人很快就将收发台展开，并迅速进入工作状态——一枚轻巧的球状气囊从收发台顶部蹿出，快速升高，牵扯出一根细密的丝状天线。天线表面每隔数米便有一盏白灯，升空的气囊本身也发着光，在粉色的天空中醒目耀眼。

十几分钟后，丝状天线已经升到山巅上方近一公里处。任务完成了。

"看来还是人类的身体最适合工作。"眺望头顶那串白色光电，佟骁心里不禁感叹。

辛菁取下自己背心的两根吊索，从收发台操作台上拉出两根有弹性的控制贴片，贴在自己左右锁骨上方的肌肤处。那两条贴片马上亮起红光，节奏如跳动的脉搏。

过了一阵，她无奈地摇头，"信号还是不行。收不到。"

多年来，地球向冥王星发射了不下一百枚大大小小的探测器，它们抵达后如卫星般环绕冥王星运行，但自从来历不明的粉红色"轻纱"笼罩此地之后，这些探测器便全部失效,无论地球还是冥王星表面都无法联系上它们。今天这项任务,原本是想在考察云团的同时,在高山上展开收发台尝试联系卫星,不过目前看来,没有什么效果。

"这座山可能还不够高。找个更高的地形,或者干脆用飞行器搭载收发台飞到高空,怎么样?"佟骁建议。

"或许并不是高度的问题。"撕下贴片,辛菁明显有些低落。

究竟会是什么原因?粉色轻纱遮蔽了整个星球,甚至包括星球上空的卫星轨道,它到底是什么?如果不是一种特殊的自然现象,那一切成因皆有可能。然而也只能想到这一步了。佟骁很清楚,自己绝无可能探究出其中的真相。在地球上,他只是个普通的企业职员,人近中年,也从未受过理工科教育。大脑结构决定了他可以来到这里,但知识层面的缺失是毫无解决办法的。地面上的科研人员从不奢望他这样的"航天员"能解决问题。他,以及辛菁,唯一的任务便是在此地以自己虚假的身体一条一条依样完成每日工作职责。身体受他们思维的遥控,而他们自身只不过是受地球指挥部遥控的两台机器人而已。

"别发愁了。"他试图安慰辛菁,"说吧,下一步怎么办?我还能干些什么?"

"嗯,那你就再帮我个忙。"

辛菁让他把手掌放在收发台控制台右上方一个八角形图标的表面。

佟骁的手掌刚一放上去,那八角形图标立刻发出白色闪光。他把手掌拿开,图标便退入收发台内部,露出一个八角形的浅槽,里面挂着一个同样呈八角形的黑色盘状物,尺寸如同餐盘。

"把它拿出来,往天上扔就行。"

听从辛菁的指示,佟骁像扔飞盘一样把它甩向天空。那盘状物马上自行伸出八只翅膀,等旋转渐渐停下之后,它就悬浮在空中。原来是一台无人机,不过并没有旋翼,而是以喷气口控制飞行姿态。

"无论如何,今天是你第一次野外科考,可喜可贺,值得纪念。"辛菁用脑波控制无人机绕着他们盘旋,"合个影吧。"

"好。"

两人并排站在收发台旁。整理了一下短袖T恤上的皱褶,佟骁突然注意到,辛菁忘了把她背心的吊带拉回肩头。一时之间,思念之情如狂潮般涌动,让他恍惚起来。

在后来无穷尽的岁月里,他曾多次回忆起今天这一幕,心中始终辨识不清这样做的理由:究竟是将辛菁当作了其他人,还是因为恰好是她站在面前?这真是不应该发生的事,可为何在那一刻,他心中唯一的想法是"我必须这么做"?那一刻,就好像那副人造的、虚假的、无生命的青春躯体,如同被闪电击中般迅猛地有了自己的想法,丝毫不屑于顾及他思维中另一侧的理性……

他伸出手,将那两根半透明吊带轻轻地拽起,拉回辛菁肩上。随后,手并未撤回。他的两只手掌留在原处,盖在辛菁的肌肤之上,紧密贴合,一动不动。

无人机继续接近。

辛菁的头稍稍向右边转,随即转回去。她什么都没说,身体也纹丝不动,只是将右手反过来,伸向佟骁贴着她锁骨的那只右手的手背,盖在上面,轻微地握住。

曾经历过的那种酥麻感,如同电力喷涌而成的浪花,以那两只肌肤相亲的手掌为原点,开始绵绵不绝地朝他们全身各处涌动,不放过任何一处隐晦角落,侵噬着他们的身体,也包括思维。与此同时,更加狂乱的、难以解释的现象,正在他们之外的世界涌现。

远方的天空在裂变。一道目测可绵延数千米的裂缝,陡然撕开了粉色云层,两道,或是三道泡沫似的浅灰色云朵状不明物质从中漏出,流淌在冥王星大气里,并正缓慢地朝地面沉淀。它们紧密交叠纠缠,却又并未融成一体,而是始终保持各自独立的存在形式。

在那几道泡沫状云朵的身后,十多条靛青色的轨迹于空气里显现。它们一边勾勒着泡沫状云朵的移动路径,一边独立运动着。这是一种常人无法清楚形容的摇晃、抖动状态，有点像生物的尾部或者触须顶端。它们越变越长，以繁复却绝不重复的动作，正在那道缝隙下方一步步地向周边扩散。

无法理解的怪异愈加明显。佟骁和辛菁同时"听"见，从空中那些异样物体中竟不断传来阵阵清脆的敲击声，像是金属制成的乐器——铃铛或者钟——发出的声音，源源不绝。

可这里是几乎没有空气的地方。

他们僵立在原地很久很久，久到忘记了时间，最后还是佟骁率先恢复了神志。他抽回双手，朝后退去，急于脱离辛菁的躯体，乃至差点儿摔倒在地。辛菁受到惊吓，回头看向他，然后再转头回望天空。

所有的一切全部消失无踪，就像这宇宙间从未发生过任何事一样。

她脱口而出："听！"

在这颗绝不可能有风存在的星球上，两人的耳旁，响起了稀疏的风声，宛如一个晴朗干爽的秋日清晨正温柔地降临一般。

6

这一次的调查结果，与预想的完全不同。在指挥部看来，这天的野外科考工作没有收到任何成效。近五个小时后，他们收到来自冥王星的探测数据，发现其与佟、辛二人记录下的现场描述严重不符。

飞行器、收发站台、基地自身都有检测设备，根据它们的记录，当天在山顶，两人合影的瞬间，在以山顶正上方为中心的近五百平方公里范围内，云层的电磁场强度和电磁流率出现了瞬时涌动，时长仅一点二五秒，强度也不高。现场无人机画面显示，两人一直并排站着，佟骁用手帮辛菁整理衣服，整理完，他刚抽回手，当地周边云层的电磁涌动便发生了。他们身体内部各类探测器记录的数据和外部设备有着一致的结果。

天空中那道缝隙，那些夺目的彩色轨迹，那些奇怪的云朵，还有那声完全不合逻辑的"铃声"，在指挥部方面看来，压根儿不存在。

次日早晨的收发时段，辛菁接收到指挥部的最新通知。她马上传给正在仓库维护浮空车的佟骁。

"未来二十四小时之内，留在基地进行档案整理作业？"佟骁读完，马上敏感起来，"这算什么，是对我们的惩罚吗？他们果然认为我们是在撒谎？"

"放心，肯定不是这样。"辛菁对他说，"就算我们真的编了谎话过去，他们也会视为重要信息进行分析，何况我们俩都没有说谎。"

"那确实。"

"指挥部的意思是，我们这具身体所带来的客观肉身体验，与我们自己思维中的主观思维体验，两者之间可能存在不匹配，导致产生了错觉甚至幻觉。这是很重要的调查对象。他们希望我俩安静地坐下来阅读资料，尽可能少用身体，多动头脑，形成一份二十四小时对比实验数据以供分析。这也是一项工作任务。你来档案室找我吧。"

佟骁放下工具盒，探身走出浮空车驾驶舱，"好的，马上过来。"

对信息的处理方式最能体现出不同年龄的人之间的代差。档案室的总机控制台上有许多控制贴片，辛菁很娴熟地将它们贴在自己脸颊上，直接读取资料。佟骁却还未能习惯。贴片刚一贴上，海量信息立刻在他的"脑"中和"眼"中喷薄而出，光是从巨大的信息量中辨别文件的类型就已令他手足无措，更别提筛选、提取、分类等细致工作了。他决定放弃这种先进方式，离开总机，走入隔壁的档案柜，去看那些数量更少但级别更高的印刷资料。

说是印刷，其实根本不用纸。冥王星的条件无法保障纸张供应。档案柜的正面装有一面竖向的胶质显示屏，如同大屏电视，内侧的喷头将资料彩印在屏幕的表面,帧率比脑读文件差很多,但可完全手控,对佟骁这样年纪的人来说更加自在。

他选择先从操作人员档案,也就是辛菁的档案开始看起。

"二十三岁,这么年轻?"

佟骁发现,辛菁堪称是国内有史以来最年轻的航天科考人员。大学本科毕业后,辛菁和男友一同报名参与项目,幸运的是她被选中,不幸的是被选中的只有她一人。继续读下去,是佟骁已经知道的事了:在他抵达冥王星之前,辛菁在这里孤独地生活了近三个月之久。

"在这里不用睡觉,所以她相当于独自在这儿住了接近半年?"

这令佟骁心中生出一个念头。他快速转动旋钮,寻找自己想要的那份资料。他想知道关于这副人造身体的某个数据。

几分钟后,在眼球内部扫描功能的协助下,他终于找到了权威的解说。文字夹在某个被解密的后勤管理文档中,粗看只是一句不起眼的话:预期工作寿命为一百三十年至一百六十年。

技术方面的问题,佟骁全都不懂。他只是顺着文字产生质朴的联想——在人造身体里,人的思维意识已经电子化了。身体能工作多久,思维就能停留多久。这样一来,人的寿命就可以大大延长。操作者的思维本身就是用电子数据的方式传输进身体的,即使身体寿命到头,届时只要将思维数据转移到另一具全新的身体中,如此延续下去,人不就可以实现永生了?再进一步想象,技术还可将人的思维存入一切电子设备里,舰艇、飞船、探测器……甚至能够作为信号发射到宇宙深处?

"实在是不可思议。"

之后的时间,佟骁不想按顺序阅读那些枯燥难懂的统计报表。他更改阅览模式,让显示屏随机挑选资料并自动翻阅。许多已解密的相关学术论文在他面前跳动,由他的眼球探测器提取成可供快速阅览的文字信息。

即便如此,也仍有太多的关键概念根本无从理解,如"缸中脑""身心二元""具身体验""离身性"等,但也有些论文作者的观点让他感到很有意思。当然,这些全都只是他个人的肤浅理解。

他读到,有研究者认为,一般人类的时间概念来自肉体感知和社会环境体验,在肉体与人类社会都不存在的情况下,时间对于人类的思维来说可能变得毫无意义。人类的认知是由肉体决定的,利用永生不老的机械躯体,漫游在亿万年岁月也只是一瞬的宇宙空间中,人的时空观将发生剧烈的扩展,这样的认知状况很可能是未来人类的进化方向。

还有论文提出实验设想:把人类思维从肉身中提取出来,放入电子设备中隔离,对其进行单方面加速,且不允许此人与设备外部的人们联系。加速后,外部世界的一分钟时间里,设备中那人思维的主观时间已过去千百年,如此一来,那人的思维便无从分辨究竟哪个时间才是真实的。倘若将此人的思维接入网络,在一分钟时间里,此人的思维在体量近乎无限的数据网络中肆意漫游,又将体验到多么漫长而宽广的人生?在设备以外的普通人看来,这人无非只是睡着了一分钟而已……

玄而又玄的哲思让佟骁隐隐感到一些趣味,但普通的知识水平让他注定无法了解更深。

此外,另有一些关于冥王星的论文引起了他的注意,尤其是对那笼罩星球全境的粉色"轻纱"的研究。

根据已有资料,"轻纱"对电磁波有干扰和消弭作用,地球发射过来的卫星也全部失效,但让人难以理解的是,本地与地球指挥部每日的常规数据收发,以及航天员意识的传输,却不会被它屏蔽。似乎"轻纱"对信号具有选择性,而选择的标准无从得知。

尤其让佟骁感到不可思议的是,"轻纱"首次被监测到的时间,居然就是数月前,辛菁本人的意识被送入冥王星基地的当天。

这颗星球和星球上的两个人,都正在发生着异变。究竟还会有什么新变化?他直觉感到这其中必有缘由。会是什么呢?

7

身心二十四小时对照实验的结果是一切正常。指挥部更新了任务单,给出一项最优先任务:高空信号收发实验。实验要求将收发台核心组件安装到飞行器机背,待飞行器悬停于距离地表两万五千米高度时释放天线,再次尝试联系卫星。改造并不困难,指挥部发来了作业指南和身体升级程序,在进行一些关键性的精密步骤时,佟骁和辛菁的肢体可执行局部自动化操作。

按说这很轻松,但是,在接下来的七个小时工作时长里,两人不约而同地选择沉默,互相一句话也不说。

安装完成后,试运行一切正常。两人在各自舱室做了临时身体维护,然后登机,开始执行任务。升空飞行是自动化的,需要二十分钟。佟骁在驾驶舱待命,辛菁站在机身外,将自己身体用磁力连接杆固定在机背,负责看护设备。这二十分钟里,二人仍一言不发。

坐在主驾驶位上,透过监控屏,佟骁一直注视着机背。

穿着紧身瑜伽服的辛菁,单手扶着凸起于机背蒙皮的收发组件,斜挂工具包,背对着驾驶舱。燃气喷口吹出的涡流风令她的发辫左右飘荡,有些发丝已经散乱,盘绕在她双肩处,微微浮动着。

闭上眼睛,佟骁强迫自己去回忆。不是回忆自己与辛菁之间的事,而是回忆更加久远的、远到好似多年以前的自己的过往人生。

昨天在档案室,他看到了有关自己及家人的档案文件。冥王星上不眠不休的工作,就好像是开启了一段全新人生,令他几乎忘却了自己有家、有妻子和孩子。

地球上的家庭生活，如今对他来说愈发像是前世记忆；可是理性却跳出来告诫他，那些"遥远"的往事是他不能够背叛的。

那么，在那一天，他为什么要主动去触碰辛菁的身体？

此地的生活不过是一段工作经历。此地的身体不过是干活儿的工具而已。僵坐在驾驶舱内，佟骁不停地对自己说：不可以，绝对不可以。

"不可以再这样喜欢她了。不行！"

燃气减弱了，惯性令椅背压迫住全身。佟骁清醒过来。抵达工作位置的信号在他眼前反复闪动。

爬上机背，走到收发组件前方不远处，佟骁蹲下身，掏出磁力杆想要固定在自己的腰带上，但刚一弯腰，便听见辛菁传来的话语："你固定的位置太远了。再近点，到我身边来。"

他赤脚踩着机身脊背蒙皮，借助脚底的磁吸功能，小心来到组件的另一侧，目光有意避开对方。

一根细长的磁力杆伸到他面前。

"握住这个，把它扣在腰带上。"辛菁举着磁力杆，轻轻晃动，语气平稳随和，听不出任何情绪。

"没关系，我能站稳，我自己固定到飞机上就行。"

辛菁说："不是这个问题。《高空安全章程》里有建议，操作员身体也必须相互连接。"

"那好吧。"

连接完成后，佟骁背对着对方，眼睛看向远方模糊的淡粉色山脉以及高地。

辛菁沉默地操作收发组件。组件顶部的气球膨胀起来，拉着长度近一千米的改造型天线缓缓升空。

天地间一片静谧，只剩燃气涡轮向两人脚下传递的震动。

还是辛菁先开口。"昨天看资料的时候,我想到一件事,需要跟你核实一下。"她转身看向佟骁,"如果没记错的话,从你抵达这里到现在,我们一共有过两次身体接触,对吧?"

佟骁的意识猛地一震。

"可能吧……"

"不是可能,是肯定。"

阵阵束缚感从他腰带扣处传出。辛菁拉动连接二人身体的磁力杆,示意他看过来。

"我猜肯定是这样。"她说道,"不知这其中到底有什么联系,但从规律上看,每当我俩的身体互相触碰,这里就会出现异常。"

规律?或许是。迅速思考一番后,佟骁承认或许有这种可能性。可这算是个什么道理?

天线丝滑地从组件顶部端口涌出,姿态舒缓地展开。

"来验证一下吧。"辛菁将佟骁拉到面前,迫使对方正视自己。

"什么?"

"做个实验。"

她手臂伸来,握紧佟骁的双手。

同一个瞬间,两人都听见,从不知多么遥远的地方,开始飘出铃声。紧迫,急切,如同警铃,又像是童年时代校园里的上课铃声,并且带着高低起伏。他们不约而同地抬头。

漫长的、带着星星点点灯光的天线尽头,粉色的云层开始出现异动。一个椭圆形的气旋状物体自天幕顶端开始膨胀,旋转着涌动,中心位置出现了一个发亮的浅蓝色光斑,光亮强度令周围的天光黯然失色。

他们体内的传感器全力运作。眼幕四周不断跳出层叠的提示符,提醒他们周围的环境正出现预期之外的异常。

欣快的笑容浮现在辛菁脸上。"成功了！"她喊道，"我猜对了那个规律！"

佟骁呆滞地仰望着天穹。

"再来拥抱一下看看。"

腰带被她拆下。他感到自己的身体被狠狠拽入对方瘦弱的、有弹性的、无比坚实的怀抱内。

周围的铃铛乐声愈发丰富，如同正在演奏什么。气旋急剧扩大，并貌似在朝飞行器所在的高度逼近着降下。周围的天空不再安宁，无数淡蓝色的鱼鳞状光斑正浮现于云层中。

隔着身上的衣物，佟骁惊骇地觉察到一种从未有过、且完全不合情理的现象正在出现。

他感觉到了温度。

一股热量正从辛菁的胸腹一带散发出来，传导进他的体内。

"怎么回事？"

来不及多问，肩膀周围突然跳出熊熊的热量，同时带有刺痒感。

辛菁的下颌靠在了他的左肩上。

佟骁猛地推开对方。

"我的身体，这是……"

有些站立不稳的辛菁，反射性地紧攥住他的手臂。

周围涌现出风声。

"你的身体现在正躺在地球上睡大觉。"辛菁脸上露出某种微妙的表情，"我的也是。"

"这到底是怎么了？人造身体出故障了吗？"

"或许吧。你也和我一样，能感觉到对方的体温了，对吗？"

叮咚的乐声和呼啸的风声，这些根本不该存在的东西，此时越来越剧烈。佟骁感到自己身体似乎正在轻微摇晃。他对辛菁说："不行。你知道我不可以这样。"

"身体变了，或许人也就成了不一样的人。"

"菁，你现在太年轻，不能这样想问题——"

"可以再抱我一下吗？就最后一下，最后再实验一次，从此之后我们再也不碰对方的身体。"阵阵风声中，辛菁的声音低微到佟骁几乎辨认不清的地步。

再次拥抱的时候，乐声变了。节奏、音阶、时值，全都有了。天色持续发亮，粉色不知不觉间已成了漫天的湛蓝，云层的明暗光影在机身及两人身体上飞速掠过。迷狂的思绪加剧了佟骁的错觉，如同正在发生一段极为美妙的白日梦。没有工作，没有任务和机器，没有冥王星，甚至也没有地球，在这里，只剩白云与碧空、面前完美的少女，以及此刻完美的自己。需要对方身体的，现在已不再只是自己的躯体，还有自己已经陷入迷乱的心灵。

他本能地将辛菁拉入怀中搂紧，脸颊相互触碰，手与对方背部的肌肤密合着缓缓滑动。

二人的脸部同时感受到汹涌的热量。原本只负责控制贴片信号传输的颧骨部件，正在与对方同规格的部件连接并交互数据。一切理性思考都正在被摧毁。

他们同时把头部正面朝向对方。辛菁凝视着他，他也凝视着辛菁。

佟骁用拇指抚摸对方的线缆连接点。酥麻感成倍地传来，就像他感受对方的同时也能体会到对方对他的感受一般。

——想亲我？

佟骁感到对方正在自己脑中说话。他很清楚这种妄想的危险和邪恶。

——想吻我？

非常邪恶，可是，他抑制不住脑内这个绵软而动听的话语声。

——这很不应该。可是，我也想要你啊。

风声喧哗不停。辛菁以顺从的神态闭上眼睛，抬起头。佟骁捧着她的脸，继续犹豫，但他也知道自己的压抑就快到尽头了。

他低下头，将唇尖轻轻地吻在对方的颈项上。

狂风大作。整个天空如被撕开了一层幕布，放射出超过十万流明的剧烈白光，令二人短暂失明。同一时刻，处于自动驾驶状态的飞行器猛然加速并抬升，直至仰角超过安全值而解体。无数碎片裹挟着二人，开始朝地面坠落。

8

没有边际的极亮白光中，就连眼幕提示信息都难以阅读，直到三秒后，佟骁眼球探测器自动降低亮度，他才勉强读出现在的环境光通量——竟已与地球上的夏季下午持平。

此时，他在这颗完全不合情理的星球的两万多米高空中持续坠落。

飞行器的碎片如纸屑般飘荡，但仍不减下坠的趋势，因为大气极度稀薄。电子脑干早已监测到躯体的下坠趋势，鼻腔和皮肤中的气压传感器不断报警，在眼幕中提示佟骁有坠落危险。但他完全不管这些。

风声淹没了一切。他伸开四肢，如同于蓝天白云之中游泳，本能地试图减缓下落。但这不可能做到，毕竟几乎不存在空气阻力。

"高度18 900米。请确认反推发动机工作状态。"

视线穿过这些警示符号，他在周围的天空里艰难搜寻辛菁的身影。

可是找不到。飞行器残骸已经逐渐四散飘远，他看不见辛菁在哪儿。辛菁消失了。

"高度18 000米。碰撞保护已开启。"

电子脑干开始越权介入，将佟骁体内诸多脆弱系统冻结锁死，以防坠落撞击造成毁灭性损坏。他心里明白，在这样的高度下，再怎么坚固的人造躯体，坠毁在坚硬的冥王星土地上，都绝无可能保持完好。

他视线下移，俯瞰大地，却惊讶地发现了云雾的踪迹。

可明明这里没有水文系统,不可能有云和雾存在。

半透明的雾气之下,铺满大地的是呈不规则形状扩散于平原与丘陵之间的淡绿色,如初春刚刚萌发的野草。

可明明这里没有生命,不可能有土壤和草地。

"高度17 200米。监测到光通量衰减。"

周围的天光重新开始变暗,离奇现身的"蓝天""白云"正在同样离奇地消失。佟骁打开热成像视觉,继续寻找辛菁的人造躯体踪迹。没有任何发现。定位系统也毫无结果。

"你到底在哪里?"他用电波向辛菁的频率发送话语。

到底发生了什么事?他也在问自己。

"高度15 000米。浮空车信号连接不稳定。"只有冰冷的系统话语回答他。

——浮空车?它还在附近吗?

佟骁环顾身下的地面。地上那些"草地"的颜色淡了,变得斑驳,正在逐步消失。暗淡的背景中,有道淡灰色的细纹,在他视野右侧划着弧线缓缓移动。

是浮空车,它正在地面附近飞行。从飞行器货舱内掉落出来后,它竟已经落到地表附近。

"菁,是你在驾驶吗?"他急忙联络浮空车的车载系统。

辛菁不在车内。浮空车正处于无人状态。

它居然在自主行动?

"高度14 000米。已接通浮空车控制系统。是否尝试对接?"

操作章程里只有地面对接的条款,佟骁不认为设计者会预料到他当前这种状况,但也只能一试了。如果就此直接坠落在地面上,可能造成人工躯体的电子脑严重损伤,一旦地球指挥部监测到人造躯体"死亡",他的肉身便会被强制唤醒。

不想这样。不要。不要就这么回地球。

"高度12 800米。对接路线已设定。注意,线路过长可能导致对接失败。"

已能看见下方的浮空车正在盘旋上升。他启动自己脚踝、臀部、肘部、肩胛等处的姿态调整喷气口,竭力调整自己在空中的方位和姿态,试图与浮空车的行动路线保持一致。姿态调整喷气口本是用于辅助人造躯体在太空中行走,幸而此地空气稀薄,它们的效率不算太低,但仍然要花费额外的时间去抵抗身体坠落时的惯性。

连续调整姿态的过程中,佟骁分明地觉察到,周围环境即将全部复原:"草地"消失了,"蓝天"和"云朵"消失了,不知来源的"阳光"也全没了,枯燥无味的粉色天空和赭色地面重新统治视野。

异象渐渐全部褪去。身体正下方,浮空车稳固地悬停在四百八十米的升限高度上,纹丝不动。先前那种宛如有生命迹象般的灵动全然不见。

为什么浮空车会自己启动和飞行?这与之前飞行器突然自动加速和爬升有什么联系?是什么引发了它们的失控?和那些异象有关吗?可惜飞行器已经解体了,如果真能安全返回地面,在向指挥部求援过后,一定得好好检查一下浮空车的系统……

"高度3400米。对接的相对速度过高!"系统的警告中断了佟骁的遐想。

他给出命令:当自己所在高度落至一百二十米时,浮空车立即垂直下降,保证双方之间的相对速度不超过每秒二十米。身体系统立刻自动完成指令规划,并将该指令传输至车载系统。

近一分钟后,抵达预定高度,规划指令启动。佟骁重重地摔在正在下降的浮空车车顶上。又过了几秒钟,浮空车触地,反冲喷气在地面上吹出六块深色的椭圆形痕迹。大量沙土沾在车身和车窗上。

"已抵达预定高度。监测到髋部发生故障。建议立刻维修。"

掀开浮空车的顶篷,佟骁爬进驾驶室,手掌贴在仪表盘上,命令车辆自动寻迹返回基地所在方位。车载系统确认之后,合上所有门窗,浮空车开始升空。

他努力让身体平躺在前座上，头部靠着车窗。这个时候，他注意到，车窗上粘了一条狭长的黑色片状物体。

那是一根焦黑的枯萎草叶。

9

髋部的损伤不大，主要是由于佟骁摔落到浮空车上时的姿态很巧，恰好碰伤了人造脊柱盘与腹腔核电池容器之间的连接点，为防止电池容器漏电短路的低概率事件，机体自动停止了此处的自主修复机能。在车座上，佟骁翻阅操作指南，根据提示向人造身体的主机系统发出了越权指令。确认没有发生漏电短路后，盆腔区域的修复胶体开始活动，为髋骨做了修复，只花了十分钟，恢复了佟骁下半身正常的行动能力。唯一的后遗症，是因胶体堆积溢出导致腰部人造皮肤稍有些麻木，触觉敏感度下降而已。

约四十分钟后，浮空车抵达终点。下车之后，佟骁一开始觉得车载系统肯定是故障了，以至于弄错了目的地。

这里是一片坚固的岩石坡地。没有基地的踪迹。

检查经纬度后，他确认此处的确是基地所在的坐标。然而这里现在只有岩石。环顾四周，远处的山脉形状轮廓和平时没有任何区别。

基地消失了。

"以我为圆心，在半径一百五十米范围内巡视。探到辛菁的信号就立刻告诉我。"

给浮空车下达完自动命令后，佟骁迟疑地走到基地建筑原本所在的位置。

什么都没有，地表只剩粗糙的岩体。颜色有些奇怪，是青黑色的，不像是冥王星的地质样貌。他蹲下身，捻起一些破碎的石块放入口中分析，一点儿不错，成分完全不对：结晶结构和硅酸成分竟和地球上的岩石非常相似。更怪异的是，居然还有水成岩的组分在里面。

这个地方究竟发生了什么？

他席地而坐，仰望天空。

还是一样的粉红色。不过和过往的情况相比，天空中多出了一些宏伟悠长的波浪形皱褶。它们呈放射状，横跨整个天穹，相互间收拢的中央点远在北方地平线以下，目测至少在十几公里以外。将眼睛的焦距拉到最远，佟骁隐约觉得，在北方山峰背后的天空中，有一种淡淡的亮蓝色痕迹存在。

浮空车巡视了十几圈，一直没有搜到辛菁的信号。佟骁将它召回自己身边，从后备厢里找出简易工程机械，探测基地一带。很快，他就注意到，基地发电站原本所在位置上残留着一丝辐射。他花了一些时间挖掘那处岩石，最终从岩石里撬出一小团形状扭曲的黑色物质，好似某种金属物体融化后又重新凝结的样子。

身体系统很快告诉他检查结果，这是基地核电站的残骸。根据辐射物质衰变情况测定，这块残骸的存在时间是——

"距今约5440年。"

他惊骇地原地坐下。那块残骸摔落在他的脚边。

10

——我看见蓝天，看见彩云，听到风和歌咏。但是没有你。我想看见你。

"菁？"

带有韵律的轻声细语，如游丝般不断在佟骁的思维最深处跃动着。像幻听，但肯定不是幻听。

他站起来，眺望北边山巅那团如鬼火般几乎无从辨识的蓝光。

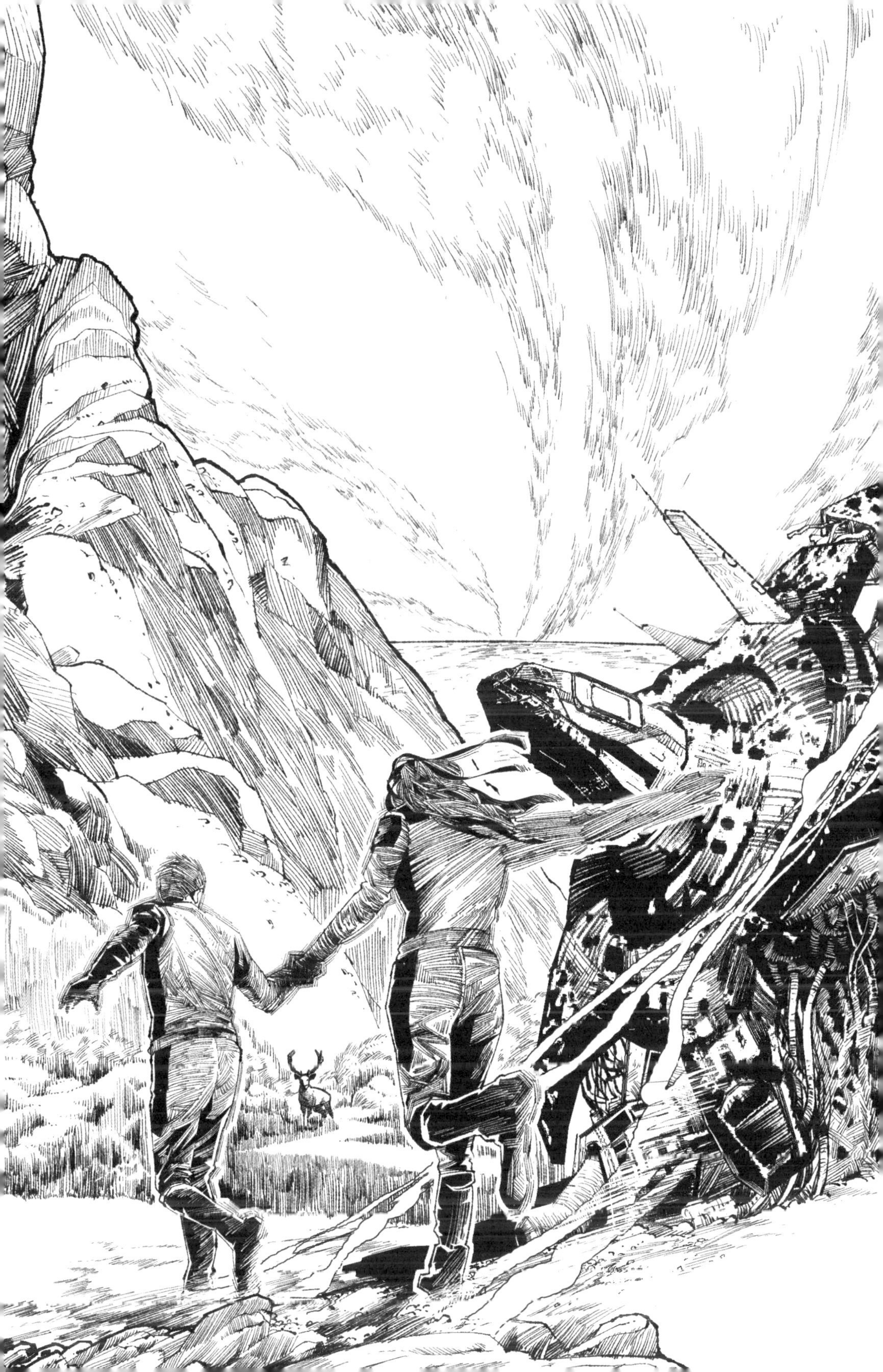

该去一下那个地方吗？

不是一厢情愿的错觉，他再次相信自己的直觉：辛菁很可能就在那个方位。

——昨天消失了。如今只剩我们自己。就当那是一场梦，或者，现在我们正在梦里，不会醒来。

吟唱在反复，不肯中断。

"车载系统，辨认一下方位。"佟骁对系统下达命令，同时转身，却看到浮空车早已自行停泊在他身后了。又一次不明缘由的系统自主行为。

不再多想，他开启舱盖，坐进去，让行车系统启动。

基地毁灭了。发生了某种人类无法理解的事，让冥王星表面出现了时空异变，数千年的时间流逝只发生在基地周围，并将其摧毁。或者说，是大地吞没了人类的设施。

没有电站，没有通信系统，与地球指挥部彻底断绝了联系，甚至无法判断地球上现在过去了多少时间。佟骁体内的内置原子钟倒是在正常工作，显示的时间也和他的主观体验一致，只过了短短两个钟头。可是现在这样的状况下，究竟哪一方的时间才是准确的？还是双方都不准？他根本无从判断。

倘若真实的时间的确已过去了五千多年乃至更久，那么对佟骁来说，他在地球上的肉身，乃至他的家人，必然已在历史中消失了。

可是他知道自己还活着，以辛菁口中的"骁"的身份。

"这颗星球与我们两人之间存在着某种联系，我们的行为会改变它。"来历不明的直觉告诉他。

两个孤寂空虚的、充满需要的、拥有永恒青春的完美身体，自然而然地互相吸引，这不难理解。只是这为何会令整颗星球陷入完全无法理解的变化中？

车体朝北方稳定地持续加速。

那些都不重要，佟骁告诉自己。不重要。重要的只有她。

驶过第一道山梁,浮空车来到一片平坦的台地,异样的景致自此开始出现。

这里有草地,是最新鲜幼嫩的那种绿苗。随着车体滑行,佟骁看着它们闪烁的连绵反光,如细浪般由他身下的车体无尽地朝左右两边翻腾奔走。掀开舱盖,转换到敞篷模式,他站起身,顿时感受到一阵风。

绝不可能属于这颗星球的凉爽微风,带着温润的触感、沁鼻的香气、微湿的凉意,迎面席卷了他的脸部、躯干、四肢。

震惊之余,他试图利用体内一切现代化探测器械进行理化分析,然而得出的结论令他更加无法接受:完全不是幻觉或者错觉。这里有土壤,有植被,有带着水雾与露珠的大气环流。

"可是,没有阳光,这里怎么可能存在生物圈?"

佟骁抬头仰望。那些放射线般的云层缝隙不知从何时起已经全部拓宽和展开,露出背后悦目的蓝色"天空"。佟骁仅有的理性思维始终不能接受这一事实,他很清楚,离太阳平均距离四十个天文单位的冥王星上绝对不会出现这般和煦的春日暖阳,也绝对不可能存在由厚重大气层散射所造成的湛蓝晴空。

倘若不是拥有这副刀枪不入、无须呼吸供氧的人造躯体的话,或许真实感会更明显……

非理性的思维则不断跳跃,仿佛想要说服他:这里是一处宇宙间专为他,以及辛菁这样的身躯构筑的天堂。

"难道这里真有土壤和水?"

他令浮空车暂且停下,自己跳进草地。

是地球上家乡最常见的长茎野草。地面则是江南一带负有盛名的肥沃土壤。佟骁捏起一团疏松的土壤,他猜想,倘若人造神经系统拥有昏迷的功能,他此时一定早已晕眩、昏厥了。

"这绝不可能。这里到底发生了什么?"

更加奇诡的是，他又一次感受到了温度。风的、阳光的、草地的，以及草叶上缀满着的露水的温度。

他调出系统设置界面，反复检查触觉系统的工作状态，从头至尾，根本就找不出任何与温度感应相关的选项。至于底层代码，他没有查阅权限，就算查到了也看不懂，只能放弃。

"对了，硬件列表呢？"

佟骁坐在和煦的草地上，青草的抚摸让他周身酥痒。他花了十几分钟检查了所有硬件系统。确实没错，人造皮肤里根本没有安装任何温度感应元器件。

没有传感器，哪儿来的这些感官电信号？

同样奇怪的也包括嗅觉系统。撷一把草放在唇边，他分明闻到了嫩叶的芳香，气体分析界面同时清晰地报告，系统监测到丰富的醇、醛、酯等有机化合物。

简直荒唐。这里可是冥王星啊。哪怕真过去了五千多年，也不可能马上就生出这些东西来。何况这具身体的嗅觉系统从未给过他如此真实的感受……

他继续向北驶去，渐渐地，天上的云层变淡了。它们原本粉色的基调未完全消失，而是与白色、灰色、蓝色、青色，以及一丝丝墨黑有序地混合，构成一团团静悬于苍穹上的优雅饰物，犹如春季下午四点多钟的天空。

"错觉"愈发真实。佟骁斜靠在车门旁，支着胳膊，静静地观看这片草原，主观感受已沉溺其中，无法自拔。四周，奇形怪状的尖锐山峦遍布绿色，层叠起伏，线条饱满柔软。他甚至感到，自己听见头顶飘过几声悠远的鸟鸣。

不是幻听。是真的有鸣叫。他提高听力系统的接受强度，发现那不是鸟。

是有人在吹奏笛子。悠闲、随意、长短不均的玩赏式演奏。

已经能够在附近看到树木了。放大焦距，佟骁辨认出那是一些榆树和桑树，可能还有栎树，都是江南乡村常见的树种。

树木越来越多，逐步成片，林木线很快出现在前方，最后发展成为蓬勃的林地景观。

不用再分析了，看看它们的尽头是什么吧，他对自己说。

林中没有道路，但很奇特地，顺着浮空车前行的方向，一直总有足够的空间供车子行驶，无须转向避让，就好像这森林在无数年之前便预知会有一辆车沿着这条路线行进。斑驳的绿荫下，草和灌木种类丰富，佟骁看着它们，心想，哪怕马上见到一条河，一头牛或者羊在林间吃草，甚至见到一个农家少年走在飘满炊烟的村落中都没什么可奇怪的。

"即将到达指定坐标。"车载系统突然出声道。

他浑身绷紧，控制车速，以慢速继续朝前行驶。

一块青灰色岩石出现在路旁。再往前，是一些大小不一的石头。然后，目的地到了。

那是一小片隐在一圈水杉间的草地空隙。灰绿色的树影左右摇移，轻轻遮掩着草地中央的人影。

辛菁盘腿坐在树荫中，穿着不知从何而来的淡绿色无袖罩衫，披着头发，四处张望。见到浮空车停下，她起身走来，左手拎着工具包，右手拿着一根树枝。草叶在她穿着白色紧身裤的纤长双腿前翻动摇曳。

佟骁走上前去。他迟疑再三，看着对方的脸，终于说道："你好。"

"你好。"辛菁报以舒展的笑容。

11

携带式工具包共分九层，辛菁从第二层拿出两小包高分子膜，用浮空车后备厢里的气泵充气，令其膨胀成两张野营沙发。人造躯体根本无须使用它们，但她坚持要佟骁陪自己一起坐下。

两人斜躺着坐在林地中央,仰望头顶云团不断飘移的天空。

"我想,你已经读到过我的记录了吧?"她问。

佟骁说:"你是指什么?是关于你来之前的,还是来之后的?"

"来之前的那些不重要了。我已经不记得了。"

怎么可能?佟骁暗想。他顺着对方的话,问道:"那你指的是你来这里之后发生的事。"

"嗯。"

辛菁玩弄手指间那根空心树枝,上面有些孔洞,看上去是用便携工具钻通的。佟骁猜想,这就是自己来程中听到的笛声的源头。

"在这里发生任何事情都不奇怪。我已经不再是我,冥王星也不再是冥王星,因为它们。"她手指苍天,像是要解释一切,"我能感觉到你一路上那些感官知觉。在草地上飙车的感觉是不是很棒?"

片刻沉默后,佟骁想到了,"我们俩的感官……真的能共通?"

"当然。你已经体验过了吧。我想对你说的话,你全都知道。"

"和我们体内的通信机能有什么联系吗?是增强了,还是——"

"不知道。我不是说了吗?到这里之后,我们不再是过去的样子,机器身体也就不再只是机器了。"

辛菁把身体朝这边靠过来。

"不要再去想关于机器和科学的那些事情,你只要接受自己的感觉就好。"她看向佟骁,"如果我们两个真的只是机器的话,那么现在我们应该早已经不在了。"

她从工具包的杂物层里掏出一片三角形的尖锐金属片,如同刀刃,放进佟骁右掌心,小心不让指尖触碰对方的皮肤。

"知道这是什么吗?检查一下吧,既然你那么相信科学。"

用牙齿和舌尖叼住金属片的边缘,佟骁调用光谱分析,测出这是一块用分子编织技术制造出来的钛合金碎片。系统跳出提示:"极有可能是飞行器机身外壳的一部分。"用切齿咬下一小块来含住,他用释光测年功能测量碎片的年代,同时,心里已经有了预感。

"估算年代为4500年前。"

意料之中的检测结果。

他长叹一口气。没有任何气体能从他体内呼出,然而,鼻腔里却是一阵酸胀。

"为什么?"

"一定要猜的话,我想,它是一种生命物质。"辛菁看着那些云朵的边缘,视线扫过那环绕冥王星全域的"轻纱","但并不是生命。它就像一种一直休眠着的自然环境。我们这些外来人闯进来,接触到它,于是起了反应。我们让它发生变化,它也让我们发生变化。到最后变成,我们就是这里,这里就是我们"

"照你这么说,'轻纱'就像是病毒,或者休眠孢子之类的东西?外星生命孢子?"

笑声从辛菁的方向传进他的身体,"要是你总想用人类过去的科学理论去解释,可就伤脑筋了啊。"

这话在此时的佟骁听来总觉得奇怪。他与辛菁对视。

他的心思已经完全向对方敞开了,辛菁瞬间明白了这眼神的含义。

"骁,听我说。"她想握住佟骁的手,稍一犹豫,又停下了动作,"你觉得现在的你还算是人类吗?普通的正常人类?"

片刻思考后,佟骁摇头,"显然不再是了。"

"那些人类所在的时间,和我们的现在,还是同一时刻吗?"

"我想,应该也不是了。"

他听到,或者说感受到,在辛菁的"心"里涌现出强烈的喜悦。

"现在的这里就是我们,现在的我们就只在这里,过去和未来都不用再去想了。"

"为什么?"

"因为它们已经被我们忘了。忘记了的东西就是过去，就没有了。"

是这样吗？佟骁挣扎着回忆过往：来到这个星球之前的那些事，自己是谁，自己认识什么人，在做着什么事——

他惊讶地发觉自己什么都想不起来了，只剩下如梦幻般虚幻的"过去好像经历过什么"之类的残存认知。

这样的认知，很快就被辛菁的身体冲散了。

辛菁起身走过来，抬腿跨坐在他腰间。监测到压力和重心发生变化，两人身下的充气膜沙发自动发生形变，变成一张放平的躺椅。

他感受到对方俯身压着自己，搂紧了自己。

变化再度发生。空中的云朵飞快穿行，周围的树影倾斜着极速延长。一切都在变暗，白色天光转瞬即逝，取而代之的是明亮的蓝紫色光芒，充斥在天地之间。

星空出现了。亮如满月之夜，但空中没有任何月亮状的物体，只有数目无穷的星。它们是彩色的，包括一切说得出的颜色，以及无法用言语形容的、只存在于佟骁眼中的红外光和紫外光。

那些星光正朝某个方向统一地缓慢飘动。

"你瞧，实验果然又成功了。"辛菁的头靠在他颈部，指尖在他胸口反复轻敲和摩擦，"只要我们一接触，世界就会变化。为什么？"

"因为……我们在变？"

"正是。没有身体就什么都没有，身体的变化会让全宇宙都跟着我们前进。"

"先等一下。"佟骁艰难地轻轻推开对方的身体，"我的腰，靠后面的那里……"

"坠地的时候撞坏了，修完之后还有些麻？"辛菁愉悦地说，"明白。那你躺下。"

她捻动充气躺椅的某个地方，气体马上倾囊而出，很快就排空了。两人并排躺在草地上。

星空继续飘移，速度似乎正在加快。佟骁感受着她的感受，体会着对方手指在自己腰椎一带推捏挤压的触觉，还有从里到外的、此处的和彼处的一切触感。维修过程中，他偶尔几次转头回望周围，发现夜晚的这片林子也同样在异变。竖直的水杉和舒展的桑榆不见了，取而代之的是厚重浓密、色泽更昏暗的热带密林植被。不远处似乎有水声。

不是似乎，而是确实，他闻到河水的蒸腾之气。水滴溅落，敲打在庞大植物的厚实绿叶上，咚咚作响。而在其中，甚至能听见某种类似歌曲的声音，像是遍布萤火虫的林径中有一支合唱队，正和着竖琴之类的乐器在吟唱。

最后一丝困于体内的肿胀酸麻感消失了。

辛菁跪坐在一旁，膝盖和大腿上沾着暗色的泥土和落叶。

"喂，"她俯身到佟骁耳边，低声请求，"要不要再做一个新的实验？"

无穷无尽的温暖密合中，佟骁神志恍惚。他感觉自己确实体会到了对方所说的那句话。

我们就是这里的一切，我们的意志就是这里一切事物的意志。

两个人，一颗星球，一片宇宙，还有一团半透明的轻纱，全都是一体。

那些星星已不再能被清晰辨识。它们如流水般，在反复变亮和变暗的天鹅绒背景里成为无数并行的发光丝线，飞速穿梭。并非如延时摄影时那样呈同心圆扩散，而是朝所有方向单向流逝，时而直线，时而弯曲，时而变成了抛物线。高不可测的热带乔木在他们身体上方构成一个圆形空隙，星光的飞逝痕迹像一台不断弯曲的时空之钟，永不停步。

翻身侧向，透过辛菁耳畔沾满汗珠的、不断微颤着的发丝，佟骁见到了奇异的生物。一只浑身雪白的草食动物，应该是鹿，轻飘飘无声息地钻出密林。它用黑色瞳仁看着地上这两人，口中一束草茎翻腾回转，咀嚼悄无声息。

舌尖滚烫，胸口滚烫，耳后负责近距离通信的肌肤滚烫，就连塞满了行动辅助支架和助推火箭的双腿也又滑又烫。他不再去想这具身躯，不再怀疑自己与身体之间的联系。

身体就是我，我就是身体。

很多事情已经不再记得。他听见声音从两人毫无缝隙的身体之间响起："我们的记忆只是一段时空。时空正在流走。"

白鹿不见了。

12

——前方还会有什么？我们要走遍这颗星。轻纱还在，它在等待，等待我们融入。

——今天的快乐不及明天和后天。想要更多的欣喜，就跟我一起上路。

睁开眼睛后，佟骁才明白过来，刚刚发生了什么。

赤身从浮空车后座上坐起，他拔掉线缆，结束借车载系统进行的短期保养，恍然大悟：刚刚这十几分钟的保养时间里，他居然在做梦！

"怎么可能呢？"

从理性角度讲当然不可能。电子脑不存在这种机制。然而，刚才短暂的十几分钟里，他很清楚地意识到，自己的思维不在体内，也不在车里。思维是去了一个完全不同的地方，凌驾于现实之上，在那里能看到这颗变幻莫测的星球的全景，以及笼罩它的更加变幻不定的那层"轻纱"。他还能听见辛菁在吟诵一些句子，那是说给他们的话语。

这大概就是梦。所谓梦，也许就是另一个时空吧。

走出车厢，佟骁看到，周围的一切全都变了。

夜晚没了，现在是白昼，森林也消失了。他和浮空车处在一个极其广阔的山脚斜坡上，前方远处是一条极宽的河，又或许是个超级广大的湖泊。周围的植被相当丰富,种类和颜色千变万化。地形地貌也是如此,有许多丘陵,更远处有两座孤立的山峰。身体能觉察出轻微的热度,很像某个地中海气候区域的特征。

多想这些毫无意义,但佟骁的思维习惯仍然有些残留。他抬头观察天象,发现尽管是灿烂的晴日,却并没有任何类似太阳的天体。结合本地经纬度判断,南方的天空中,有个占据天穹近四分之一面积的巨大光斑,比周围的晴空略亮,光照的强度不如他印象中地球上的太阳。这个提供此地日照的天体应该并非恒星,而更像是某种类星体。

站立良久,佟骁这才注意到自己仍光着身子。即便已经接受了自己的新身份,他还是觉得不舒服。

车尾处,昨夜立起的压缩帐篷还在,里面空无一人,床垫上摊着一件半透明衣物。佟骁把它披在身上,发现这是一件宽松的长袍。

辛菁不在这里。浮空车后备厢是敞开的,里面挂着的两台折叠摩托少了一台。一道狭长的喷气痕迹从车尾延伸到山坡另一侧,在黄绿色的草地上压出一条路来。

他知道对方没有走远,于是边收拾东西边等。草地各处不断有一层层的虫鸣传出,声音像非常轻、非常细的电锯声响。

"嘶嘶"的喷气声在佟骁身后的山坡上回荡。辛菁骑着折叠摩托,以极快的速度冲下山,朝他驶来。数分钟后,对方已将车停在他面前。

"去哪儿了?"

"山顶。"

辛菁同样身穿半透明长袍。她取下头盔关闭喷口,架好车身,拔掉肚脐部位的车用电缆。没有了人造躯体腹中核电池的供能,摩托失去动力,车身上一圈警示灯全熄了。

"你是去勘探还是去游玩?"

"都一样。想知道地理测绘数据?"

"已经收到了。"佟骁指指自己的额头。

"嗯,我知道。"辛菁笑了。如今,这两人已经逐步习惯了思维同步共感的生活。

"地表高度三百多米的山,已经算是这附近最高的了吗?这颗星球的地貌,才几天下来就改变成这样了啊!"佟骁仰视山顶,感慨道。

"'几天'这个说法不太对吧。"辛菁提醒,"你应该已经明白了,过去的时间观念如今根本没办法适用。只要我们俩在一起,时空就会出现大幅度移动,不知移向哪里去,而且一次比一次剧烈。至于这颗星球现在的位置,肯定也早就不在原地了。"

"这我当然明白。但是,"他将手指抵在自己的额头上,"我们脑袋内部的原子钟程序仍然有时间概念。"

"确实如此。恐怕我们的身体受限于我们自己的主观意识,所以并没有伴随周围的时空出现时间飞跃。"

"没有一个客观的衡量标准,我们自己所认为的时间也就没意义了。"

辛菁走到他面前,双臂隔着长袍搭在他肩上,仰起头靠近他的脸,嘴唇相距不足两厘米。"要不然,干脆把原子钟关掉?"

"怎么可能呢?我们做不到的。"

佟骁将头往前伸,想亲吻辛菁,却被她灵巧地转脸避开了。他轻抚她的发丝,继续说:"原谅我,我还是觉得这里有许多概念太过奇怪,根本不能解释。比如,明明是不含氧气和二氧化碳的大气层,却有植被和生物圈;明明气压还是那样低,却有比地球更猛烈的风蚀作用。当然,还有这里的引力问题,更是不合情理——"

"你还是在想着地球。"长发遮掩着辛菁的侧脸,她的表情也被挡在黑影中,"我已经记不得那里的生活了,而你也是一样。"

思索一会儿,佟骁承认:"对。我什么都不记得了。除了自己的名字外,其他的事情我感觉都是梦。荒唐无聊、枯燥乏味的梦。可是,就算我们已经是新人类了,但我们思维里还是有时间观念和这具身体带来的空间观念。思维和身体还在,时间和空间的概念也就不可能消失。只要我们还拥有这种按时间和空间概念认识外界的认知结构,我们就一直只能是人类。"

"这是哲学,我记得你以前不说这些话的。"

佟骁点头道:"档案库里那些数据全都进了我的数据库,我当然会知道了,虽然读完之后是否真的懂了还难说……"

"你这样想事情,生活会变得一点儿意思也没有的。"

"确实。可这就是我。"

他看到辛菁后退一步,离开了自己。

"那就走吧。"辛菁跨上摩托,重新接上电缆,"既然你想知道时间和空间,那我们走。"

"去哪里?"

"上山顶,去看星星。今晚我想待在那儿。"

山顶上,苍穹碧蓝,碎云回旋。抵达之后,两人停下车,倚靠在一块青灰色的岩石上眺望世界。他们拥抱着开始接吻。星空开始浮现。

在这里,星图截然不同。没有任何伴星的身影,也没有恒星,庞大的类星体是此地的引力中心点。淡蓝色的亮夜里,它的广阔辉光从星球所有方向的地平线处升起,宛如整颗星的天际线都在燃起一圈蓝白色的火。也没有银河,取而代之的是密度极高、颜色极端丰富的密集星空。只能估测这里处于某个类似银河系的星系的近中央位置。

夜晚的大地几乎与白昼的同样明亮,只是没有红外辐射和天光的混合。来自遥远恒星的色彩覆盖着星球的每一处,为大地披上一层银白的外衣,某些植被则显现出青蓝色外貌。

不知道冥王星现在在宇宙的哪一端,更不可能知道现在是哪一年。在这样的状况下，竭力与辛菁合为一体的佟骁也明白对方努力想对他说的话。

——我们的时间和空间，需要重新开始计算。

后半夜，佟骁终于等到久违的显著异变。某种状如彗星但正规律地环绕冥王星旋转的物体出现了，弯曲的银色尾部如缎带舞动，末端有不对称的几支分岔，状似白细的手臂。一整夜，它围绕大地盘旋，并不遵循引力规律，而是在不断自主改变轨迹。

他们两人紧靠在一起，视线一直不曾脱离那东西。

"就是那个吧？让这颗星球变化的原因。"

——就是它。

"去找它？"

——我们已经和它在一起了，永远地在一起。

"还没有。"佟骁让辛菁枕在他的腿上，"还能看见它，就说明它还在我们之外，我们也还在它之外。"

瞬间浮现在佟骁脑中的那个想法，被辛菁捕捉到。她坐起来，轻抚对方的胸膛和腹部。现在，是她在犹豫了。

"这样真的好吗？其实，或许你和我的想法并不完全一样……"

佟骁用唇和舌尖持续安抚她。

"总之，先出发。你不是一直想看看这颗星球最终的模样吗？"

13

在漫游整颗星球的过程中，在数不尽的日夜里，佟骁愈发清晰地理解了辛菁提出的设想：这里一切事物存在的意义，都只是为了满足他们二人。

绿色原野是如今冥王星上的主要地貌特征，但具体说来，小小的矮行星表面也根据纬度不同被分为几种相异的物候区域。离开布满丘陵和灌木的"地中海地区",乘坐浮空车,他们见到过温带针叶林,进入过雨林,穿越过冰雪初消的亚寒带沼泽地和更北边的冻土层,甚至可以在星空照射下遥望北极附近的冰山。冥王星不大,环绕一周耗时不长,而每一次途径曾去过的地方,佟骁发现,同一方位的地形地貌和动植物样貌都会剧变,从不重复。

对,这里也拥有了多彩的生物圈。形状小而尖细的不明昆虫,浑身乌黑,在草原上沿抛物线轨迹来回跳跃。空中飘浮着两翼细长的飞行动物,不见头尾,状如简笔画勾勒出的海鸥,反复扇动着翅膀穿越天幕,不知从哪里飞来也不知要去向何处,似乎它们唯一的存在意义只是为了点缀美景。

曾经让无数地球人类神往的"爱心区域"[①],在两人面前呈现出的则是高原林区景致。灿黄的银杏树铺天盖地,长成密林,中心地域下陷成碧绿的静谧湖泊。

展开求生浮囊,浮空车成了一艘游览船,漂在湖的中央。佟骁喜欢坐在后备厢边缘,看着不远处如镜子般的水面。斜射的"阳光"将湖面染成金色,其中有一圈圈发亮的波纹,那是辛菁从充气筏上跳起、跃入湖中激起的涟漪。湖底有凝固如画的蓝色枯木,周围遍布长尾而无眼的温顺鱼类,辛菁总爱下水抚摸和搂抱它们,然后启动脚底的喷气引擎,抛撒着水花飞出湖泊,再缓缓下降,悬停,想象自己正站在湖面上。

一切都是美的,不需要解释的美,他们两人总能感知这一切,只需要感知这一切。天空、大地、水泊中一切有生机之物,从草木到虫鱼,遥远的飞鸟和隐匿在林中的走兽,每一根毛发,每一滴露水,以及蕴含香气的气流,他们都能感知,他们全能明白。穿行在水面上下,辛菁周身湿润,迎着微风的佟骁的脸庞干爽清凉,各自的心情对方全部知晓,心境拥有同调。

夕阳落幕,星空和湖面融成一体,中间横亘淡色的天际辉光。他们并排躺在浮床上,肢体交错,手掌贴紧,通信电信号在耳鬓厮磨中瞬息万变地交换,在二人

---

① 在冥王星的表面,有一个形似爱心的明亮区域。

思维中形成鲜明的印象：只要在一起，我们就总能引起新的变化。只要在一起，身体内外的电磁流动就总是活跃着，与天地万物一样舞动。或许这就是融合的根本，以这颗星球周身磁场中电磁波的往来穿梭为媒介，联结万物。这或许就是唯一的设定原理。

"这样，人就再也不用和世界、和他人作对了。"辛菁说。

"除了它。"佟骁手指七彩的夜空顶端。

那道白色的"彗星"仍旧高悬在虚构的大气层外侧，俯察一切。

冥王星的南极，现在成了佟骁和辛菁认为最舒适的地方。类星体的光照在此地形成极昼，将几乎占据南极全域的巨大高原孕育成平坦的温带平原，两条平行流淌的大河滋润着疏松的灰黑色肥土。

观测完之后，佟骁发现，根据南极一带的数据，现在的冥王星和最初在太阳系时相比，运行方式几乎全盘颠倒，不但自转轴倾角出现重大变化，甚至连自转的方向都反了。

"不对头的还不只这些。看那边。"辛菁指着不远处的林地说。

在这里，树林的分布很不均匀，总是沿着河流和土壤中一道道神秘的坚固隆起呈条状排列。浮空车升高后，特征更加明显，主要由榆树和杨树构成狭长的林地，相互交织成许多不规则的多边形区域。

漫步于林间，看着平坦到不自然的地面，以及整齐划一的树木尺寸，两人不断对视，最终达成了共识：这些树木构成的是防风林。

换言之，这里曾有"人"居住。

林间更深处，生硬笔直的溪流仍在流淌，水边乱石密布，有些石头还能隐约看出桥梁或建筑构件的原貌。他们手牵手穿梭在夕阳辉光交相映射的光影下，最终在一堆腐朽已久的木材旁，发现一座塌了一半的石造房屋。

这是由他们二人的思维参与构建的文明的废墟，其中的历史并没有意义，但佟骁还是掰下一小块碎石进行测年分析。分析结果，这座石屋距"今"已有一千五百多年历史了。

"今晚就在这里保养吧。"辛菁从工具包中抽出薄膜帐篷，同时向远处的浮空车发出召集信号。

14

这晚，那只白鹿再度出现。

融化在不分彼此的热量和潮湿之中，佟骁全身心地感受着与辛菁浑身上下一切感官完全同化的超凡体验。

再也不是星星点点的彩光，今夜的星空是玫瑰色的，红色"云雾"在南极夜空中喷薄散开，每个部分都在变幻、旋转，而这云雾的整体也同样如旋涡般翻腾。它的光彩令那栋石屋上的每块青石都温润如玉，好似成了半透明。香气和黏稠的湿意渗进他的腹部内侧，耳旁是风声中遥远但清晰可辨的钟鼎礼乐之声。

通往村口的小径上，白鹿沉默地站立，遥望着他。他也看着对方。

礼乐声中有人声应和。佟骁像是知道要去看什么一样，将视线转向石屋的房梁处。那里有一只状如草蛉的生物，身体纤细如杆，四片透明薄翼收拢在身后，犹如纱裙。

"草蛉"的身体是星空的颜色。

佟骁继续张望。不知从何时起，石屋上已经停满了"草蛉"。大大小小，各自静止地舒展着膜翅。再看四周，就连草地和树林中也全是。各处景物都被它们染成了星光般的色泽。

"那些是……这里曾经的居民吧？"辛菁离开佟骁的怀抱，猜测道，话音里夹着惊喜。

"我想是的。"佟骁回答。

白鹿又消失了。

如星辰般的无数光亮,在同一时刻席卷升空。它们构成一团长长的七彩光柱,直冲上天,速度极快,加速能力似乎没有止境,佟骁眼球探测系统的监测速度差点儿追踪不上。

它们全部消失在玫瑰雾气逐渐散去的星空里。探测系统初步估算,它们的垂直爬升速度显然大大超过了这颗星球的逃逸速度,甚至很有可能超越了他俩所在的这个行星系的逃逸速度。

他们的感官转瞬即逝地闪过两人的思维表层:炽热的烧蚀,舒展的身心,正在延展的时空,以及无垠的喜悦期待。

这是唯一的前进方向。二人的思维聚合出完全一致的想法。

"我有一个设想。"佟骁搂紧辛菁说道。

"提示再明显不过了,"佟骁说,"那些星空飞虫,它们原本是居住在此的居民,也可以认为是'人'吧。他们舍弃自己的原始身体,只留下意识思维,改换自己的外壳,冲出这颗星球,进入宇宙,融入那个'东西'里面。那个'东西',那只白鹿,呼唤着我们也去做同样的事。"

"应该说是双方对等地融合成一体。"

"这样讲也对。"

"那么,我们应当怎么做?留在这里,成为亚当和夏娃?"辛菁调侃地说。

显然不行。佟骁明白,他和辛菁两人的身体,由于被自己的主观思维限制,依然停留在短暂的主观时间中,至今未能与周遭的时空同在。况且,就算身体与周围的时空同步,再强大、再长寿的人造躯体,在拥有无尽时空的更高层级智慧面前,不过只是瞬间腐朽的无机质束缚器具而已。

真正的人,是思维。思维就是一种时空,所有的记忆和梦都是已经形成的一个独特时空。

而时空是永存的。

"还记得那台自己冲上天空的飞行器吗？它和我们也是一样的，在这里，它也有思维，也和那个'轻纱'是一体的。"

听了佟骁的这番话，辛菁明白过来。两人一同看向身边的浮空车。

15

思维是永恒的，只是需要容器；容器是短暂的，所以是什么都可以。

苍茫温热的晨曦中，他们二人舍弃所有衣物，搬出浮空车内一切不再需要的物件，连车座都拆出来，只在驾驶舱中铺满一层充气床垫。锁死车门后，浮空车在升限高度悬停，让朝霞填满整个车厢。

一切都变成了耀眼的橙黄。两人面对面紧紧相拥，一条临时改造的三向控制线缆将他们的肚脐连通。两台核电池的动力汇聚成一体，从第三根线缆中涌向浮空车的核心喷射引擎。车窗和顶篷已被拆下，防护装甲也已舍弃，四面八方飘进的清凉晨雾包裹他们的身体。仪表板敞开，连同备用品在内的全部六条控制贴片完全抽出，如茧般捆绑包裹住二人全身。"茧"的内部，两人的脸颊、手掌、胸腹等信号传输部位完全贴合，组成一个小型的内部信息交互网络。

那些贴片有节律地闪烁着红色信号，成为佟骁和辛菁通往外界的唯一"脐带"。

"现在我们两个完全在一起了。"这是佟骁的声音。

"不对，是我们三个。这台车也和我们在一起。"

"你说得对。那么，出发吧。"

"好。"辛菁轻柔地回答。

赤红的火焰猛烈喷发，浮空车成为彩霞中一道最亮的星光。它垂直加速，越来越快，犹如整颗星球古往今来的一切力量全部施加在它体内一般，令它变成一条无限延伸的雪白光柱，刺入正无止无尽地翻滚、扭曲、颤动的星空体内。

16

所有的颜色都在这里呈现，因为这里拥有时空中一切的波动频率。

万物全部与自己同在，因为所有一切本就是一体。

波动并非单纯和单向。它们不是移动的存在，它们不曾移动。自有时间和空间以来，所有的存在位置，从开始直到尽头，对于佟骁的意识而言，现在他全部都能感受到，包括无穷无尽的"感官知觉"——"视觉""听觉""触觉""嗅觉""味觉"，以及其他所有的一切。

用"感受"一词当然是不贴切的。如今的他，是正在"明白"着一切。

这里是时空的整体。

假设一颗星体在空间中经历一段时间而移动，那么在如今的佟骁"看"来，它便是一个拥有着六道醒目轨迹的网格，六条线交会的地方是它此时此刻存在着的位置。六条"发亮"的弯曲线条两两贯通，可划分成三种轨迹方向：从此处到彼处，从过去到未来，以及从不存在到存在再到消失。这些轨迹本身拥有全部的色彩和质量，在总体时空的背景下，它们成为六道永远扭动下去的触角，没有边界，抵达这个时空的起始尽头。

这样的六向网格，在他"眼"前有无数个。

它们密集交错，相互之间的六道轨迹可能相遇却永不会合并，除了遵守引力规律外，还服从这个时空自身的存在规律：它们组成无限深广的网络，而这网络本身，即这个时空自身，也同样有自己的三个方向、六条轨迹。

这个无尽繁复的、正在活动着的网络，现在就在佟骁"体内"，就像佟骁正处于它的"体内"一样。它和佟骁的思维意识是完全等同的，不是整体，而是根本就应称为同一个存在。

他同样也完全清晰地明白，辛菁，以及存在于车载系统里的他们二人的思维，也在这里，也和他在一起。三者是同一个存在。

所有可以用语言叙述及无法用语言触及的存在网络中，唯一一个能辨认出单独样貌的，是那台晦暗无色的浮空车车身。它，以及它体内那些下一层时空的肉身存在物，现在成了绝对突兀的存在，是白玉中的一粒污渍，是交响乐中的一段纯无声空白，是彩缎上一个被刺出来的黑色孔洞。它是不被允许停留在此的异物，必须被扫除。

扫除立刻发生，或者说已经发生过了。佟骁和辛菁的思维遗忘了它。

它消失了，就像它未曾在这里出现过一样，就像从来不该出现的一场梦。它就只是一场梦而已。

17

梦里的一切全都在崩坏，在最后告别。

这场崩坏是绝对的和无止境的，在梦境里却又只是没有时间长度的一瞬：草木、鸟兽、空气、阳光、水和雾气，还有那些巨石制成的庙堂和楼台，甚至包括天空和大地本身。全部粉碎，全部恢复成虚空的泡影，成为再也不可能记起的一段回忆。

一阵警铃声中，佟骁看到模糊的冰层继续在舱口附近融化，周身包裹着的是正逐步解体的体外循环胶质层。它们正在坏死，蜕变成许多噼啪作响的黑色泡沫。

他醒了。

被人架着抬上急救床，佟骁未曾体会过像现在这样周身无力的感觉。他困难地环视四周，看到许多焦急和困惑的指挥部成员戴着口罩，推动急救床穿越了不知多少道闸门，最后送入电梯，准备将他运往恢复病房。

房间里等待着他的是地球指挥部负责人。

"现在是什么时间？"佟骁隔着氧气面罩，虚弱地问道。

负责人抬头看挂钟，再核对手表，回答他："第六天。"

"什么第六天？"

"任务啊，任务时间的第六天上午，七点五十五分。你们在那边到底遇到什么事情了？怎么会突然醒过来？"

痛苦地思考良久，佟骁最终回答他："我不记得了。"

18

第二期冥王星遥控建设工作开始后的第六天，现场两名工作人员，佟骁和辛菁在同一时刻被紧急唤醒。这场事故属于高度机密，除了不言而喻的理由外，尤其令项目内部人员纠结困惑的，是关于时间的问题：两人因意外被紧急唤醒的时间是早上八点左右，然而冥王星基地发出的自动求救信号是在下午一点多才被接收到。

信号显示，当天上午七时许，两人在执行一项搭乘飞行器投放卫星天线的实验中，飞行器意外失控，佟、辛二人的人造躯体于超过两万五千米的高空坠下，硬着陆，完全损毁。飞行器连同机舱内携带的浮空车一起坠毁。

求救信号的耗时似乎并无不妥，两地之间本就存在着通信延时。可是，为何在人造躯体被毁的瞬间,两人沉睡在地球指挥部内的躯体当场便能醒来?理论上,即使失去与人造躯体的电波联系,也应经过同样长达四个多钟头的延时,指挥部的休眠管理系统方能监测到并执行唤醒。

这么严重却又难以解释的重大事故,此前在地外其他基地的类似项目中从未出现过。因为没有先例,所以在制度层面上,这件事的处理被搁置了。

佟骁和辛菁两人的身体状况完全正常。心理方面,经过近一个月的跟踪调查,似乎也没有什么大问题。用"似乎"来形容,是因为两人不约而同地出现了局部失忆的情况。让一些调查者颇感兴趣的是,当被问及"在现场操纵人造躯体的体验如何"这一问题时,他们两人的回答完全一样:记不清了。

"就像是做了一场长达好几天的梦。可能因为那个身体不是自己的吧,现在的我根本没法儿想起那时的感觉。"佟骁多次这样回答。

辛菁的说法也基本一致。

身体与思维之间关系的问题,日后在学术界成为长期热点,但对他们两人来说,工作已经完结了。根据事前的合同约定,尽管工作只进行了不到两百个小时,但他们还是获得了承诺收入的百分之五十,另有医疗方面的保险赔付。

国内所有的人造躯体地外遥控项目全部被冻结。事情就这样结束了。

可是,在另一个领域,出现了更为怪异的状况。

经国内外多方研究机构反复探测确认,长期笼罩在冥王星周边的粉色"轻纱",在两人被唤醒的同一时刻,完全消失无踪,就好像此前从没有出现过一样。

出院那天,佟骁见到出租汽车停在医院门口,妻子和女儿正在等他。女儿并没有显出太多激动,仍专注于自己手里的玩具,在她看来,这与每年佟骁都会有几次的出差没区别。妻子也是一样。她们平和安静地和佟骁一起装行李、上车。

"这礼拜我还是没空去考试,驾照还得再等等,只好你开车了。"上车后妻子对他说。

对，只是过去了一个多星期而已，佟骁心里明白。很短暂的一次分别，不足为奇。

"爸爸，怎么这么早就回来了？"

他回答女儿："不知道啊，听说是机器出了点故障。我提早结束不好吗？"

"那你的工资呢？"

"会拿到的，算是赚了呢。"

妻子在后座上轻笑一声。

"爸爸，那边好玩吗？你都做什么了？"

思忖良久之后，佟骁无奈地感知到记忆的单调苍白。他实话实说："一般吧，就记得我每天都在那边搬箱子、装零件什么的，也不用睡觉。看到的东西很少，听不见也闻不到，什么感觉都没有，就像在做梦。"

"噢。"

"是美梦吧。听说你在那里有个女同事。"妻子这时说道。

百无聊赖中，他闭上眼睛。"这跟我有什么关系？出发前和回来后我都压根儿没见过她，只知道姓什么叫什么。她在那里也跟我一样，每天只是搬东西而已。"

"没发生过什么美好的回忆？"

"怎么可能呢。"佟骁很肯定地回答。他就是因为这样的肯定而感到无聊，"如果有的话，我一定会记得。没什么可隐瞒的。"

但佟骁还是隐瞒了两件事没说。

其中一件，是关于记忆里的空白。从飞行器失事，到身体自行醒来，中间的过程完全没有记忆，可他总感觉这其中并非完全虚空。或者说，正因为那段记忆完全空白，所以才显得不自然，就像记忆被抽走、被故意跳过了一段。研究所的专家和医生总是解释不清，心理上又不构成什么症状，于是佟骁也就不想说出来惹他人烦心了。但这终归是一种实际存在的感觉，无法忽略。

隐瞒下来的另一件事，更没必要说出口。

醒来后住院观察的那几天，佟骁躺在床上，睡眠充足，梦境层出不穷。他不断梦到那个姓辛的女同事和自己坦诚相拥，一刻不停地持续欢爱，背景则是完全美化了的外太空，有时在梦幻般的森林里，有时在深不见底的银河中……总之，是一个现实之外的、绝对虚幻的时空。梦中那个与自己完美融合的少女，他不知其身份，如今想来，面容也有些模糊，但他总认为那应该是自己的女同事。

佟骁深知，这是非常典型的中年男人的过度妄想，不足为外人道也。他决定将这美妙的情爱幻梦深埋心底，此生绝不对外人诉说。

19

四年之后，"轻纱"又一次与人类相遇。

被发现时，它改变了形状，成了一条长度近两百公里、宽度近九公里的狭长的"丝巾"，正围绕灶神星做不规则的环绕运动。它仍呈半透明的粉色状，轨迹奇特，看似以圆周方式绕行，但其运行轨道面的倾角始终在不断变换，反复不定，无视人类已知的规律，且长期停留，不曾离开。

紧急发射的探测器组合体，搭载着接触用的探针，于六年后抵达灶神星轨道，对它展开有史以来的首次近距离接触。公开的媒体记录显示，接触过程短暂而无趣：在近到与探测器之间只剩五百米的距离时，"轻纱"消失了，只在原地留下已经发生故障的探针。和十年前一样，它于一瞬间杳无踪迹，没有留下任何人们普遍设想的神奇现象。

但从未公开过的资料显示，负责接触的探针内，留下了不可思议的数据痕迹，尽管很少，却足以震动所有看过这些数据的研究者——

探针故障是因为内置的核电池失灵，电池失灵的原因是核反应物质失效。据测算,探针在"轻纱"内部至少经历了两千八百多年的光阴。

探针内残存的电感数据,在0.0088毫秒的时间内记录下一记尖锐的高频"声响",调查人员发现,其中混杂着一段模糊不清的听觉信号,听上去像是有什么人正在歌咏。

歌咏者是三个人。初步判断,其中一人为男性,一人为女性,另有一人的语音较为怪异,很接近某型号车载系统的提示语音。

歌咏的内容,经过反复艰难的解析,只能得出一句勉强可供辨识的歌词:"记忆也是梦,是我送你的一个时空。"

尾　声

将小说初稿的最后一章"尾声"完成后,胡星月摘下眼镜揉揉眼眶,扭动颈椎,他感觉正常的思绪终于重新回到自己体内。一股极度疲惫的衰弱感再度让他轻微晕眩,眼前明亮宽阔的会堂变得有些模糊和颤抖。近几年来,这种感觉愈发强烈,不过他并不会像有些同龄人那样,四十几岁就为此恐惧。

他一贯很享受这种如梦般的恍惚感,尤其是在写作任务大功告成的时候。

只有笔下那些虚拟的人物以及世界才有意义,至于眼前这热热闹闹的国家级别文学盛会,对他来说根本是无须关心的另一个世界。

"至少能有几天时间离开家,这也算好事了。"他开导自己。

停止了写作,现实世界的种种杂乱噪声就难以屏蔽了。夹着电脑从工作人员通道离开会场,胡星月穿越空寂的走廊,从尽头走出会展中心,前往二楼的户外茶座,点了一杯滚烫的黑咖啡。他在玻璃栏杆边找到一个最靠近露台边缘的空座,隔着咖啡氤氲的热气,眺望夜空。

冬天里满月的夜空很美,是一种宇宙间只有他自己知道的美感,今晚他也如此觉得。

一股微微发暖的气流冲刷到他的脸部和颈部。有人走来坐下,与他同一桌。

"您好。这里没别人吧?"

来者是个披着厚重大衣的女性,围着纱质丝巾,淡雅的眉目前挡着一副度数不低的圆眼镜,一头蓬松的短发微微拂动。嗓音陌生,应该不是熟人。

胡星月习惯性地打量对方,猜想她的身份和年龄。比自己小一些,大概是一起来参会的作协成员。

"您好。这里没有人的,请坐。"他继续看着对方,发现对方也在观察他。

"您是本省作家,对吧?"短发女子放下一杯拿铁,解开丝巾,露出消瘦泛黄、但笑容十分灿烂的脸庞。

"哪里,我只是业余写写而已。"他喝着自己的咖啡,继续凝视,确认对方大约三十岁,"请问您是——"

"我叫苍琼。当然是笔名啦。"

"笔名啊……彼此彼此。久仰大名,您是著名的童话诗作者,对吧?"胡星月总算记起,自己应该是在哪个全国级别文学活动里见过此人,但并没有读过她的诗。

"惭愧呀。"女诗人继续笑着,"我好像也在哪个幻想小说讲座上见过老师您。"

"不用喊我'老师',我那些全是误打误撞罢了,做做白日梦,换点稿费。"

交换过社交信息后,苍琼浑身一紧。她肃然道:"没错,刚才在会场门口我就觉得眼熟。胡老师,您写的少儿幻想故事我还给家里孩子买过。"

"太感激了,希望写得不算太烂。还请诗人多多批评指正。"

"我读过您的故事。怎么说呢……"她犹豫着说,"就感觉是把一场美梦直接叙述出来一样,虽然有些模糊,但感觉非常生动,就好像我亲自看到过和闻到过那些异世界。没想到真能有机会遇见您本人,而且是在这么巧的情况下。"

"谢谢。大概是缘分吧。"

"或许真的是。不过,还是有不明白的地方。您在去年那篇讲星球历险的故事中,提到外星生命与人类思维的'意识体共鸣时空'和'多层时空的永恒叠加结构',这些科学设定真的好深奥、好有趣,能再多向我解释一下吗?"

胡星月的表情凝固了。

"那个需要解释吗?"他的话音低沉下去,"幻想故事,白日梦而已,不过是文体的刚性需要,不能当作实际的科学去看待。"

"有谁跟您讨论过这些?"

"没有。非说有的话,只能说是在我的梦里,有人曾对我讲述过这一切。"

热腾腾的雾气似乎越来越浓,正在两人之间涌动、扩张。胡星月正在疑虑之时,他的眼镜片上横跳出几块信息条幅。一些同省作家邀请他一会儿去参加官方主办的晚宴。

他把眼镜取下,问:"苍琼老师,待会儿的晚宴您也一起去?"

"请别叫我'老师'。"苍琼解开领口的防风扣,摇头道,"我不去。那种晚宴没有意思。"

这让胡星月深有同感,"其实我也觉得。别的不说,光是禁酒的命令就实在是不合理,我接受不了。"

拿铁杯朝他这边伸来,与他手里的杯子碰出一声脆响,"实在是不能再赞同了。胡老师,您也喜欢喝点酒再创作?"

啜一口咖啡,胡星月隔着稀薄的雾气看着对方,他低沉地说:"嗯。当然是不好的习惯,可是没办法。好些年前的一段时间,我染上了酒瘾,完全分不清现实和幻想,家里生活差点儿全毁了,幸好后来发现通过写小说舒缓情绪还算奏效。这也算是命中注定吧。"

月光更亮了,反射在苍琼的镜片上,掩盖了她真实的表情。

命中注定……或许真的是这样?

"胡老师的家在外地吧?一个人来参会?"

"是的。苍琼老师您呢？"

"刚刚说过了，请别叫我'老师'，也别用'您'。我也一样，从外省过来，要一个人在这里开整整一周的会。"

异样的气氛现在已经完全等同地笼罩在两人的心头。他们都开始相信，对方在和自己想着一样的事。

"隔两个路口就是酒吧街，就去那儿吧。"胡星月起身说。

"不。那边太近了，搞不好会碰上认识的人。我知道一个地方，可以一起看着星星喝酒，一起做白日梦。"苍琼说道。她放下杯子，摇晃着起身。

不知何处的凉风此时吹来，顺着她的颈项，将那条丝巾顺滑地吹落，如有生命一般朝玻璃栏杆外的夜空里飘去。两人同一时刻伸手过去，抓住丝巾的同时也握住了对方的手。

确定了。心思就像明月一样再也无法掩盖。胡星月攥住苍琼的手，包裹进自己的掌心里，脸朝对方靠近。苍琼想要转头避开，却被他用手指拨住下颌，扭回来。

"十年前，我认识一个人。"他微颤着说，"我和她只是短暂相遇，没留下任何特殊的回忆。但从那次起，我只要做梦就会梦见她。十年的梦里全都是她，还有她的森林和星空。我认识她就好像已经认识了一辈子，她不是我见过的任何一个人，可我很确定她跟谁有关。现在请告诉我，苍琼老师，你在诗里写的都是什么内容？"

苍琼拿开他粗糙的手掌，轻声笑道："喜欢做梦的人作家，你连我的诗都没读过，敢肯定你没找错人？"

"现在就可以查一下。走，这会儿书店还没关门，我们马上去核对。"

"不用麻烦了。"她将胡星月的双手贴在自己的面颊上。

两个身体轻微摩擦，在陌生的触感之外，飘浮着绝对不会再被遗忘的记忆，即便只是一场梦。

即便那是另一个时空。

"是关于森林里发光的白鹿,以及有着七彩流星的夜空之诗。"她红肿着眼睛,凑到对方耳后,将下巴搭在对方肩头,"就和你写的梦境一样。"

相隔仿佛亿万年岁月后,佟骁挣扎着摆脱令人头晕目眩的沉默。

"菁?"

在蕴含着无限热量的肌肤触碰中,他终于能够获得勇气和自由,再一次说出那个现实中从未说出的名字。

(责任编辑:汪 旭)

赛博桃源记

江 波

世界有完美的秩序，只是需要一双发现的眼睛。

江 波

浙江人，生于七十年代末，2003年取得清华大学微电子所硕士学位。同年在《科幻世界》杂志上发表处女作《最后的游戏》，迄今已发表长篇作品五部，中短篇作品五十余篇，代表作有"银河之心"三部曲、《机器之门》《移魂有术》等，作品多次荣获中国科幻银河奖和华语科幻星云奖。

江波的小说技术含量较高，想象宏大而奇特，却又合理而令人信服，语言风格沉稳冷静，叙述准确干脆，深受科幻读者的喜爱。

武丁说，他来的那个地方，桃花永开不败，人们长生不死。他带我们到这里，给我们桃花源。这里桃花遍地，然而四季轮回，桃花绚烂过后归于尘土，一如人的生老病死。他告诉我们，只有最勇敢、最聪明、最善良的人，才能回到那桃花永开不败的地方。一切艰难都是考验，只为浮现出生命的真谛。

他说，来过，看过，爱过，是生命的全部意义。

他说，终有一天，桃花源的人们会走出这个山谷，会拥有丰饶的大地和天上的星。

——《启示录：第一章》

武丁和妇好

武丁和妇好同年同月同日生。他们出生的日子，恰好是圆灯节，大大小小、形态各异的圆灯在天上飘荡，彼此间偶尔碰撞，闹不好就烧成一团，引得众人个个高仰着脖子，眼睛一刻不停地扫视天空，不时发出一阵赞叹。

武丁和妇好一同死了，约好了一道复生，却没有想到，这一等就是三百年。

"轮回的时间，倒是越来越长了。"武丁看着天上的圆灯说。

"管他呢！"妇好抱着武丁的胳膊，"反正我们在一起就行了。"

武丁抽出胳膊，搂住妇好的肩。两人静静地依偎着，默默无语。心有灵犀，岁月静好，时间仿佛是凝固的。

然而时间又何尝凝固过！

从前的日子像流水一般从武丁心头滑过。

六次转生，每一次都会有不同的名字。

第一次出现在桃源界的时候，他叫王二，她叫陈清扬。

第二次，他叫梁山伯，她叫祝英台。

第三次，他叫王仙客，她叫薛无双。

第四次，他叫焦仲卿，她叫刘兰芝。

第五次，也就是上一次，他叫范喜良，她叫孟姜女。

这一次，他叫武丁，她叫妇好。

名字只是一个符号，符号中记录着人类的过往。那些反反复复的脚本，大概永远也不会令人厌倦。

"我听见你的心跳了！"妇好说。

每一次，她都会这么说，每一次，武丁都会把她搂得更紧些。

一阵风吹过，天空中飘浮的圆灯被吹得挤成一团。突然间，不知道从哪一盏灯开始，火苗一下子蹿出来，所有的圆灯几乎同时开始燃烧，火光映得整个天空通红。人们哇哇地叫着，为这难得一见的场景赞叹欢呼。武丁和妇好仍旧静静地依偎在一起，像是喧嚣的激流中一座沉默的岛屿。

火光之上，天空漆黑，一颗星星也没有。

遥远的天边却有一线微蓝，隐隐约约，仿佛晨曦，却又太过于规整，就像一条直线横在天际线上。

武丁看见了那一丝难以觉察的亮线，妇好在抓挠他的胳膊，她也看见了天边的异常，知道这事透着蹊跷。

寒夜微凉，燃烧殆尽的圆灯纷纷落下，掉落湖面上，闪上一闪，归于熄灭。围观的人们渐渐散去，最后湖边空空荡荡，只剩下武丁和妇好两人。

两人终于分开，彼此对视了一眼，一齐向着湖上走去。他们走到湖上，却并没有沉入水中，而是浮在湖面上，仿佛被什么东西稳稳托住。

夜幕之下，两人踏水而行，速度越来越快，最后竟然像是两支飞箭，掠过湖面，越过海岸，踏着如墨一般深黑的海水向天边激射而去。

圣　师

武丁望见了暗夜中那白色的身影，一袭白袍，须发如雪，就连拐棍都是白色的。

圣师早已经在此等候多时。

圣师和任何人都不一样，他一直守在天极岛上，已经整整两万年。据说自从桃源界形成之后，他就一直住在那里，从未离开。他是桃源界的守护者，是所有人的老师，是唯一不入轮回的人。

"出大事了！"见到武丁和妇好，不等他们出声问好，圣师就说了一个坏消息。

"是什么事？"

"等荆轲来再说。"

武丁和妇好默默地站在老师身后，在寒风凛冽中望着黑沉沉的海面，等着那个叫荆轲的人。

荆轲是个名字，名字里带着故事。荆轲大概是一个勇武的人，就像他的名字一样。

荆轲却迟迟没有来。

又过了一个时辰，天空已经有些微微发白。

圣师微微叹了口气，抬起拐棍，轻轻一顿，地上裂开一道缝，笔直的台阶倾斜向下。台阶两旁有灯,一眼望去就像两条无穷无尽的光带,在极深处汇合,收缩成一个小点。

圣师并不言语,抬步走下台阶。武丁和妇好紧紧地跟着他。

台阶通向大图书馆,那是天极岛的核心,是桃源界的最高圣地,武丁只下去过三次,都是为了参加盛大的道场,听世界上最聪明的人讲经。见到老师要带着自己和妇好进入圣地,武丁心头更是困惑。

向下的道路漫长,足足九百九十九步之后,终于到了平地。偌大的地下世界通透敞亮,这里没有太阳,也没有月亮,光明却无处不在,照亮每一个角落,地上甚至没有影子。一排排十多米高的书架到处矗立着,看似凌乱,却隐隐排列成特殊的阵势,武丁知道其中的厉害,如果随便乱走,只会深陷其中,再也走不出来。

"跟紧我!"圣师吩咐一句,缓步向着这书架之阵走去。武丁和妇好赶紧跟上,不敢落下一步。

几步之间,就像跨入了另一个世界。

书架之阵围成一个巨大的圆,圆心处是一团青紫的光。

这是生机之火,是桃源界活力的源泉。

原本鲜红的生机之火竟然变成了紫色,暗淡了许多!武丁暗暗心惊。这就是老师所说的大事吧!如果生机之火灭了,整个桃源界就到了末日。

"荆轲走了!你们也该走了。"圣师说。

"请老师明示!"武丁朗声回答。

"外边有人试图打开通道,进入桃源界,必须有人去阻止他们。原本我想让你们和荆轲一道去,但他先走了,你们只能自己行动。"

"如果通道被打开,会怎么样?"

"最轻的后果,会死掉很多人,也许几千,也许几万。最糟糕的情况,桃源界会整个被抹去。"

"抹去?"

"是的,不复存在,一切归于虚无。"

"怎么会这样?外边的人有这么大的能耐吗?"

"其中的缘由,你们到了外边,自然就会明白。"

"我们到了外边,该怎么办?"

"外边的事,里边是弄不懂的。当年也发生过类似的事,也有人去了外边,我不知道他们是怎么做到的,但是桃源界恢复了安定。你们这次去,我希望能和上回一样成功。"

"那个荆轲呢?他和我们的任务是一样的?"

"他私自往外跑,并没有告知我,我并不知道他的想法究竟是什么。也许是想独自拯救桃源界,也许是想从这小天地里出走,寻找大世界。你们见到他,就会知道答案。"

如果那个叫作荆轲的人能够从桃源界独力出走,他一定有大能耐,至少比妇好和自己更强大。武丁心想。

"我们怎么才能出去?"武丁接着问。

"我会送你们走。"

"什么时候?"

"现在。"

"我们出去了,是不是永远也回不来?"妇好问。

"我不能说绝对不可能,但你们的确可能回不来。"圣师说着扭头看了看身旁那明灭不定的火焰,微微叹息,"如果生机之火重新变得旺盛,我就知道你们成功了。"

妇好看了武丁一眼,说:"那我们出去之前,再看一眼桃源界。"

"在出去之前,你们需要这个。"圣师举起拐棍,伸到生机之火中,火焰之中的棍子转眼变成金色。圣师抽回拐棍,向着两人虚点了两下,说:"这是在不同世界通行的凭证,你们出去或者回来,都需要它。"

武丁抬起手腕,手腕上赫然多了一个金色的圆印,像是被拐棍戳上的一样,宛如烙印一般,然而不疼不痒,毫无感觉。

"老师还有什么吩咐?"

"桃源界的安危,都在你们两人身上。离开这里,我也不知道会发生什么,小心行事总是不错的。我们和外边的人不同,这里的每个人都经历轮回,但在外边,只有极少数的人有经历轮回的资格,生命对他们来说只有一次,因此更显珍贵。你们行事的时候,千万不要轻易了断他人的生命。"

武丁和妇好深深稽首,同声回答:"不敢忘老师教诲!"

桃源界

桃源界是个不大不小的地方,中央是个纵横各三百里[①]的大岛。大岛被大海环绕,无论从哪个方向,横跨大海三千里,就到了天边。天似穹庐,盖在世界的上方。日月星辰在天穹上运行,从东边的无尽深渊升起,到西边的无尽深渊落下。气候温暖,多数天气晴好,偶尔下雨。冰雪只在大岛的最北边才能看见。岛中央矗立着三座山峰,拔地而起,直刺青天,气势雄浑。山顶有终年不化的积雪,如同白头老翁,被岛民尊为福寿禄三公。

三十万人散布在大岛上,日出而作,日落而息,没有巨富,也从不穷乏。走亲访友,吟诗作画,男女老少怡然自得。

周边的小岛有七十二座,每一座都有独特的物产风情,除了天极岛由圣师镇守,凡人不得涉足,其他七十一座岛上多多少少也都住着人。

这是个和谐美好的世界,美好得像一幅画。

武丁喜欢这个世界。站在寿公山顶,放眼四望,山下的市集农田,江河湖泊

---

① 长度单位,一里等于五百米。

一一映入眼帘。那些地方他和妇好都曾经牵手走过,记忆犹新。

巨灵山像是巨掌般摊开,横卧远方,拢起西湖。西湖秀美,荷花正盛,一叶小舟穿行于遮天莲叶之间。英魂祠立在西湖边,琉璃瓦灿如黄金,在绿树环绕中露出翘曲的阁角。湖边的林荫道上,悠闲的人们或是在湖边垂钓,或是驻足桥上,欣赏湖上风光。山脚下是千亩良田,阡陌纵横,如同棋盘,正是盛夏时节,田中一片碧绿,赏心悦目……每处地方,每个人,都令人熟悉亲切。

恍然之间,武丁感到自己仿佛正行走在凝固的时间之中。

这样一个世界,就要到末日了吗?不该如此。

妇好站在武丁身旁,武丁高大魁梧的体格衬得她格外娇小。

"大好桃源,最美人间!"她轻轻地说。

"我以为我们生生世世,可以永远在一起的。"武丁对妇好说。

"难道不是吗?"

"离开这里,就不一定了。"

"来过,看过,爱过。这就很好了!"妇好转过脸来,认真地说,"我不在乎能不能,我只在乎想不想。我总觉得桃源界像是一个梦,美妙的梦,永远不醒固然好,醒过来也未尝不可。我不知道我从哪里来,要到哪里去,我只知道要和你在一起。"

武丁握紧妇好的手。妇好的手小巧纤细,温暖柔软,武丁的手宽大厚实,结实有力。

"可惜来不及了。"妇好低声说了一句。

武丁知道妇好的意思,妇好想要孩子,一男一女。这一次轮回,他们选择了武丁和妇好的名字,虽然并不十分确信,然而武丁和妇好应该有孩子。前五次轮回所用的名字都有些悲切,妇好的意思,这一回选个和谐美满的名字,再生两个孩子,体验从未享受过的天伦之乐。却不料事情竟然会如此突然,刚降生就要离开桃源界,十有八九再也回不来。

"我们会回来的,会有两个孩子。"武丁温柔地说。

妇好抽出手来,抚着武丁的胸膛。两人默然不语,目光相对,似乎又有千言万语。

手腕上金色的圆形印记闪闪发光。

"这个印记真好看!"妇好说。

"嗯!"

圆印是圣师刚给的,说这是进出桃源界的凭证,然而如何使用却是个未知数。

"有了这个印记,到了外边,不管怎么样,我都可以找到你。"妇好接着说。

六次转生,一万年岁月,他们从来没有分开过。外边的世界究竟是怎样的,连圣师都说不出个所以然,只能见机行事。

"我们会回来的,回来以后还在一起。"武丁说。

妇好笑了笑,似乎带着一丝忧虑,"不管是不是能回来、能在一起,我都会想你的。"说着她将头埋在武丁胸前。

武丁紧紧地搂着她。

天穹中央张开一道口子,万丈金光洒下,映得三座山峰像是镀上了一层金。圣师按时打开了出口。

两人牵着手,腾空而起,迎着金光飘然而上,金光变得越来越强,两个身影变得越来越淡,最后仿佛消融在金光之中。一刹那间,金光消失不见,天空依旧湛蓝,世界一派祥和,就像什么都没有发生过。

汉尼拔

汉尼拔曾经的全名叫作汉尼拔·巴卡。这个名字在历史上赫赫有名,至少有三代君王、六名执政官使用过这个名字。为了和从前的任何人都不一样，汉尼拔给自己取了新的名字。

汉尼拔·巴卡·亚历山大·恺撒·波拿巴。他用传说中最伟大的军事统帅给自己命名，自诩自己的功业超过这些传说中的人物。

他的帝国疆域超过六千万平方公里，横跨三个大洲，一统宇内，富有四海。八十亿子民俯首称臣，号称百亿，整个地球都是他的游乐场。为了展示这亘古未有的帝王威仪，内政部长德摩斯梯尼下令重新规划西伯利亚密林，在墨绿的针叶林间种上红枫，用数以百万计的树木，在广袤的平原上写字。字的笔画有三百米粗，每一个字都占据上百平方公里的面积，从欧洲绵延到亚洲，环绕北冰洋半周。从飞艇上往下看，地球的北极是雪白的极冠，极冠之下，就是汉尼拔那令人无比尊崇的长名，用极乐花的图案装饰，美轮美奂。夏天，红枫的颜色比针叶林略浅，需要仔细辨认才能看出来，到了秋天，棕红色的枫叶林在发暗的墨绿针叶林衬托下，格外醒目。"犹如黄金镶嵌在天鹅绒地毯上，顶戴皇冠。"热情的诗人如此赞颂这和自然的鬼斧神工相媲美的人工图样。

汉尼拔却并不喜欢这个工程。

"看上去像是一头熊在林子里拉了许多屎。"他对德摩斯梯尼说。

德摩斯梯尼大汗淋漓。

"但是人民喜欢，就让它在那里吧。"有史以来最伟大的帝王接着说。

德摩斯梯尼暗暗透了口长气，感到一种新生的欢愉。

"伟大的亚里士多德来了吗？"汉尼拔接着问。

亚里士多德是帝国的首席科学顾问。汉尼拔曾经想给他一个爱因斯坦的称号，然而亚里士多德拒绝了。

"亚里士多德这个名字本身就是一个称号，他比爱因斯坦更古老，更神秘，更智慧。陛下要用爱因斯坦来称呼我，不如放逐我，让我从陛下的眼前消失。"亚里士多德如是说。

汉尼拔了解汉尼拔，了解亚历山大，了解恺撒，了解拿破仑·波拿巴，但对于亚里士多德和爱因斯坦之间有什么区别知之甚少，听亚里士多德这么说，汉尼拔也就听从了他的意见，仍旧称呼他为亚里士多德，只是坚持许给他帝王的荣耀，在名前加上伟大作为修饰，以示和从前的众多亚里士多德有别。

伟大的亚里士多德并不在皇宫里，然而他立即响应了汉尼拔大帝的召唤。

"研究已经有了初步结果，根据奥义之书，我有一些突破性的发现，这将带来一场革命。"亚里士多德的半身像飘浮在汉尼拔眼前，侃侃而谈。

"很好，我的朋友，你的智慧总是让我惊讶。"

"为陛下解开自然的奥秘是我的荣耀。"亚里士多德回答。他努力让自己显得不卑不亢，有大学者的从容，然而面对这亘古无双的君王，他不自觉地变得有些卑微。

汉尼拔微笑着点头，有一丝怅然。

君王注定孤独。三十年前有人这样告诫汉尼拔，时至今日他更深刻地理解了这句话。人们敬畏权力像是一种本能，就连亚里士多德这样的大智者都不能免俗。

"永生不死是可能的。"

这句话让汉尼拔的不快一扫而空，眼里露出光彩。

"你要怎么验证呢？"

"我需要一支精干的建造大军，开通一条道路到奥林匹斯山顶，把所需要的材料送上去，建造一个大型试验基地。在那里，我会验证永生不死的可能。"亚里士多德继续说，"离开这个世界的人们存在于另一个空间，死亡只是人在这个世界里消失，并不是人真的不存在了。如果我的计算正确，在奥林匹斯山顶，我可以找回死去的人。如果死人能够复活，活人也自然能够永生。"

汉尼拔点点头。自从击败了最后一个敌手萨拉丁七世，统一全球之后，永生不死大概就是自己唯一的心愿。从古到今，那些赫赫有名的人物没有一个能够实现永生的愿望，那么自己也很难例外。亚里士多德带来了一线希望，哪怕只有一线，也值得用全部力量去实现。

"嗯！"汉尼拔尽量控制激动的心情，"我等着你的好消息。"

结束了和亚里士多德的通话，汉尼拔心情舒畅。

为什么要在奥林匹斯山顶呢？他忽然想起这个问题。把路修到奥林匹斯山顶可不容易，奥林匹斯山是众神的居所，以陡峭、湿滑和容易崩裂著称。修这么一条路，可能要死掉很多人。

难道不能用飞艇降落吗？他暗想。然而这想法很快就被抛到了脑后。

亚里士多德需要一条通向奥林匹斯山绝顶的路，那就给他路。

理查德大帝为了建造通天塔，驱使上百万的民夫，死伤狼藉。以至于今天在通天塔的废墟旁，仍旧竖着数以十万计的墓碑，成了没有人愿意去的鬼蜮。

相比之下，自己是个仁慈的君王。

汉尼拔发出了命令。这命令沿着笔直的官道很快从罗马传到三大洲的每一个大城市，又从大城市传达到每一个小城镇，每一个农村。四十万人开始向罗马聚集，粮食和各种工程机器也源源不断地被输送过来。

神路工程开始了。

帝国上上下下都在谈论这震古烁今的工程，只有一个人除外。

亚里士多德枯坐在他的书房里，透过窗户望着外边的星空，等着火箭归来。

亚里士多德

世界有完美的秩序，只是需要一双发现的眼睛。亚里士多德相信，自己就是人类的那双眼睛。

这世界的秩序很完美，有时候完美得令人感到困惑。死去的动物可以被制作成肉食，死去的人却如烟一般消散，如果没有他人的记忆，没有墓碑和文字，死人就像从未存在过。人一旦咽下最后一口气，便在一瞬间消散于无形，甚至连他们的衣物都会跟着一道化成虚无。

有人说这是人类超脱于动物的证明，是造物之主予以人类的灵性。

亚里士多德这样的大学者不相信这种直观而简单的答案。大学者们普遍相信奥义之书。奥义之书包括《几何原本》《自然哲学的数学原理》《物种起源》《热力学基本原理》……一共九百九十九本。古老相传，奥义之书诞生于人类的启蒙时期，哲学科学历史学社会学心理学……启蒙时代，人类的知识就像烟花一般绽放，奠定了认知的框架，此后人类的一切历史，都只是那个时代的回响。所以那个时代被称为"大觉醒时代"。而奥义之书，则是大觉醒时代存在的证明，是人类智慧的精华，是人类世界运行的核心。

奥义之书是关于世界、关于人类的终极解释。在奥义之书中，人类的存在是自然演化的结果，人类和黑猩猩有着共同的起源，在生物学关系上很近。为了验证这个反直觉的结论，亚里士多德对黑猩猩进行过长达十年的观察，甚至特意派遣了一艘飞艇，悬在黑猩猩种群的上空，长时间不分白天黑夜地观察它们，精心地研究分析，最后得出了结论：任何有理性的人都会认可奥义之书的断言。

但如果奥义之书是对的，消失的人类就令人非常费解。黑猩猩死后不会消失，尸体会衰败，会腐烂，会归于尘土，这和奥义之书自洽，因为这符合物质守恒和能量守恒。人类的消失则完全违背了物质守恒的原则。

同样令人费解的是宇宙。

在奥义之书中，地球与太阳相比，仿佛一粒微尘，地球被太阳的引力牵扯，绕着太阳运行。而太阳不过是一颗普通的星星，淹没在银河的三千亿恒星中。宇宙更是浩渺无比，无穷无尽。但无论天文学家多么努力，也找不到任何银河存在的踪迹。有人甚至怀疑，所谓的银河只是一种象征，是先贤们的艺术想象，宇宙浩渺无边，也只是一种夸张。亚里士多德坚定地认为奥义之书所描述的一切都是真实的世界，银河应该就在那里，如果人们看不见它，那么一定是人们被蒙住了双眼，只看到扭曲变形的世界投影。

真理就在奥义之书中，现实世界只是某种为了人类而设的考验，只有最睿智的人才能看穿一切，抵达真理的彼岸。

亚里士多德透过窗户望着外边的星空。星星闪烁，一个不同寻常的红色光点在群星之间穿行。那是探空火箭，发射了六十五天之后，它就重新向着地球而来。发射的时候，它从西边离开了人们的视线，现在它从东边重新进入天空。火箭实验说明围绕着地球的世界非常狭小，不仅没有广阔的银河，甚至连壮丽的太阳都不存在。地球应该绕着太阳转，然而要解释探空火箭的行为，太阳绕着地球转更合乎逻辑。

如果真有什么人想要用假象蒙蔽人的双眼，用一个小得多的太阳绕着地球转，比制造一个数万倍于地球的巨大太阳要简单得多。

亚里士多德看了看摊在桌上的稿纸。稿纸上画着一幅示意图，表明了以地球为中心的世界是如何运行的，这理论很有说服力，而且从实验结果来看，应该是正确的。太阳只是个小小的光球，星星只是发光的细点，银河不存在，地球就是宇宙的中心，世界就是地球。

如果没有奥义之书的指引，或许人类真的会认为，这就是真正的世界。

还好有奥义之书！

"伟大的亚里士多德，火箭将于凌晨五点半再入大气层，您要到现场指导吗？"丹佛发射场的现场指挥波恩的声音透过喇叭传来。

"不用了。小心监视现场情况，预祝回收顺利。"亚里士多德淡然回答。

波恩有些困惑，小心翼翼地再问一遍，"您不来现场了吗？"

"现场由你负责，回收完成之后，你可以直接向皇帝陛下报告情况。"

"我可不敢这么做！"波恩慌忙回答，"这是皇帝陛下赋予您的光荣。"

"我已经向皇帝陛下报告过，陛下同意由你统一报告。陛下对你的能力颇为赞赏,非常赞同你来担任火箭计划的总指挥。今后的火箭计划,还要更多地麻烦你了。"

"万分感谢您的美言!我一定尽力做好一切。"

亚里士多德正想结束这场对话,突然想起了重要的事,"苏格拉底在你那儿吗?"

"他十分想要到现场观摩,我给了他一个小窗口。那只是很小的一个窗口,刚好能够看到发射场,距离也挺远……"

"给他最好的位置,让他可以清楚地看到火箭回收的场景,他想要什么数据就给他,他要是想踢火箭一脚,也可以。"

"哦……遵命!"

通话结束,亚里士多德透过窗户又看了那红色光点一眼。火红的颜色让它在漫天星辰的映衬下格外醒目。

沉默片刻,亚里士多德缓步走向书架。从一到九百九十九,奥义之书摆满了整个书架,像是一堵墙。书架尽头摆放着一块搁板,是用来临时阅读的小台子,台上放着一本打开的书。

亚里士多德拿起这打开的书。书封是柔软的小牛皮,烫金的书名牢牢地粘在书脊和封面上。这是奥义之书的最后一册,有着非同寻常的意义,然而过去的上百个世纪却没有人意识到这一点。大概没有人能够真正读到这本书吧!它立在柜子后边,被其他书遮挡。如果不是因为心血来潮,自己把所有的书搬出来整理,可能一辈子都不会发现它。

亚里士多德相信,这可能是奥林匹斯众神给自己的启示,他们把揭示终极奥秘的责任交给了自己。

他伸手抚摸那一个个烫金的字——区块链、元宇宙和未来世界。

恍惚中,真理在向他招手。

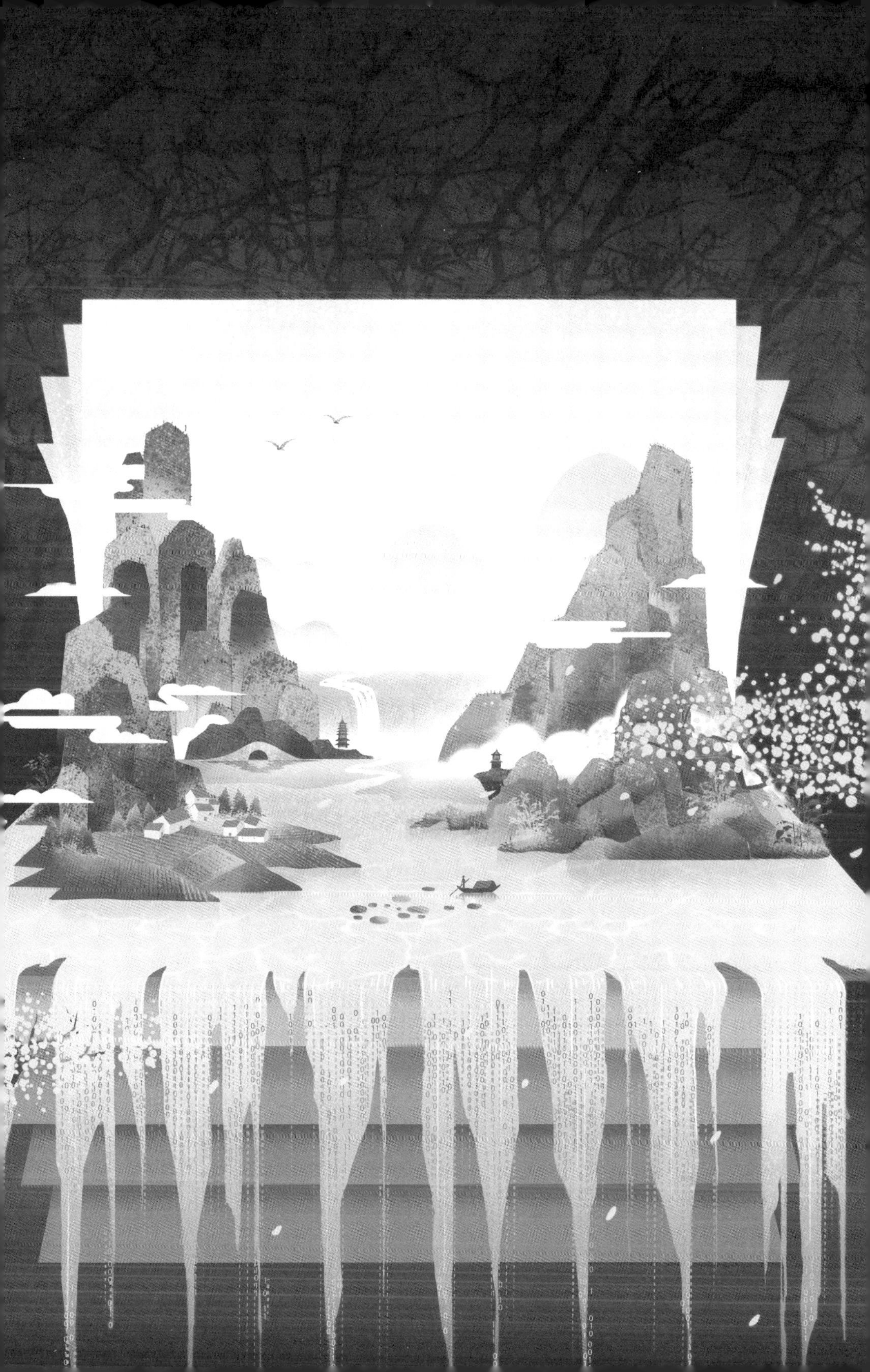

奥义神符

神圣之路需用牺牲铺就。

四十万大军在阿尔卑斯山的森林和峭壁间腾挪辗转，成千上万的凿岩机、挖掘机、铺路机如蝼蚁般在山谷间、山坡上铺开，数以亿吨计的土石方被采集搬运上山，天堑被碎石填平，山崖被炸药轰塌，混凝土浇筑路基，沥青铺设路面，黑色的长龙顺着山脊不断延伸，像是有自己的意志，正坚定不移向着目标蜿蜒前行。

神路的目标是奥林匹斯山。奥林匹斯山高一万米，终年积雪，是众神的宫殿，凡人不可触及。这个规矩在几千年前就被打破了，攀爬奥林匹斯山成了一种时尚运动，只要交三十万索塔的钱，就能获得登山的权利，如果交三百万，就可以坐在暖轿里由四个大汉帮着抬上去，既能享受登临绝顶的畅快，又绝无登山的辛苦，更不会受到严寒和缺氧的致命威胁。一时间，山顶游人如织，久而久之，峰顶最佳观景台上的雪被游客反复踩踏，融了又冻，冻了又融，最后竟然成了黑色，老而弥坚，被称为"黑冰"。这一片黑冰成了奥林匹斯山一景，凡是登临的游客，必须以此为背景留下靓影，否则无从说明自己真的登顶。甚至有了传说，奥林匹斯山上的这片黑冰，就是宙斯和他的老婆孩子议事的地方，所有的奥林匹斯众神故事都围绕着这片黑冰展开。

汉尼拔当然不会和俗人一般见识。铺设神路是为了亚里士多德能够展示他神奇的发现，凡是阻碍这个目标的东西，都必须被铲除。黑冰被铲掉，地基牢牢地扎入岩石中，一个巨大的蛋形建筑在这星球的最高处崛起，成功地将世界的最高海拔提高了六十米。

蛋形建筑之内，是一个透明的立方水池。长宽高各二十米，水质碧蓝，晶莹剔透，犹如一块方形的宝石，宝石中偶尔会有光闪过，红黄蓝绿，各种颜色都有，只不过闪光微弱,想要看见闪光,非得戴上特制的目镜不可。

汉尼拔戴着硕大的眼镜注视水池良久,猛地摘下眼镜,向着陪在一边的德谟克里特大喊起来。

"印象深刻!伟大的亚里士多德毕竟伟大,居然能找到如此神奇的现象。这就是量子效应吗?"

"陛下,亚里士多德……"

"伟大的亚里士多德。"

"伟大的亚里士多德说,这个量子捕捉阱所捕捉到的,是我们这个世界最底层的结构,他称之为比特。"

"比特?"

"是的。这是伟大的亚里士多德从奥义之书中得到的领悟。只有完全纯净的水体才能发生这种比特闪光,哪怕只有极少的杂质混杂其中,也会让现象立即消失。"

"这倒是真不容易……长生的法子呢?也是从奥义之书中得到的领悟吗?"

"是的,所以才请陛下圣驾亲临奥林匹斯山观礼。"

"我已经看到了这个水池,亚里士多德呢?"

"陛下请看。"德谟克里特伸手向上指去。

汉尼拔抬头看去,只见水池的正上方,一个黑乎乎的圆球高悬,圆球中间是一个细孔,微微发亮,似乎直通外边的天空。

"这是什么?"汉尼拔好奇地问。

"伟大的亚里士多德称之为'聚能环',这个装置一旦启动,量子阱中的比特闪光会被一一捕获,转化为奥义神符。亚里士多德说——"

"伟大的亚里士多德。"

"伟大的亚里士多德说奥义神符就是沟通生死的关窍。"

"奥义神符?"汉尼拔不禁皱了皱眉头,"伟大的亚里士多德从来不相信鬼神,他是个伟大的科学主义者,怎么会把这东西叫作神符?拥有了神符,人可以永生吗?神符怎么使用?"

"恕我无法回答您的问题。"德谟克里特深深稽首,"伟大的亚里士多德并没有向我交代过这些事。"

"其他人呢?"汉尼拔四下张望,除了德谟克里特和两个卫士,偌大的穹顶之下见不到其他人,实在看不出亚里士多德藏在了哪里。

"他在聚能环里边。"

"他跑到聚能环里边干什么?"

"亚里士多德……伟大的亚里士多德说,他要亲自进行这次实验,因为除了亲自实验,他想不出更好的办法来追寻真理。"

汉尼拔一听顿时急了,"这个傻瓜!他这是要自己去送死吗?赶紧让他出来,我让他找长生的秘方,就算没有真正的长生术,他还是伟大的亚里士多德,是我最好的老师,我怎么会让他去送死呢!"

他向着那高悬的黑球叫喊起来:"亚里士多德,你听着,你的皇帝,你最热心的资助人,要求你出来,从那个黑球里出来。我们可以找个更安全的法子……"

"我爱陛下,也爱真理。"亚里士多德的声音从四面八方传来,"我已经把所有的事都交代给了德谟克里特。如果我成功了,陛下将看到我安然无恙,我会继续向陛下奉献所有的才智,如果我失败了,德谟克里特将替代我为陛下服务。他是我的弟子,有过目不忘的本领和敏锐犀利的头脑,他一定不会让陛下失望。另外,我也请了苏格拉底过来,他一直坚持应该烧掉所有的奥义之书,让人类享受永久的宁静。他的观点不无道理,也是一种选择。如何选择,陛下请为亿万生灵考虑。"

"我选择让你从那个球里出来,我们先好好谈一谈!"汉尼拔大声喊着,生怕那该死的聚能环突然消失。

亚里士多德久久没有回应。

汉尼拔有种不祥的预感。亚里士多德对自己从来都言听计从,自己也对他言听计从,然而这一次,双方恐怕都要让对方失望!

黑球闪了一闪,突然变得通体透亮。亚里士多德被包裹在其中,身体蜷曲,仿佛透明子宫中漂浮的婴儿。

一刹那间,立方量子阱中涌出无数的光点,不停闪烁,剧烈运动,彼此间相互碰撞,一旦相碰,就结合成一个较大的光点,从两者合力的方向激射而出,直线前进,直到下一次碰撞。转眼间,原本晶莹剔透的量子阱中浮现出一块块放射光芒的图案,像是某种字符。汉尼拔从未见过这样的字符,一个个都长得相似,仔细辨认之下,能看出少许差别。字符在水中起舞,绕着中心旋转,越来越快,最后成了一个光的旋涡。包裹着亚里士多德的透明球体从空中直冲而下,落入那旋涡之中。

一刹那间,球体和立方体都消失不见,只留下一个黑漆漆的基座,孤零零地立在穹顶之下。

汉尼拔目瞪口呆,看着眼前这魔法一般的场景,久久说不出话来。

亚里士多德就这么消失了吗?他去了哪里?他死了吗?

一个个疑问在汉尼拔头脑中盘旋。

"陛下,您没事吧!"一声焦急的呼喊从下方的入口处传来。汉尼拔低头看去,只见卫队队长格拉斯特正匆匆进门,向着自己呼喊。

汉尼拔向格拉斯特一挥手,说:"我没事,外边有什么动静吗?"

"刚才看见整个神坛发出强光,我生怕陛下有什么闪失,就进来看看。"

汉尼拔向屋子中央看了看,穹顶之下空空如也。亚里士多德不见了,那么试验应该是失败了。不仅长生不老没了指望,而且从此再也见不到亚里士多德,汉尼拔不禁有几分怅然。正沮丧间,突然瞥见基座上有些异样,定睛看去,只见基座上伏着一个人,全身黑衣,几乎和基座融为一体。

汉尼拔不由得大喜。

"亚里士多德!"他大喊一声,翻身跳下观礼台,几步跨过铁板搭成的台阶,向着基座跑去。

"陛下！"德谟克里特试图喊住他，然而汉尼拔充耳不闻，身为有史以来最伟大的帝王，他不仅才智无双，勇猛也无人能及，三米多高的基座一般人根本爬不上去，汉尼拔却借着冲劲，顺着陡直的墙体腾空而起，一下便跃上了基台。

"亚里士多德！"他呼喊着这个最有智慧的朋友的名字，冲向那伏着的人。

跑到近前，汉尼拔愣住了。这分明是个女人！一头乌黑的长发，圆滑的肩膀，纤细的腰身曲线毕露。

奔涌的喜悦刹那间化作了巨大的疑惑，汉尼拔缓缓蹲下身子，抱起地上的人，将她扶正，让她露出脸庞。

这是一张清秀的脸，五官柔和，肤色娇嫩，和帝国任何地方的人长相都不一样。

惊诧中，眼前的女人缓缓睁开了眼睛。她抬了抬手，却又乏力地放了下去。她的手腕处有一个圆形的金色印记，印记中布满密密麻麻的细小字符，和亚里士多德在水立方中召唤的奥义神符颇有几分相似。

亚里士多德和水立方一道消失，这个女人却凭空出现。她一定是个死而复生的人，她就是亚里士多德留给自己的证明。汉尼拔心头涌起一丝希望。

"人类太骄傲，太自以为是，总认为能够凭着人力战胜自然，战胜一切。这是多么可笑的狂妄自大。人啊，放弃那超越自然的妄想吧！"一个声音传来。

汉尼拔抬眼望去，只见对面的平台上跪着一个人，高举双手，仰着脖子，似乎正对着上天祈祷。他衣衫褴褛，须发盘结，就算隔着三十来米，也能看出来他脏得连面孔都模糊了。

这个模样的人，此刻出现在这里的，只能是那个狂人苏格拉底，亚里士多德把他找来，大概是想让自己听一听不同的声音。

苏格拉底祈祷的声音很大，仿佛在号叫。

德谟克里特和两个卫士从一旁爬上了基座，匆匆赶过来，站在汉尼拔身旁，等候着皇帝的吩咐。格拉斯特站在台下,紧握手中的剑,鹰隼般的眼睛四下打量着。

汉尼拔半蹲在地上,扶着那蓦然出现的女人,看看德谟克里特,又看看苏格拉底,最后仰头看着玻璃天穹之外碧蓝的天空。

原以为亚里士多德会带来惊喜,传授长生不老的秘方,谁能想到,亚里士多德带来的竟然是惊吓,把自己推到了一个无法掌控的情况中。

在苏格拉底刺耳的号叫声中,汉尼拔整理了思绪,最后低下头,向着扶在手中的女人问道:"你是谁?"

雅典娜

妇好分明记得,自己和武丁手牵着手踏进了那金光之门,醒过来却只看见一副陌生的面孔。

圣师说,到了外边就知道如何才能拯救桃源界,然而到了外边,一切却和想象完全不同,自己像是失去了所有的力量,甚至无法站立。

她眼睁睁地看着眼前的男人抱起自己,被一群卫兵簇拥着走出了屋门。

奇特的大屋像是一个透明的蛋,晶莹剔透,折射着蓝天的光彩。雪峰在脚下逶迤延展,直抵天边。天空在远方变得弯曲,形成一道隐约的弧线,厚重的云朵压在弧线上,像是一朵好大的棉花。寒风凛冽,冰冷刺骨,那男人将金色的大氅披在她身上,紧紧地裹住她,踩着金色的地毯将她送进了温暖的轿子里。

轿子晃悠悠地下山,妇好昏昏沉沉地睡过去。

睡梦中,世界像是一张拼图般在脑海中翻腾,她突然明了那座山峰的名字——奥林匹斯山。神话跳进了记忆,是的,宙斯和他善妒的妻子,还有那些各怀绝技的兄弟子女,他们是希腊的神祇,远古的先民口耳相传,留下了他们的故事。然而,这并不是真正的奥林匹斯山,它只是一个名字,一段记忆的重复。人类用熟知的事物命名新事物,名字只是来自远古世界的回音。然而,自己的名字是什么,她竟然一点儿也想不起来。

她挣扎着坐起来。

"你醒了!"一个低沉的嗓音在耳边响起。

身材高大的男人坐在一旁,正看着自己。

这男人的身材和武丁有几分神似,面貌却截然不同,鼻梁高耸,双目凹陷,眸子的颜色是绿的,有几分像是鹰。他的目光也像鹰隼般犀利。

妇好看着这个男人,刹那间像是看到了他的过去和未来。他在阴暗的石屋子里呱呱坠地,抚养他的却并不是生育他的母亲。他在田野间奔跑,在树林中捕猎,像是野兽般孤独地生长。一个将军在营地旁偶遇了他,收养了他,给了他真正的家。他有了一个母亲,母亲用无限的爱滋养他,让他狂野的心灵逐渐温润起来。他的本领与生俱来,在战场上无往不利,以一挡千,从来没有输过。他站立在金色的田野中,站在溃散的军阵前,大声呐喊:"我是汉尼拔,我在这里,永不后退!"他用勇气和胜利赢得战士们的心,在他们的欢呼中戴上金色头盔,成为他们的王。枪炮改变了战场,也改变了他。他搜罗全世界最好的工匠,开始打造真正的帝国。自动武器和机器战马让他的军队横扫三大洲,打垮了世世代代盘踞一方的帝国。穷人们欢迎他,他重新分配财富,带来富足;商人们拥戴他,他给永无休止的苛捐杂税画上了句号;历史学家和正直的官员们也崇拜他,他带着理想降生,是这片沉沦大陆的希望之星。他自诩为解放者,为所有的穷人代言;他自诩为保护者,保证世界的公平合理;他也自诩为真理的追求者,为人民带来文明之光。

她看见了他暗淡的未来,火流星从天而降,最亲信的将领背叛,人们以公敌的名义羞辱他,驱逐他。事迹被篡改,伟人变成了暴君。他失去所有亲人,失去一切,如一头孤独的野兽在荒原上游荡,在哀号中死去,无人为他立下墓碑。

她看见了他光辉的未来,端坐在宝座之上,化作一道光安然离世。亿万子民为他洒下悲痛的泪水，史书中的名字被红线加粗，全世界竖起了上万座纪念碑，关于他的机智勇猛，他的雄才大略，演绎出无数的故事和传说。

她看见了无数的未来，每一个都和眼前的这个男人有关。他或生或死，或伟大或卑贱，或愚蠢或智慧，他的举动影响着整个世界。然而无论哪一种未来，都在某个时刻戛然而止，无穷无尽的黑暗降临，一切有生命和无生命的事物皆堕入虚无。

世界会被抹去。

圣师在桃源界所见的情景，正被自己在这个世界里看见。

妇好定了定神，盯着眼前的男人，一字一顿地说："这世界快完了！"

男人一愣，随即接着问："你是谁？你究竟在说什么？"

我是谁？

妇好想不起自己的名字。一张张面孔浮上心头，桃源界的一切展露眼前，还有那个所有世界之外的世界，那是一切的本源，是真正的实在。然而，我是谁？

妇好定了定神，"我是谁和你无关，但我能看见你的未来。"

男人呵呵一笑，眼神像是在看一个骗子。

"如果三个月内找不到希波克拉底，你会死于剧烈的脑疼。"

男人脸上的笑容凝固，"你究竟是谁？怎么会知道我有脑疼的毛病？"

"我是谁和你无关，但我能看见你的未来。"

男人的目光变得尖锐起来，甚至带着一丝凶狠。

"如果你觉得死亡可以迫使我说出你心里所想的真相，我劝你死了这条心。因为我所见的所有和你有关的未来中，我都不会死，除了唯一的一个。"

"也许你刚刚选择了那唯一的一个。"

"那不是你能选择的事，那是我们都想避免的事，但现在不是谈论那个未来的时候。三天后，会有火流星坠地，如果你把希罗德召回罗马，就可以避免一场流血的政变。"

男人的眼中闪过一丝惊诧，眼中的凶光缓缓退去。

"我该怎么称呼你呢？至少我应该知道你的名字。"

"你可以随便用什么名字称呼我。"

男人低头微微思忖，抬头道："那我就叫你雅典娜吧！"

雅典娜。和这个名字有关的一切涌入妇好的脑海，智慧和战争女神，人们虽然并不真的信神，但作为一种象征，雅典娜这个名字被广泛使用，人们带着美好的祝愿给许多女孩取这个名字。这太普通了，自己应该有个专有的名字，独一无二。

"汉尼拔·巴卡·亚历山大·恺撒·波拿巴，这是你的名字？"

"是的，你也想要一个这样举世无双的名字？"

"我不需要这种永远用不上的名字。"妇好回答，"潘多拉·雅典娜，这是我的名字。"

男人哈哈大笑，"好，潘多拉·雅典娜女士。我相信亚里士多德把你召唤到这个世界，是命中注定的事。我很想看看你的盒子里究竟装着什么。"

"你和这个世界所有人的生死。"妇好淡然回答。

汉尼拔收起笑容，神色严肃，目光坚定，"现在我们是不是该谈一谈你会死去的那个未来？"

德谟克里特

奥义之书承载着令人疑惑的内容。亚里士多德认为奥义之书是世界的本原，现实世界只是本原的一种映射，是真正现实的扭曲变形，追寻本原是人类的天性，是智者该尽的职责。苏格拉底则认为，奥义之书是魔鬼的诱饵，是人类堕落的源头，现实就是现实，人们不仅不应该追逐脱离现实的所谓真理，更应当放弃征服世界的执念,丢弃那些引发争端的发明和创造,转而寻求内心的满足。

亚里士多德是对的,苏格拉底也是对的。上流社会更容易理解亚里士多德,而苏格拉底在穷苦人中更受欢迎。人们理解什么,首先取决于自己拥有什么。

德谟克里特是亚里士多德的学生,但出身贫寒,见过太多的人一心苦修,只求抵达苏格拉底所说的灵境。他相信两者都是对的,问题在于如何取舍。

取舍是个大问题,没有人可以全都要。

然而汉尼拔大帝要舍弃的东西实在太离谱了,竟然要焚毁奥义之书。

他苦苦哀求,甚至咬破手指写下血书,却没有换来大帝的一丝动摇。

"德谟克里特,我知道你受到亚里士多德的嘱托,是奥义之书的传人。但我思虑良多,我的子民不需要知道太多,他们有权利生活在无知的幸福之中。我已经给苏格拉底准备好最大的灵境道场,他将向整个帝国传道,引导人们追寻内心的幸福。作为一种象征,奥义之书会在道场上被焚毁。"

汉尼拔大帝的话犹在耳边,德谟克里特双手颤抖,沿着书架缓缓行走,伸手触摸那一本本承载着无限智慧的书。

老师的叮嘱犹在耳边,本以为即便自己资质不够,无法像老师一样深刻理解书中的真理,至少可以守护它,让它流传下去,等待真正的聪明之士。

然而没有想到不到一个月的工夫,自己竟然再也守不住这个宝藏,这古老的传承就要在自己手中断绝。

德谟克里特不禁悲从中来,失声痛哭。

一个黑影悄无声息地站在德谟克里特身后,德谟克里特仍旧沉浸在巨大的悲痛之中,丝毫没有觉察。

"德谟克里特,亚里士多德把奥义之书托付给你,可不是让你哭的。"

德谟克里特猛然惊觉,回头一看,全身黑衣的雅典娜正站在自己身后,犹如一个幽灵。

"都是你!"德谟克里特气愤起来,伸手指着雅典娜,"都是你蛊惑陛下,才有今天这种荒唐的事！你是个女巫，是个祸害！"

雅典娜的脸上没有一丝波澜。

"亚里士多德把我带到这个世界，我带着他的愿望而来，难道你想违背你的老师吗？"

"你尽管胡说八道，我恨不得和你同归于尽！"德谟克里特浑身颤抖着，克制着自己的冲动。有修养的人不该打女人，不该在弱者身上发泄失意和愤怒。

"奥林匹斯山山顶上，亚里士多德从量子阱中把我召唤而来，我现在代表他说话，你认可吗？"

德谟克里特根本不想听。雅典娜的确是在亚里士多德的实验中出现的，亚里士多德消失了，而雅典娜出现了，这肯定不是巧合。他沉默不语。

"我告诉陛下，会有火流星出现，火流星真的出现了。我忠告陛下，把希罗德召回罗马，他听从了。不然火流星出现的时候，就是一场血光之灾，你甚至活不过那场灾难。"

"所以我活着，还要感谢你？"德谟克里特语带气愤，心底却犹豫起来。这个女人来到汉尼拔大帝身边不到一个月，汉尼拔大帝像是换了一个人，放弃了所有的爱好，四处寻访，找各种人谈话。大帝的行踪事先不会让任何人知道，事后也要求保密，然而或多或少总有些泄露的消息。他到任何地方都会带着雅典娜，不断验证雅典娜的预言。

"你不用感谢我，我到这里来，原本是想开导你。焚毁奥义之书，是汉尼拔的决定，他做出这个决定，因为我描述了不确定的未来。我支持他的决定，因为我知道这样会减少痛苦，让绝大多数人能在微笑中死去。但看到这些书，我有了一些不同的想法。"

"你想干什么？"德谟克里特警惕地抬头，不自觉地张开双臂，像是要保护身后的书架。

雅典娜伸出手来。她的手很白，肌肤细腻，宛若凝脂，在黑色衣裙的衬托下格外醒目。皓白的手腕上，赫然印着一个金色的圆印。圆印中，密密麻麻的都是字符。

德谟克里特心头涌起一阵恐惧，向后退了两步，双眼圆瞪，紧紧地攥着拳头。快逃！仿佛有一个声音在心灵深处呼喊。豆大的汗珠从他的额头上沁出，滚落，掉在地板上，发出啪啦啪啦的声响。

德谟克里特努力保持镇定，目光盯在雅典娜身上，不敢有一丝游移。

如果雅典娜这个时候怒吼一声，或者做出任何动作，自己恐怕都无法承受，只会掉头就跑。这是莫大的羞辱！德谟克里特愤怒起来。然而怒火也没能够驱散恐惧，他双腿颤抖，心跳极快，甚至连牙齿都开始打战。

雅典娜见德谟克里特反应如此剧烈，缩回手去，将手腕拢到了袖子里。

莫大的压力瞬间消失，恐惧感也随之而去。

德谟克里特喘了口气，伸手抹了把汗。

"你……这是魔法吗？"德谟克里特心有余悸，喘着气问。

"对你来说是魔法，对我而言是本能。"雅典娜回答。她抬头看着墙一般的书架，仿佛在喃喃低语："我见过类似的书架，有比这更大更多的书。我一直以为那只是个书架，现在才明白，那不仅仅是书架，每一本书都连通着一个世界，都带着印记。"

德谟克里特镇静下来，仔细听着雅典娜口中吐出的每一个字。

眼前的这个女人似乎比亚里士多德更懂得奥义之书。亚里士多德或许是千年不遇的天才，但雅典娜来自世界之外。亚里士多德认为他会召唤出一个亡魂，然而或许他召唤的并不是亡魂，而是神灵。那神奇的预言能力，不正是神灵应有的样子吗？

"陛下要焚毁这些书！"德谟克里特痛心疾首地说，"这是流传了几千年的瑰宝，一代代宗师守护奥义之书，向世人传授真理的奥秘，没想到却要毁在我手里！"

他带着一丝希望看着雅典娜，"你能劝说陛下改变主意吗？你会得到整个亚里士多德学派的感恩,每一个学子都会竭尽全力宣扬你的美德,亚里士多德学派根深叶茂,你会成为这个世界真理的化身。"

雅典娜的目光在一本本书上掠过,最后停在书架的尽头。

德谟克里特顺着雅典娜的目光看去,只见一本书书页打开,放在搁板上,特别醒目。

"这是亚里士多德最后读的书,"德谟克里特解释说,"他没有放回去。"说完这句话,德谟克里特心头一阵疑惑。老师为什么会把书摊开放在那儿,这是从来没有过的事。难道这是老师留下的暗示,希望自己好好地看看这本书?然而按照学派的条律,任何学者都必须循序渐进,逐一学习,自己虽然才智过人,也才读通三百八十四本,距离这本终结之书还很远,不该翻看这本书。

"我知道。"雅典娜走过去,在书前站定,侧影落入德谟克里特眼中。她的侧影深黑,脸上有光,眼中透出无限的智慧,柔弱的身躯中仿佛蕴藏着无穷的力量。

这书像是专门为雅典娜准备的。

这是不是在做梦?恍然间,德谟克里特觉得奥义之书没那么重要了,眼前的女人像是充满了魔力,让自己情不自禁想要追随。

雅典娜拿起书,伸手在书页上轻轻抚摸,片刻后合上书页,摩挲着书封。德谟克里特大气也不敢喘,生怕惊扰了她。

沉默良久之后,雅典娜突然转过身来,面对德谟克里特,说:"这些书,马上请人开始抄写。务必一页不漏,一字不差。"

"是!"德谟克里特恭敬地回答,比面对亚里士多德更谦卑,比面对汉尼拔大帝更敬畏。

"这样你可以留下这些书,让它们留在这书架上。我想如果世界不毁灭,它们可以一直流传下去。"

"您有办法让陛下放过这些书了?"德谟克里特惊喜地问。

"陛下烧掉抄写的书,一样有效。"雅典娜把书放回书架上,"但是记住了,务必一页不漏,一字不差。否则不仅保不住这些书,你也会失去性命。亚里士多德学派的传承就断绝了。"

雅典娜的话语很轻,德谟克里特却只感到脊背发凉。保存并且发扬光大学派的使命,竟然会以这样的形式完成!

这事必须做得完美无缺,这样才对得住亚里士多德老师,对得住汉尼拔大帝,对得住雅典娜……女神。这是女神给自己的最后一个机会!

"请放心!"他抬头回答,眼里闪着坚定的光。

他仍旧是那个被人称颂的天才学者,亚里士多德最得意的弟子,汉尼拔帝国最睿智的学者,真理世界的窥探者,智识家园的守门人。

雅典娜走了,德谟克里特招来十个学者,或老或少,个个都以博学严谨闻名。

藏书阁里,十一个学者昼夜不停地抄书,偶尔的轮休时间,就是负责查验的时刻。每一份抄本至少要经过两个人核验,才被视为合格。

一页不漏,一字不差!

德谟克里特熬红了眼,七天之内,他就要把精确抄录的副本送到汉尼拔大帝那里去。这个世界上最有学识的一群人呕心沥血地玩命工作,就是为了把成果拿去当众烧掉。想起来觉得有些不可思议,然而因此能够保存真本,便值得全部的付出。

有一个缘由更为重要,但德谟克里特没有告诉同伴们——雅典娜就是前来拯救世界的女神,必须完成她的嘱托。

他也没有告诉其他任何人。

灵境道场

老师说的是对的,来到外边的世界,自然就知道了如何才能拯救桃源界。

在看到奥义之书的一刹那,世界的本源便浮现在脑海中,清晰而缥缈,如同海市蜃楼。奥义之书有如符咒,远超知识本身。这其中必然有特别的缘由,然而已经无从知晓。最紧要的,是可以利用奥义之书来拯救这个世界。

坐在暖轿中,妇好不断琢磨刚才所见的一切。

她摇了摇轿里的铜铃,吩咐了一句:"到大广场去。"在去见汉尼拔之前,她想先见一个人。

广场上戒备森严,工匠们忙忙碌碌,摆放蒲团,修饰壁画,整饬石碑……七天后,这里将举行有史以来最大的布道会,全世界的人们都会看见汉尼拔大帝亲临、焚书,听苏格拉底讲经。

卫兵首领见到妇好,慌忙行礼。妇好微微点头致意,快步向广场内走去。

广场的中央有两个坛,一个是祭坛,用来焚书;一个是讲坛,铺着厚实的织锦地毯,摆着一方长几。苏格拉底在长几后盘膝而坐,双手垂放在膝盖上,双目微闭,似乎正在休憩。香炉吐出一股股烟雾,拢在阶下,让整个讲坛像是飘在半空中。

妇好拾级而上,站在几前。苏格拉底睁开眼睛,见是妇好,也不客气,只说:"坐!"

妇好却没有坐。

"奥义之书通向异世界,焚书会打开通道,产生一些不可知的变化。"

"那就不焚书。人民需要的是信仰,不是仪式。"

"不焚书,世界会在某个日子毁灭。"

"哪个日子?"

"我不知道,在它真正发生之前,随时会变化,但它终究会来。"

"你的意思是,只有焚书才有机会改变既定的命运?"

"是的,焚书会打开通道,通道打开,才有机会改变这个世界的命运。"

"打开什么通道?又怎么能够拯救这世界呢?"

"我看到一些景象,许许多多的世界像一个个气泡飘浮,每个世界都像这个世界一样,有星辰,有地球,有人类。每个世界都在发生自己的故事,彼此相似,却绝不相同。气泡生长在一条条枝丫上,像是一个个悬挂的果实。所有的枝丫都汇聚到同一个主干,同一条根。世界之根无穷无尽,不知道它从哪里来,也不知道它究竟延伸了多远。它充满能量,这能量充盈世界之根,再传递到主干,最后传递到每一条枝丫,滋润果实。世界毁灭,果实掉下枝丫,一旦和能量之根脱离,整个世界会在一瞬间堕入虚无,不复存在。焚烧奥义之书,通向其他世界的通道就会被打开,这个世界和世界之根的关联会加强,让果实不那么容易掉下去。"

"果实落下,世界毁灭,但人们并不会痛苦,是吗?"

"我不知道。人们大概来不及感受痛苦就已经湮灭。"

"人终有一死,所有人一起死和缓慢而不断的死亡,哪个更令人遗憾呢?"

"人类生生不息,只要世界不毁灭,人类总能生存下去。"

"永世延续,等待最后的死亡?"

"每一代人都会有属于自己的时代,如果最后的毁灭不可避免,那个时代的人类会有他们的解决之道。如果无法解决,那就是属于末代人类的痛苦,这痛苦不应该由从前的无数世代来承担。"

"这只是把问题一代代向后推移,并不是解决问题。人生的痛苦始终没有得到解决。"

"这并不是推移问题,而是保护人类。每一代的人类,每一个人,都能在这个过程中找到人生的意义。"

"人生的意义是什么?"苏格拉底抛出这个问题后,眼神变得凝重起来。

妇好注视着眼前的智者。他向无数人问过这个问题,他总能证明人生的虚无,嘲笑活在意义之中的人做出的每一次努力。那些为了功名利禄、声色犬马而奔走的人,就像是被粪便吸引的苍蝇,被花朵吸引的蜜蜂,朝生暮死,一晌贪欢;那些为了崇高目标而奋斗的人,就像和幻影之阵战斗,即便一时胜利,也终会失败。

人生是个充满痛苦的陷阱,只有摆脱陷阱,才能得到一个圆满的结局。

然而那只是逃避而已。

"来过,看过,爱过。"妇好轻声回答。

苏格拉底沉默了片刻,回答道:"你的意思,存在即是意义。如果这样,你全力保存这个世界也能自圆其说。你找到我,并不是想要解答什么,你想要什么呢?"

妇好伸出左手,露出手腕上的金印,展示给苏格拉底,留意着他脸上每一丝细微的表情。

苏格拉底只是沉默地看着金印。

德谟克里特本能地害怕这金印,苏格拉底却毫无惧意。

妇好伸出右手,轻轻从金印上抚过。一张书页从金印中跳了出来,悬在妇好的手腕上方。对于这个世界的人来说,这无疑是一种神奇的魔法,应当引起由衷赞叹。然而苏格拉底仍旧很平静,甚至连眼皮都没有眨一下。

"这是亚里士多德放在书架上的书。他建造量子阱,把我带到这个世界,完全依靠这本书的指导。"

妇好的手微微一动,书页退去,烫金的封面显示在两人眼前,标题醒目——《区块链、元宇宙和未来世界》。

"这本书是奥义之书中的最后一册,和别的书都不一样。别的书只是书,唯独这本书不仅包括知识,还隐藏着符咒。"

苏格拉底点点头,说:"所以这是一个障眼法,亚里士多德识破了它。"

"是的,这是他展开的那一页……"妇好念出书页上的内容。

"可以想象,未来世界必然会走向这样一个结局:所有的人类都聚集在元宇宙中。他们会认为,自己存身所在,就是理所当然的现实世界。这样的一个世界,在今天的人类看来是虚拟的,是虚幻的,但是在未来世界的人类看来,它是本质的、真实的。我们不能以自身的价值观来判断未来的人类,那是一种自大的行为。但是,作为区块链元宇宙的创立者,我们有必要给他们留下设计上的便利,让他们保有脱离元宇宙的途径。尤其是在区块链资源短缺导致不同世界之间发生竞争的时刻,必须要有人统筹全局。若非如此,我们的世界中发生过无数次的杀戮和毁灭,会在元宇宙中再次发生,而且请注意一种本质差异:元宇宙中的毁灭完全可以不带任何鲜血,极大降低道义成本。剥夺另一个世界的资源,却无须目睹另一个世界的苦难,这会让侵略和剥夺毫无后顾之忧。如果说人类历史上的战争为了获得正当的立场,需要无情地诋毁和污蔑敌手,元宇宙战争则根本无须如此。被毁灭的世界和未来人类所处的现实没有任何直接关联,毁灭它,不会带来任何负面的情感冲击。因为如此,那些能够在不同世界中穿梭,能够统筹全局的人,必须要有强烈的道德观念。他或者她,必须对所有的人类抱着平等态度,对不同的世界予以充分的尊重。唯有如此,当最灰暗的前景发生时,我们仍旧能够保持一些光明的火种。"

念到这里,妇好停了下来。

苏格拉底似乎陷入了沉思,眼神茫然,没有看着任何东西。

妇好静静地等着苏格拉底说话。

苏格拉底终于开口了:"有时,我也会看到一些幻觉。如果我们的世界之外还存在无数个世界,那么我看到的就不是幻觉。这恰好说明,人生如梦幻泡影,苦海无涯,有智慧的人应当求得解脱。"

"我正是想让你帮那些想求得解脱的人解脱。"

"你可以直说。"

"这本书包藏符咒,焚烧它会向我们的世界之外送出强烈的信号,它将打开一条通道,直通异世界。"

"你说过,连通异世界将加强和世界之根的关联,让这个世界更稳当。"

"是的,但这不是全部。"妇好缓缓地说,"要让这个世界继续存在,我们必须拥有足够强大的力量,这个世界的力量源泉只能支撑这么多人口。打开异世界的大门,究竟会出现什么情况,我并不知道。我只能看到这个世界的图景。我还不知道造成世界毁灭的根本原因是什么,如果奥义之书是对的,很可能是一个异世界试图吞没我们的世界,那么打开通道,意味着我们要面对那个世界的野心家,需要有最坏的打算,做好准备。"

"如果你不知道事情怎么发生,何时发生,又怎么做准备呢?"

"所有的世界都建设在一种叫作'区块链'的东西上,它像是一本书,有许多页,每一页的内容都和其他页相互印证,确保内容正确无误。每一页上都记录着这个世界里发生的一切,是世界运行的基础。记录以人为核心。一个人的出生、样貌,他的经历和思想,他的亲人、朋友和敌人,所有的一切都在这本书中。人口越多,意味着书页越冗长,世界运作的效率就越低下。一个世界人口过多,运行就会越来越慢,最后完全停滞。这也意味着这个世界耗尽了它的潜力,一旦两个世界连通,遭遇敌人,将毫无抵抗之力。"

"你认为这个世界的人口太多,希望减少世界人口?"

"是的。我希望他们平和地离开这个世界。"

"你想让多少人离开呢?"

"一半的人。"

"全世界有八十亿人口,你想去掉其中的一半,那是四十亿人!"苏格拉底微微动容,眼睛张大了几分。

"这的确很糟糕,但更糟糕的情况是所有人一起消失。"

"我宁愿所有人一起消失,那不算是一个痛苦的过程。"

"但像汉尼拔一样的人肯定希望活下去,他甚至希望永远活下去。而你,则觉得离开人世是一种解脱。那何不各取所需呢?"

"你谈论的不是我,而是四十亿人。你不能希望这么多人能升华到灵境。"

"我只想请你尽你所能。"

"你会让汉尼拔动手?"

"我会告诉汉尼拔,让他决定。"

"所以就算我出不了多少力,汉尼拔也会用他的屠刀达到目标。你来找我,是给我一个机会,让我行善事。"

"我只想拯救这个世界。"

"可是,为什么呢?你不像汉尼拔那样渴望永生,我感觉不到你生存的欲望。"

"来过,看过,爱过。我有自己的牵挂,我希望我所爱的一切能永远存在。"

"那是这个世界之外的世界?"

"是的。"

"明白了。谢谢你来找我。"苏格拉底说着闭上眼睛,沉浸到冥想的世界中去。

妇好踏着袅袅白烟走下台阶。

暖轿等候在广场外。四个壮汉抬着轿子向皇宫而行,晃悠之中,妇好忧心忡忡。消灭一半的人,这是一件残忍到极点的事。

汉尼拔可以是个暴君,然而向他提出这样的建议,这就意味着自己要对因此而死的人负责。罪孽深重,妇好不知道自己是否可以担得起。她望着手腕上的金印,叹了口气。

武丁呢?如果是他,会怎么办?至少他会挡在前边,不会让自己直面这么血淋淋的现实。

妇好又叹了口气。按眼下的情况看,自己不仅不可能回到桃源界,甚至离不开这个世界。武丁又到哪里去了?只希望他一切都好。

机器人和银河

亚里士多德醒来的时候,发现自己躺在一张铁床上。

空气中带着一股凛冽的气息,似乎寒风正扑面而来。寒风很快消失,暖烘烘的感觉笼罩一切，仿佛一个炉火熊熊的壁炉就在身前。这感觉真奇妙，就像寒冬里踏入温暖屋子的那一瞬间。

亚里士多德想站起身来。

身体似乎和平日有些不太一样，动弹不得，就连眼珠的转动都带着些生涩。

我这是……进入了比特世界？

亚里士多德艰难地扭转脖子，想看清身边的情况。

铁床的一边摆放着四五个形状各异的盒子，盒子上显示着图像和字符。亚里士多德从未见过这种东西，无论这是哪里，肯定不是自己所熟悉的那个世界。

奥义之书的启示是对的！世界之外果然还有一个世界！这里就是原宇宙吗？

亚里士多德想坐起来，然而身体像是不存在一般，没有任何感觉。

这是怎么了？亚里士多德不由得担忧。

一个人影凭空冒了出来，立在眼前，吓了亚里士多德一跳。他仔细一看，眼前的人居然只有腰部以上半截身体，浮在空气里，像是毫无重量，面容也说不出的怪异。他再次看了看眼前人的下半身，那里空空荡荡，什么都没有。这像极了他曾经陪着汉尼拔大帝观看过的某个魔术节目。那时汉尼拔问他对此有何见解，他回答这是一个视觉把戏。然而眼前的这个，看不出任何把戏的痕迹。半截身子就在眼前飘着，周围不存在任何可以障眼的东西。或许原宇宙中的人，就是这个模样？

"欢迎来到2084基地。"那人说。

亚里士多德张了张嘴，说不出话。

"你的神经系统还没有完全校准，这个过程很快可以完成。再有三分钟，你就可以自由活动了。"

他的声音很悦耳，口音却异常怪异，听起来像是偏僻地区的方言。

"我是忒修斯2084号，你可以叫我忒修斯。"

忒修斯是个常见的名字。这至少说明，这个原宇宙和自己存身的世界之间有许多共同点。亚里士多德感到一阵亲切，紧张感也消去了不少。

"我正在对记录进行核查，然后才可以决定你的去留。虽然我能够探查你的活动痕迹，但还是希望你恢复之后能够帮我确认过程。我也会帮你重新认识这个世界。"

重新认识？亚里士多德对这个措辞有些费解，难道这个叫作忒修斯的人，认为自己早就应该知道这个世界吗？自己从奥义之书中领悟到原宇宙存在的可能，不过是刚才的事。刚才……聚能环载着自己俯冲而下，一道金光闪过，自己就躺在了这张床上。很难说过去了多少时间。奥义之书说，世界和世界之间的时间并不相同，或许对自己来说这是刚才的事，其实时间已经过去了很久。他还说"去留"，意思是自己还可以返回原来的世界？

太多的疑惑，太多的问题。亚里士多德干脆闭上眼睛，想让自己的舌头能够恢复得快一点，可以张嘴说话。

咚咚的脚步声传来。亚里士多德睁眼望去，只见一个高大的男人冲进了屋子，向着自己奔来。"这不是妇好吗？你们怎么说她出事了？"他急切地说。

陌生男人用一种关切而温柔的眼神看着自己，亚里士多德从未见过一个男人用这样的眼神看自己，顿时感到无比窘迫。

"他不是妇好，他叫亚里士多德。"忒修斯伸手想拦住那男人。亚里士多德惊奇地发现，那男人竟然径直穿过了忒修斯的手臂，仿佛那是不存在之物。

眼看着男人就要抱起自己，情急之下，亚里士多德一下子坐了起来。

这个举动让眼前的两人都吃了一惊。

"哦，你已经恢复，可以活动了！"忒修斯很快回过神来。

"妇好！"那男人激动地喊了一声，伸手就向他抱过来。

亚里士多德往后缩了缩身子，避开那男人，厉声喝问："你是谁？"

男人愣住了，亚里士多德也愣住了。自己说话的声音，竟然是个女声。他抬起手,只见自己的手娇小白皙,分明是女人的手。

难道自己的灵魂进入了一个女人的躯体?! 亚里士多德不禁惊惧。他慌忙低头查看……隆起的胸部落入眼中,毫无疑问这是一个女人的躯体。

片刻的错愕后,亚里士多德平静下来。进入原宇宙是为真理献身,如果变成女人是一个代价,那也值得。他尴尬地笑了一下,问:"是弄错了吗?"

"我是武丁啊!"见到亚里士多德奇怪的举止,男人不禁也怀疑起来,张开的双臂遽然停在半空中,缓缓放下。

亚里士多德生怕他还想抱自己,连忙说:"我不认识你。我叫亚里士多德……"

武丁眼中一丝绝望一闪而过。

"我知道我们的世界依托于比特之上,我依照仪式进入比特世界,你们是否能告诉我,这里是否就是比特世界所存在的原宇宙?"亚里士多德继续说。

"亚里士多德先生,我们并没有原宇宙这个词语。我们把这里的一切称为现实世界,而把你所在的世界,称为虚拟世界。"忒修斯回答。

"虚拟世界,虚拟世界就是元宇宙[①]吗?"

"元宇宙是个古老的概念,在原始时代较为流行,但早已从常用词汇中消失。如果你喜欢,当然可以使用元宇宙这个词来描述虚拟世界,我能理解你的意思。"

亚里士多德看了看武丁,又看了看忒修斯,说:"那么向我解释一下这个世界。"

"你先解释你的世界!"武丁有些焦躁,不等亚里士多德开口,又向着忒修斯发问,"他怎么会占据妇好的躯体? 他的原身是谁?"

"我还在核查。目前只知道他来自RH149,那是一个希腊罗马世界,资料库中这个世界没有原身记录。但是我的数据库只包括所有原始记录的四分之一,我已经分别向'银河三号'和'火星二号'发出了查询要求,以防他的原身记录因为

[①] 按照亚里士多德的理解,比特世界寄托于原宇宙之上,而元宇宙则是他从书中得到的概念。原宇宙是现实世界,元宇宙是虚拟世界。

时间久远而没有包括在我的库中。"

忒修斯的话令人费解，亚里士多德能听懂每一个词，却无法理解他究竟在说什么。

"如果他没有原身记录，那妇好是不是永远也回不来？"

忒修斯稍稍考虑了片刻，最后说："这需要更高授权，我暂时无法回答。"

"原身记录是什么？"趁着两人对话停歇的间隙，亚里士多德插进了自己的问题。

"虚拟世界中的人类，分为两种基本类型。一类是从现实世界进入虚拟世界的人类，他们曾经生活在这个世界里，拥有肉体身躯，他们的肉体就是原身记录。"忒修斯飞快地回答。

"那另一类呢？"

"另一类是虚拟世界的人类。他们出生在虚拟世界，和现实世界没有任何关系。"

这和奥义之书中描述的情况一致，只不过，奥义之书中的未来，就是此刻。亚里士多德有些明白自己的处境。

"那我们的奥义之书，就是那些拥有原身记录的人带到我们的世界当中的？他们就像神一样？"

"不，如果没有特许，在虚拟世界中，这两种类型的人类并没有什么差异。绝大部分虚拟世界不允许超越物理法则的事物存在，拥有原身记录的人也是凡人。"

"那特许的人呢？"

"特许的人是特别的安排，他们的确和一般人不同，能够借助一些手段跳出虚拟世界，就像你们现在的状态一样。"

亚里士多德仔细思考忒修斯的回答。如果只有特许的人才能借助手段跳出虚拟世界，那么自己也应该是获得了特许。

"特许的人都是有原身记录的人吗?"

"曾经是的。"

"曾经?"

"某些特许被赋予了虚拟人类。这种情况不多,但在历史上发生过几次。所以我并不能确定你的身份,只有等到'银河三号'的数据查询完成之后才知道。"

忒修斯的话引起了亚里士多德的注意。

"你说'银河三号',这个世界里,有银河吗?"亚里士多德望着眼前这个只有半截身子的幻影,眼中充满期待。

"你想看一看银河?"忒修斯反问。

"能看到吗?"亚里士多德的声音微微发颤。

"当然可以。"

忒修斯话音刚落,一侧的墙体突然间变得透明,柔和的银色光照进屋子里。亚里士多德扭头看去,广袤无边的夜空就在眼前,漫天星斗璀璨,犹如一颗颗发光的细碎钻石。这是他熟悉的事物,无数个深夜里,他仰望星空,看到的星星也有这么多,这么绚烂,甚至连位置也大致一样。然而,就在熟悉的星星之间,他见到了从来不曾见过的事物。那是光和影的河,灿烂和晦暗交织,从天顶蜿蜒而下,贯穿半个天空,仿佛一道瀑布从天空倾泻而下。

银河!亚里士多德无数次阅读过它,想象过它。然而它的样子和任何一种想象都不同。这如江河泼洒的伟大存在由数以千亿的星星组成,是宇宙的奇迹,是人类存身的家园。银河在这里,那么这里就是奥义之书所指明的原宇宙!人类起源的那个世界。

他还看见了比银河更令人惊异的东西。

玻璃中映着自己的面孔。毫无疑问,那是一张人脸,女人的脸。五官精致,线条柔和,却散发着淡淡的金属光泽。亚里士多德摸了摸自己的面庞,手指冰凉,没有温度。这是一个机器的面孔,并非有血有肉的人体。

人居然可以活在一个机器的躯体之中！

原宇宙的世界和想象中如此不同！

"你没有原身记录。"忒修斯的声音传来。

亚里士多德盯着玻璃中映射的脸。

银色的金属面孔浮在璀璨的星空之上，眼中带着深深的困惑和惶恐。

2084 空间站

一个没有原身记录的人进入了现实世界，这样的事件在过去的五百一十六年中只发生过四次。

这是个超越事件，需要向盘古中心报告。

忒修斯将所有的情况放入数据包，向盘古中心发送。盘古中心的确认信息在半个小时后返回，主脑已经开始分析这个事件，然而至少要八个小时后才有结果。

在主脑做出结论之前，该如何和已经苏醒的两个人打交道？

两人正在各自的房间里坐着，坐姿神似，面向窗外，看着无尽星空，甚至连木然的表情都很像。他们都心事重重，无限忧愁。

该做些什么让他们愉快起来？忒修斯认真思考。

和他们玩个游戏吧！游戏使人快乐，使人忘记忧愁，哪怕只是暂时的。八个小时后的事主脑会解决，自己只需要解决眼下的问题。

一张方桌被支起来，盖上绿色的毛绒桌布。被称为扑克的纸牌正在打印，十分钟后就绪。忒修斯挑选了一个备用躯体，钻入其中，活过来后，拖着方桌进了活动室。三把椅子也很快地根据三个人的身材制作出来。

已经很久没有制造过人类使用的这些玩意儿，还好一切模型都还保留着。

准备就绪后，他请来了两个心情沉郁的客人。

亚里士多德和武丁依次落座，目光就没有离开过忒修斯。

"你真的是忒修斯？"亚里士多德狐疑地问。

"是的，为了方便和你们一起打牌，我用了一个实在的躯体。"

"你能随意进入别人的躯体？"

"不是别人的，是备用的躯体。"

"你……能赋予躯体灵魂？"

"他是个人工智能，希望你明白什么是人工智能。"武丁插了一句。

"说话的语音语调也完全不同。"亚里士多德说。

"这对我不是什么问题。"忒修斯马上换上了亚里士多德曾经听过的口音。

亚里士多德又看了忒修斯几眼，却没有再说话。

"我请你们来，是想让你们和我一起玩纸牌游戏。"忒修斯说。

"什么纸牌游戏？我可不想玩游戏。我是带着使命来的，你应当服从我的指令，核查所有世界的情况，确保桃源界的安全。"武丁的语气有些冲，饱含怨气。

"现在的情势有些复杂，我无法为你做任何事。我们必须等待。"

"等待什么？"

"等待主脑做出决策。"

"主脑要做出什么决定？"亚里士多德问。

"在出现超越事件的情况下，我该如何行动。所谓超越事件，就是像你一样没有原身记录的人进入这个真实世界。你的出现和他的出现碰撞在一起，让事情变得更为复杂。所以我必须等待主脑的决策。"

"所以我是一个意外？"亚里士多德似懂非懂，谨慎地问。

"是的。"

亚里士多德的眉毛高高扬起，咬了咬嘴唇。

"我知道你有很多疑问。武丁也有很多疑问，你们不妨先放下所有的想法，和我一起玩这个纸牌游戏,这可以打发时间。一旦我得到许可,你们就可以得到所有问题的答案。"

武丁和亚里士多德对望了一眼。

桌上的牌整整齐齐地码成一沓。

"我不会玩纸牌。"武丁说。

忒修斯笑了笑,"这是最古老、最简单、上手最容易的游戏,我一说规则你们就明白。你们都很聪明,正适合玩这个。它有很多玩法,足够我们撑过这八个小时……"

牌局开始了。纸牌的规则很简单,两人虽然没有玩过,但很快就掌握了规则。运气加上少量的推理组合,这样的游戏逻辑果然很快让两人沉浸其中,暂时从各自的心事中脱离。

玩了两圈后,亚里士多德又开始发问,不是冲着忒修斯,而是冲着武丁。

"武丁,你的世界是怎样的?"亚里士多德一边说,一边放下一对Q。

忒修斯看了亚里士多德一眼。这是个聪明人,很想知道一切,既然自己已经明确地告诉他,要等八个小时才能回答,那么从武丁那里得到一些信息也很不错。

忒修斯默默丢出一对A。

武丁把牌往桌上一丢,说一句,"忒修斯,你又赢了。"随即扭头看着亚里士多德,"这怎么说呢?只能说说大概情况,我们的世界叫桃源界,是个海洋环绕的岛,岛上有个大湖。岛中间有三座山峰,是个机械化农业社会,有大概二十万人。你那儿是什么社会?"

"我的世界有三块大陆,分别命名为亚洲、非洲和欧洲。三块大陆围绕地中海,大陆外边是大洋。我的世界刚被汉尼拔大帝统一,我是他的首席科学顾问,曾经的,现在我的学生德谟克里特应该继承了我的职位。"

"北极是冰盖吗?"

"是的。"

"有南极洲吗?"

"南极也是冰盖。"

"你们还不是全地球,但也算是个大世界。"

"全地球是怎样的?"

"全地球就和真正的地球一样,有七大洲和四大洋。南极是个巨大的冰雪大陆,叫作南极洲。亚洲、非洲和欧洲,只是世界的一半,另外还有美洲大陆,在地球的另一边。"

"怎样才算大世界?"

"能够虚拟一个地球的世界就算是大世界。你们的世界里有地球吧。"

亚里士多德默默点头。

说话间,忒修斯已经叠好了牌。三人一边抓牌,一边继续聊着。

"你的世界里至少有五六亿人口吧!"

"八十亿人。"亚里士多德一边回答,一边将刚抓到的牌插入手上的牌列。

"多少?"武丁正伸手抓牌,听到这个数字缩回手来,握拳放在桌上。

原本流畅运行的牌局顿时凝固了。

"你说是多少人口?"武丁追问。

"八十亿。"亚里士多德感到奇怪,反问道,"有什么问题吗? 大帝的内政大臣根据户籍簿得出了具体的数字,我记不太清,大概比八十亿略少几百万,一般就说八十亿,也有说百亿,为了好听一些。"

武丁微微睁大了眼睛。

忒修斯明白武丁的想法。这个拥有原身记录的人类在虚拟世界里或许已经经历了上百次的轮回,无数的沧桑,但是他仍旧清楚地记得在这个世界中的生活。他知道一个大世界的上限人口是八十亿。正常的世界根本不可能有八十亿人口。

"抓牌吧。我们现在什么都做不了,只能等待主脑的结果。"忒修斯试图调节一下气氛。

"结果会怎么样?"

"牌局停下的时候,我们就都知道了。"

武丁似乎还想说什么,犹豫片刻后,转向亚里士多德,问:"你们世界的历史是怎么样的?"他一边问,一边继续抓牌,牌局重新运行起来。

一张张扑克牌在三人手中来来去去,眼前的两个人投入热烈而随意的交流中。他们都为了各自世界的命运而来,然而现实世界却并不能给他们提供多少帮助。

如果人类的世界只是一个个牌局该多好,规则清晰,结果明确,输了重新来过就是,不会引发剧烈的冲突。人类发明了游戏,却没有明白其中的妙处。

忒修斯不无遗憾地想着。

他们总想玩大的。

太阳囚徒

面向太阳,万刃穿身。

从前的地球上有一种植物叫作向日葵,它总是追随太阳的方向转动自己的花盘,让所有的花朵能够得到最大剂量的阳光照射。李自珍觉得自己就像是一朵向日葵,只不过在太空中,太阳并不东升西落,自己也就不用转动花盘才能面向太阳,承受它狂暴的粒子流。

粒子流带来能量,维持生命;也带来痛苦,惩罚罪过。每一次轰击,就像一柄长刀深深扎入躯体,带来灼烧般的疼痛,持续不断。剧烈而持久的疼痛让他全身紧缩,四肢抽搐,却动弹不得。十二个巨大的钢钳锁住了他的躯体,让他无法做出任何动作释放压力。他也没有发声器官，就算有，在太空中也不会有任何声响，痛苦的哀号不会被任何人听见。一切都只能默默承受。

痛苦是最好的清醒剂，时刻提醒自己曾经犯下的罪过。

好消息是这漫长的死刑终于快到尽头了，再有十五年，就到了五百年的刑期，那时自己就会在大剂量的神经毒素作用下瞬间死亡，带走所有的痛苦和罪恶。意识到这一点，李自珍感到一些快慰，还有什么比结束自己罪恶的生命更令人感到满意呢？他热切地盼着那一天。

"有个情况必须告诉你。"一个声音在脑海中响起。

李自珍顿时感到不妙。主脑从未找过自己，它知道自己在服刑，在赎罪，它把自己当作一个活死人，只提供能源支持，从不交流。

语言早已生疏，李自珍缓了几秒才反应过来。

"什么？"

"桃源界要消失了。"

"什么！"

记忆像是瞬间打开的闸门，关于桃源界的一切一下子涌了上来。是的，那是属于他的世界，是一个理想，一个梦，是他亲手创建却又差点儿亲手毁掉的世界。

"怎么会？"

桃源界永生不灭，2084基地是个永久基地，会不断更新。忒修斯！他想起了2084基地监护智能的名字。是的，就像忒修斯之船一样，这个基地会每年更新一块太阳能帆板，替换一台服务器，确保整个系统运行顺畅。它的设计寿命是一百二十万年，一百二十万年后，主脑也应该可以用新技术将它维持下去。

然而这才不过五百年，桃源界竟然就要消失了？当年留下的问题还在，否则主脑不会来找自己。

一束太阳风袭来，疼痛打断了李自珍的思绪。

一个阴影挡在身前，主脑用一块钢板遮蔽了自己，挡住了太阳风。粒子流中断，疼痛的波澜逐渐平息。

"这不是你该做的事。"缓过劲来后，李自珍向主脑发出信息。

"是的，事情发生了变化，按照约定，在事情解决之前，你不能死。"

"我的命由我做主，我不是你的傀儡，你不要忘了我们的协议。"

"协议的前提是你解决了问题，但问题仍旧存在。发生了超越事件，跳出了一个O型虚拟人。发生超越事件是一个概率事件，但O型虚拟人只在你的世界互通协议中才存在。你并没有成功补上服务控制协议的漏洞。"

"我把知道的一切都告诉你了，也没有向你隐瞒任何情况，你在直接和我的大脑交谈，大脑是不会说谎的。"

"大脑的确不会说谎，但是你此刻并没有接入系统，你自己忘掉了一些事。"

"如果这样，你找我也没有用，我帮不上忙。"

"如果你帮不上忙，我也无能为力，桃源界会被毁灭。"

"究竟发生了什么？"

"RH149和ARD445都发生了世界扩张，这两个世界都在试图夺取更多的节点，获取更多资源。桃源界拥有关键节点，任何一个世界如果能够抢先夺取桃源界的节点，就将占据优势，进而扩张，将另一个世界彻底抹去。"

"这样的事怎么可能发生！"

"这是你遗留的问题。你的记忆不完整，你到2084空间站去，自然就能够回想起一切。现在我进退两难。要么我要违背不干涉政策，调节这两个世界，要么我只能静待灾难发生，某个世界会被毁灭，桃源界也会被毁灭。"

"主脑不得干涉虚拟世界。"

"是的。"

"但是你已经有了干涉的想法。"

"是的。"

"很高兴你能来找我，告诉我这些。既然只有忒修斯2084站发生这种事，你可以把例外限定在这个服务站,这样也不会从根本上违反原则。"

"这没错。但是我无法进入这两个世界,它们被桃源界锁死了。所以我干涉的唯一手段,只剩下一种,就是彻底摧毁建设在忒修斯2084站上的一切,然后重建。这意味着我要对其中所有的死亡人口负责。我会变成一个刽子手,这不是例外的问题,它将从根本上动摇我存在的逻辑基础。"

李自珍沉默不语。

主脑必须为人类服务;主脑不得干涉任何虚拟世界的运行。这是主脑的两大逻辑基础。一个虚拟世界中发生的灾难,只要主脑不加干涉,一无所知,它就没有违背为人类服务的原则。干涉某个世界,必然意味着主脑将直接面对某些人类的生死,必须做出价值选择。这是主脑应当回避的事。抹去整个世界,意味着杀死这个世界中所有的人。重建之后的世界可以重新创造出许多人口,然而对于曾经存在过的那些虚拟人类来说,他们永远失去了生命。这是主脑无法承受之重。

主脑的困境只有人类能解决。而自己,恰好是为数不多的能解决问题的人类,或许是唯一一个。然而那种可能,当自己选择用五百年的太阳辐射来自我惩罚的时候,就已经被斩断了。

"我明白你的难处,但我的确无能为力。我只要求你帮助桃源界生存下去,另外两个世界,如果迫不得已,我可以帮你承担抹除的责任。"

"桃源界和RH149、ARD445都依赖忒修斯2084的节点资源。这些世界因为你发明的协议才能彼此相通,你必须以最高管理员身份重新进入这些世界,彻底清除你留下的后门。我希望这一次,你能彻底清除,不要再次发生这种悲剧。"

"真相已经不在我这儿,你想我怎么办呢?"

"你会想起来的。这个跳出的O型虚拟人和你的大脑特征高度吻合,他是你留在那个世界中的种子。他和557号管理员同时到来,557号管理员拥有原身记录,他的原名叫作王一法,你应该记得他。他跳出世界,管理员权限就有了空白,而借助于O型虚拟人,你可以拥有虚拟世界中的合法身份。"

王一法！李自珍依稀有些印象，他曾经是自己的得力助手。

O型虚拟人！李自珍记不得这究竟是什么。主脑的意思，这似乎是自己发明的世界互通协议所包含的一种类型。主脑想要自己进入桃源界解决问题，它认为这个虚拟人可以帮自己想起点什么。

"如果你认为这是拯救桃源界的唯一办法，那就来吧。我同意。不过，我完成这件事，你就该让我死了。"

"你要和O型虚拟人做一次匹配，匹配后存活的概率是万分之三。如果你侥幸还活着，我会结束你的生物性生存。"

"也不能让我以虚拟人的形态继续活着。"

"我只能保证在我所能控制的范围内，不会有你的虚拟副本存在。但就像这个O型虚拟人一样，我无法保证你自己是否会干这种事。"

"好！解开我。"

两个小巧的机器飞过来，喷射火焰，开始切割钢钳。

"你不能直接解开吗？"

"我没有解开这些钢钳的方案，你给自己判了死刑。到期之后，我打算把整个平台丢进太阳里。"

"很好。"

头部的限制解除了。

李自珍四下看了看。

黑色的太空世界显得格外陌生，引起一种奇特的感受，就像是焦渴的人喝到了一口清水般甘甜。片刻后，当眼睛适应了黑色，星星逐渐浮现出来，一颗又一颗，细碎如钻。

星空仿佛是这个世界上最美好的事物。

李自珍贪婪地看着眼前空荡荡的世界，想要把这个时刻留住。

所有的钢钳都被割开了。

李自珍活动四肢，自由的感受令人格外舒畅。

一架银色的穿梭机浮在一旁。李自珍跳到穿梭机上，双腿恰好落入机壳上洞开的控制位中，完美无缺地对接在一起。穿梭机成了他躯体的一部分。

李自珍绕着囚禁了自己近五百年的平台兜了一圈，完全适应之后将引擎的动力提升到最大。无限幽深的星空间，亮起了小小的红色火光。火光推动着李自珍，他将太阳抛在身后，披着漫天星斗，向着远方的蓝色星球而去。

物和影

当武丁见到李自珍的影像，就明白事情已经到了关键时刻。李自珍的脸和老师一模一样。

李自珍，李大人！在那遥远而模糊的记忆中，李大人就像神一样，手指一点，激活一个又一个元宇宙。

老师就是李大人的化身。

到了外边，自然就可以明白如何拯救桃源界。老师是这么说的。

老师说的是对的，在这个外边的世界醒来，拯救桃源界的办法就自然存在于脑子里，仿佛与生俱来。

桃源界是一个虚拟的世界，建设在区块链之上。桃源界中的一切，在这个世界里只是计算，只是算法，只是算力。

桃源界原本有一条"护城河"，现在护城河已经消失了，资源被更急需算力的其他世界夺走。甚至维持桃源界本身的算力，也在不断地流失。要维护桃源界，把算力资源划回去就行。

然而事情没那么简单。

当年人们为了元宇宙的设计原则引经据典，争得面红耳赤，甚至不惜相互攻击。最后的方案是妥协的产物：外部力量不得干预元宇宙自身的运行逻辑，但是当元宇宙世界威胁到其他世界的存在，可以允许以减少伤害为目的的干预。

一种干预，两种解读。强干预派要求在元宇宙中设计能够赋予外部干预者改变局势的能力；弱干预派则指出，强干预派的主张从长远来看，会绞杀元宇宙世界，而元宇宙毫无自卫能力，这是不公平的。

元宇宙中的虚拟人类，也是真正的人类，他们拥有躯体，拥有生活，拥有自己的情感和理性，外在的干预危及他们的生存，强干预的本质就是将外部世界的意志强加于元宇宙中的人类。元宇宙的世界应当封闭自洽，最好的状态就是不受干扰的状态，干预元宇宙的发展进程必须万分谨慎。

两个派别的斗争并未完全分出胜负，但至少有一点弱干预派取得了胜利：元宇宙大厦的根基被置于区块链技术之上，这杜绝了强干预派在元宇宙世界中无中生有的可能，让世界在绝大部分时间中都按照设定的逻辑自行运转。

然而总有少数时刻，逻辑会发生偏差。

八十亿人口就是逻辑发生偏差的关口。一般的大世界里，哪怕像真正的地球一样大，人们一般都能够活到一百五十岁，生育两到三个子女，生活富足稳定，人口会稳定在四亿到五亿之间。

亚里士多德却说他的那个世界有近八十亿人口。

那个世界里一定发生过非同寻常的事，否则人们不会这么不顾一切地生孩子繁育人口。元宇宙世界以人为核心在区块链上记录，确保每个人相关的事物不会出现偏差，进而保证整个世界的真实逻辑。这意味着庞大的算力需求和数据吞吐，每一笔记录都需要被超过三万个节点认证通过。一旦人口超过八十亿，数据的吞吐将超过设计极限，进而导致宕机。那个世界在不断地攫取算力。算力依附于节点，它正在夺取桃源界的节点，而且会夺取更多的节点，直到占据所有节点。那就意味着桃源界的彻底毁灭。

直接恢复桃源界的节点，恢复算力，则意味着毁掉亚里士多德的世界。忒修斯不会允许自己这么做，更何况，妇好应该就陷落在那个世界里，世界消失，她也会随之而去。一想到永远见不到妇好，武丁只感到心头一酸，不由得向亚里士多德望去。亚里士多德在妇好的身躯里，正低头沉思，似乎感受到了自己的目光，抬头看过来。

武丁垂下视线。

三十万人的桃源界和八十亿人的亚里士多德世界，谁轻谁重？

妇好和桃源界，谁轻谁重？

武丁只感到心绪烦乱。进退两难，李大人大概是唯一的希望。

"李大人能解决问题吗？"武丁问。

"我希望他能。"忒修斯回答。忒修斯换了一具躯体，这一次，他用的是一个古旧的机器躯壳。圆筒的身躯，四条机器腿如一个大爪子般抓着地面，两条机械臂张开，如同螃蟹的两个大钳，方方正正的脑袋上连拟人的嘴唇都没有，声音直接从音箱发出，语调都变得生硬了许多。

"主脑将他找到，难道还不能解决问题吗？"

"我不知道生物的脑子经过了四百八十五年的时间之后是否还能保持健康。虽然他受到了最好的保护，时刻进行DNA修复，但毕竟从来没有生物活过这么久，所以我也不能确定。"

"四百八十五年？他没有转成机器态吗？"武丁诧异不已，李自珍的影像明明是一个机器人。

"他一直保持着生物大脑，但有一个机器的躯体。从大脑来看，他仍旧是个肉体的人类。"

竟然还有这种事！武丁不由得皱了皱眉。

"如果他是我的原型，那么我就是他的虚拟形态？"亚里士多德问。

"我不确定这一点。你是O型虚拟人，可以说你和他一样，也可以说你和他完全不同。站在你面前的武丁有原身记录，他的原身就是他的原型，当他进入虚拟的世界，获得虚拟形态，他的原身也就被冻结了。当他从虚拟世界返回现实中，进入一个现实中的躯体，他在虚拟世界中就消失了。所以当你说原型和虚拟形态，通常指的是像武丁这样的情况。一个人不能同时存在于现实和虚拟。但是你和李大人之间并不是这样。你在虚拟世界中存在，你可以进入现实，你可以和李大人共存于这个世界。"

"但你说过他是我的原型。"

"我的原话是，李大人以他自己为原型创造了O型虚拟人，你是一个O型虚拟人。O型虚拟人被隐藏在世界底层的区块链算法中，以一定的概率随机产生，它有类似的发育模板，但每一个O型虚拟人都独一无二，并不是李大人的复制品。"

"桃源界的守护者呢？我的老师，他也是O型虚拟人？"武丁问。

"我不知道桃源界的内部情况，我没有任何权限获取关于桃源界内部的信息。"

忒修斯说的是实情。桃源界是李大人创造的特殊世界，是许许多多世界中最特殊的那一个，其中的居民都曾经在现实世界中生活过，他们有权携带轮回的记忆，永生不死。但他们都放弃了在现实中生活的权利，除非发生意外，否则根本不会再回到现实世界中。虚拟和现实，只能选择一个，没有人可以都要。

李大人在现实世界中活着，老师就不是他的虚拟形态。但是老师偏偏又和他长得一模一样。这应该不是巧合。

武丁微微沉吟，扭头看着亚里士多德，"你能占据妇好的躯体，说明李大人给O型虚拟人留下了特殊的路径，大概算是他在整个系统中埋藏的木马吧。你有很多疑问，我也有。忒修斯不能解答我们的疑问，土脑大概也不行，只有李大人才是解开一切的钥匙。我要去迎接他，你跟我去吗？"

亚里士多德两眼放光，"可以去迎接他吗？我当然愿意去。"

忒修斯已经跨着它的四足身躯靠到墙边，原本完整的墙体上突然现出了一个巨大的圆形。一条笔直的通道显露出来。通道是一个透明的圆管，在微弱的光线中显得有几分朦胧。星光灿烂，给管壁镀上一层浅浅的银色，像是一层薄膜蒙住了整个星空。

武丁跨进通道里。重力陡然间消失,一股大力推着自己向前,整个身子飘起,直直地向前飞去。

这和桃源界中那随心所欲的飞行截然不同,这是身不由己的飞行。

在现实世界中,物理规律高于一切。

武丁回头看去,亚里士多德正手忙脚乱,不断翻滚。忒修斯的四条腿像是有吸力,紧紧地贴在管壁上,伸手拉住亚里士多德,让他稳定下来。

一个O型虚拟人在不该出现的地方出现,预示着系统本身的漏洞。李大人故意留下漏洞,一定有特别的缘由。

忒修斯带着亚里士多德跟了过来,武丁转身继续向前。

透明的管道外矗立着巨大的立方体,以粗大的管线相连,排列成行,和管道平行,一直向前延伸。这些都是服务器,其中承载着虚拟世界。每一个立方体就是一个节点。此时此刻,在这些立方体中,时间正飞速流逝,数以百亿计的人命运悬而未决,桃源界摇摇欲坠,而妇好也生死不知。这困顿的局面似乎根本无解。

只希望李大人仍像从前一样,有神灵般的魔力来解开困局!

忒修斯很快超过武丁身旁。武丁伸手抓住忒修斯的一条胳膊,忒修斯带着两个人,在通道里飞快地奔驰起来。

创造者

亚里士多德从未想过,有朝一日自己居然能够在星空下翱翔。远离大地,远离空气,远离一切,四周是无限黑暗的空间,星星在遥远的天穹上发光,银河亮得不像样。没有上,没有下,一切都像是沉浸在黑渊之中,向任何方向都可能掉下去。

这奇特的感觉维持了一阵后消散掉,然而只要稍稍移动脚步,就又回来。

宇宙真是个神奇的存在!在汉尼拔大帝的治下,科学院成功地发射了探空火箭,对地球之外的空间进行探索,这已经被认为是一个非凡的成就。但在这个现实世界中,宇宙要广阔得多,而人类居然已经可以在真空中生存。

"这真神奇!"他对身旁的武丁和忒修斯说。

"如果神奇描述的是感受,那么虚拟世界更神奇。"忒修斯回答。

一问一答之间,亚里士多德意识到这躯体自身便极为神奇。真空中没有空气,声音无法传播,然而自己能说,能听见,大概是机器的躯体能以特别的方式彼此交流,而声音只是一种习惯的假象。

"虚拟世界中没有这么广阔的宇宙。"亚里士多德接着说。

"你说得对,虚拟世界中没有宇宙。虚拟世界就是宇宙的一部分,当然不可能再包括它自身。"武丁接上了话,"有时我也会想,虚拟世界就是人类给自己打造的牢笼。但即便如此,宇宙给你的震撼,虚拟世界一样可以给你。毕竟人类太渺小了,一个小小的世界就可以达到感觉的极限。"

亚里士多德默默点头。站在奥林匹斯山顶俯瞰地球,皑皑雪山匍匐在脚下,世界同样壮阔美丽,夜晚的星空同样浩渺无边。对人来说,一个小小的世界就够了。

天空中似乎少了什么。亚里士多德又看了看四周,明白了自己的感觉从何而来。

"地球呢?太阳呢?"他问。

"那边。"忒修斯示意。

亚里士多德顺着忒修斯所指的方向望去,天宇黑漆漆一片,根本看不见任何东西。这一片星空中没有一颗星星,显然是被什么东西遮挡,而自己正在它的阴影之中。他仔细辨认,很快找到了一条边界,边界之上,星星缀满天空,边界之下,则是一团漆黑。

那是一个巨大的矩形,横在星空之下,遮蔽了小半个天宇。只不过因为纯黑的颜色,不加留意就会忽略过去。

亚里士多德万分惊讶,这东西如此巨大,与之相比,身旁的空间站仿佛只是巨象脚下的蝼蚁,而自己居然一直没有发现。

"那是什么?"他惊疑不定地问。

"太阳帆。"忒修斯平静地回答,"太阳帆收集阳光的光能,输送能量给空间站,维持服务器的运行。"

"它有多大?"

"长六百公里,宽四十公里,厚度不一,最厚的地方是它的中央传输器,将近一公里,薄的地方就是太阳能板的厚度,大约一厘米。"

六百公里,四十公里,亚里士多德飞快地计算了一下。两万四千平方公里!整个罗马城不过两千平方公里。那黑魆魆的一块,可以容下十二个罗马城。

"难以置信!"他喃喃地说。

"你指的是太阳帆的尺寸?只有太阳帆足够大,才能给空间站提供充足的能源。"忒修斯向着一旁指了指,接着说,"那边是2083号空间站,正好朝向我们,你可以看到微弱的光点,在光点旁,有个较大的暗点,那就是太阳帆。它几乎能吸收所有的光辐射,只有骨架会反射一点光,如果你仔细看,应该可以看出来。"

亚里士多德瞪大眼睛顺着忒修斯的指点寻找,却怎么也找不到那隐藏在星空之中的小小暗点。他正想再做一次努力,武丁的声音传来,"来了!"

亚里士多德心中一凛,顾不上寻找2083空间站,顺着武丁的目光望过去,只见黑魆魆的太阳帆边缘,一个小小的红色光点正缓缓升起。那就是创造者李自珍,自己的原型?他目不转睛地盯着那光点。

光点越来越近,越来越大,最后露出全貌。这是一个奇怪的组合,一艘圆滚滚的飞船,仿佛一个水桶,一个人端坐在水桶中,露出上半身,就像是从水桶里长出来。

巨大的水桶在三人眼前静止下来。

桶上的人原本横着,很快转过九十度,和三人保持同样的上下方向。他扫视三人一眼,目光最后落在忒修斯身上,"忒修斯,别来无恙?你用这四足清理机的躯体,是想让我一眼就认出你吗?"

"是的,李大人!听到你要来的消息,我很高兴。"

"我以为永远不会再见面了。"

"是的,真想不到还能再见您。"

"你这个机器人居然也这么流连人间。"

"谁让您把我设计成这样呢!"

亚里士多德听着两人的对话,默默地观察李大人。这个据说能改变局势的人物比影像中看起来要小个些,他的面孔上覆盖着一层仿生皮肤,看上去和真人差不多。他的确是个真人,有一个肉体的大脑,至少比自己眼下的状况更贴近真正的人类。就是他,掌握着元宇宙的终极奥秘,掌握着影响亿万人生死的法门?

"如果我没有认错,你是王一法。"李大人向着武丁说。

"是的,李大人。我是王一法,我现在的名字叫作武丁。"

"转世轮回没有把你搞成精神分裂,这让我很欣慰!不要叫我李大人,叫我李。我们是朋友,不是上下级。"

"李,你能来这里真是太好了!"

李!隐约之间,亚里士多德似乎想起了什么。

奥义之书仿佛在眼前飞速翻动,定格在《区块链,元宇宙和未来世界》的最后一页:元宇宙永远不能解决停机问题,无论如何设计,在元宇宙自身的逻辑集合中,必然会有无法被其自身限制的假设,如同元宇宙世界的公理。创造者可以凌驾其上,拥有超越这些公理的能力,从而超越元宇宙世界的一切存在。这无疑是元宇宙世界和原宇宙世界最大的不同。这会导致怎样的结果,可能取决于创造者的一念之间。他可以选择隐藏这些公理,让元宇宙世界尽量真实可靠,也可以选择让公理暴露在众人面前,始终保持两个宇宙之间的交流,让元宇宙居于从属位置,就像我们当前的这个时代一样。但我认为,可能没有人能够拒绝成为神的诱惑。

文章到此为止,最后是一个龙飞凤舞般的手写署名:李!

李大人和忒修斯说完话,扭头向亚里士多德看来,视线相碰,亚里士多德恍然间仿佛看到眼前的人正端坐在奥林匹斯山巅,俯瞰人间,手中的权杖挥舞,电闪雷鸣。

李大人就是奥义之书的作者,是真正的创造者!他是虚拟世界的神吗?

亚里士多德有些恍惚。

"你就是那个O型虚拟人?"李大人的问话将他拉回现实中。

"是的,李大人!我叫亚里士多德——你就是那本书的作者!"

李大人微微一愣,问:"什么书?"

"奥义之书的最后一本,《区块链、元宇宙和未来世界》"

李大人皱起了眉头,须臾之间又舒展开,脸上的表情似笑非笑,又似乎带着一丝惊诧,"这本书居然在你那儿?"他自顾自摇摇头,又点点头,似乎想到了什么。

他抬头看着亚里士多德,说:"没错,我是这本书的作者。"

亚里士多德向着李大人深深地鞠躬。奥义之书承载着关于这个世界的奥秘,大觉醒时代的光辉照亮了人类的道路,远古时代的经典历经几千年,仍旧散发着神圣的光辉。他从来没有想过,奥义之书的作者居然还活着,还能被自己亲眼所见。崇敬之情由衷而发,他抬起头来,用近乎崇拜的眼神看着眼前的人,"我研究科学,您的杰出贡献让我万分钦佩,向您致以深深的敬意!"

李大人哈哈一笑,"不用这么客气,亚里士多德!我们每个人都是站在前人的肩膀上向前远望,你的名字所代表的那个伟人,还是我所崇拜的对象呢!不过……"他话锋一转,霎时眼神亮了几分,"你说的这本书,根本不应该在你的世界中出现。你如果读过这本书,最好详细地告诉我,你是怎么看到它的?在什么地方,什么时间?"

"我……偶然发现了它……"李大人的态度让亚里士多德有些吃惊,他一边回忆,一边说,越来越觉得蹊跷。如果这个李大人,世界的创造者说这本书本不该被自己看见,那么自己发现书就不是一个巧合。

是的,那像是一种奇怪的直觉,自己做了从来没有做过的事,发现了从来没有见过的书。那真的是奥义之书的最后一本,那真的一直就在书架上吗?他突然惶恐起来。过去的几千年中,奥义之书的守护者从来没有提过这本书,真的是因为他们当中没有一个人读完了所有的奥义之书吗?

如果真是有某种力量特意引领着自己找到书,让书出现,那么自己的一切行为,应当都在它的算计之中。

一股寒意升上脊背,他中止了讲述。

"谁能让我看到这本书?"他问创造者。

碰　撞

眼前的人一个接一个化作青烟。

看着一缕缕烟在眼前飘起、消散,汉尼拔面无表情,甚至连眼皮都没有眨一下。整个青年时代,他几乎天天目睹杀人,无论是战场,还是刑场,死去的人都不会激起他一丝怜悯。消灭敌人,是征服者的功绩,是建立秩序的代价,是不朽的荣耀。

然而眼前的这些人并不是敌人。

广场上还剩下最后一个人。

"且慢!"伟大的王者站起身来,向着那人发话,"如果你选择活下去,就可以活下去，不必为了任何目标付出你的生命。"

那人是个瘦弱的女人，身穿一袭绿色的丝绸长袍，浅白的薄纱围巾兜在脖子上，衬托出她清秀的面容。

"我愿为世界奉献我的生命。"女人回答。

她拿起身前木盘上的药丸，毫不犹豫地放入口中。剧毒让她的脸部瞬间抽搐起来，随即身子像是抽去了骨头般瘫倒在地。

一缕青烟升起，死去的女人化作虚无。

汉尼拔望着眼前空荡荡的广场，叹了口气。活生生的两百多人转眼归零，而这只是一个开场，接下来还有成千上万的人要死去。这样的死亡不能给帝王增添一丝荣耀，而是莫大的屈辱。一个帝王居然要让他一半的子民去死，闻所未闻，耸人听闻。

"陛下心软了？"希罗德正站在阶下，见此情景，恭敬地问了一句。

"这些人都是最优秀、最正直的臣民。"

"陛下可以赐我旨令，我来替陛下分忧。"

汉尼拔睥睨着这个最勇猛的手下。希罗德嗜血如魔，十多年的和平大概已经把他憋坏了。雅典娜曾经说，如果不把希罗德召回，他就会发动叛乱，杀死自己。这个预言应该是真的，希罗德喜欢杀戮的快感，哪怕他没有任何政治野心，也会为此而欢欣鼓舞。屠杀手无寸铁的百姓，希罗德可不会感到满足，他渴望的是战场杀戮。血腥的屠杀激发民变，酿成内乱，这才是希罗德所期待的。

"不能这么干！"他干脆利落地拒绝了希罗德的提议。

希罗德沉默着，仿佛在无声地反对皇帝的意志。

卫队长格拉斯特紧紧握着刀柄，盯着希罗德的一举一动。

"去巡视罗马吧！你离开太久了，要多看看这个伟大的城市！"汉尼拔下令。

希罗德躬身敬礼，转身离去，沉重的脚步咚咚直响，魁梧的身躯仿佛一座移动的铁塔。

汉尼拔目送希罗德的背影消失在宫殿的台阶下,方才扭头转向候在一旁的德摩斯梯尼,问:"雅典娜的祭坛,准备好了吗?"

"一切都按照雅典娜的要求办妥了。"德摩斯梯尼恭敬地弯着身子。

汉尼拔起身离开宝座,"那就去那儿会会她。"

"陛下!"德摩斯梯尼小心翼翼地抬头,"外边还有三千志愿者,等待您的赐福。"

刚才自杀的两百人已经够让人心烦意乱了!

"让他们先到会馆等着吧!就说……雅典娜会亲自来裁决他们的命运。"

"是。"德摩斯梯尼躬身退下。

汉尼拔从侧门来到殿外,三十二人抬的大轿一直守候在这里,见到汉尼拔,他们发出整齐的呐喊,声动云霄。护卫队也打起精神,挺直腰杆。甲胄碰撞,发出一阵哗哗响声。汉尼拔却向格拉斯特摆了摆手,"你跟我走一趟,就我们两个人。"

格拉斯特大惊失色,"陛下,这万万不可!"

汉尼拔直接从轿旁走了过去,把护卫晾在那儿。没有大帝的号令,护卫队也不敢动,眼巴巴地看着格拉斯特。格拉斯特一跺脚,跟了上去。

雅典娜正在灵境道场的中央祭坛上看书。

"雅典娜,我要和你谈谈。"汉尼拔站在坛下,仰望着坛上的雅典娜。

雅典娜放下书,柔声回应:"陛下请上来吧,这里正是谈话的好场所。"

汉尼拔登上祭坛。

祭坛上堆着许多书,就像一座座小山。雅典娜站在这些小山中间,一身黑衣,显得格外神秘。一个多月来,雅典娜已经成了整个帝国最令人敬畏的存在,甚至超过自己这个皇帝。人们都知道,她的话就是预言。她像是神,而自己虽然贵为帝王,却只是普通人。

然而,不管她是不是真正的神,让四十亿人消失都太残酷了。

"我没法看着我的子民去死。"汉尼拔看门见山地说。

"我知道。"

"还有别的办法吗？"

"我已经说得很明白，如果消灭四十亿人，在异世界的通道打开的时候，你会面对一场挑战，来自异世界的人也许良善，也许凶恶。你有机会在更广阔的世界里为剩下的四十亿人赢得和平。如果什么都不做，那么这个世界将被吞没，一切都不复存在。"

汉尼拔长叹一口气，"杀四十亿，留四十亿，大功大罪，都这么难逃吗？"

"留下的不仅仅是四十亿人，还有这个世界，这片土地，生命的延续。"

汉尼拔低下头，思忖了片刻，还是摇头，"我做不到。"

"希罗德可以做到。"

"我也不能让他这么做。"

雅典娜向前走来。汉尼拔盯着她的一举一动，这个看上去弱不禁风的女人有着神奇的魔力，无法不让人警惕。

雅典娜注视着汉尼拔的眼睛，眸子仿佛海一样深沉，里边似乎装着整个世界。汉尼拔紧握拳头，手心里都是汗。如果此刻站在眼前的是亚里士多德该多好！他这样想着，尽量放松心情，承受着雅典娜沉重的目光。

过了半晌，雅典娜缓缓开口："我看到你的过去，你的现在，你的未来。但是我也有极限，我看不到我自己。"

"你也看不到那边的世界里有什么。"

"是的。我能看到这个世界除了我自己之外的一切，我无法找到任何办法，可以不消灭四十亿人而保存这个世界。"雅典娜顿了顿，接着说，"我也可以用别的办法做到这一点，你无须为此承担任何责任。"

"苏格拉底吗？"

"不，苏格拉底带着他的信徒离开了。他相信你会选择杀戮，他希望在屠杀开始之前,为他的信徒找到一个安全的存身地。"

汉尼拔冷冷一笑,"他误解了他的皇帝。"

"我可以消灭这个世界一半的人。"雅典娜说,"但如果我来做这件事,你将和所有人一样,接受命运的筛选。这是一个随机的过程,一半的人会从这个世界消失,其中可能也包括你。"

汉尼拔微微张大眼睛,露出一丝惊诧,旋即恢复平静。

"为什么不一早就告诉我这个呢?"

"因为你活着,对这个世界很重要。"

汉尼拔点点头。他明白雅典娜的言下之意,如果和另一个世界的较量需要四十亿人全力以赴,一个皇帝无疑是最好的组织者。

"我杀死的人不计其数,但我从不杀投降的人,更无法对我的子民下手,哪怕他们心甘情愿奉献牺牲,我也无法接受。"

"我理解你的心情,我不属于这个世界,我可以做这件事。我不知道这样做之后,究竟会有怎样的后果。所以请认真考虑,然后告诉我你的选择。什么都不做,这个世界会消失。你来消灭一半的人,你仍旧是这个世界的皇帝,你将带领剩下的一半人为争夺活下去的权利而抗争。用我的方式消灭一半的人,你可能还活着,可能会消失,各有一半的机会,但毫无疑问,整个世界将陷入纷乱,就算你还活着,也要重新整顿这个世界。"

雅典娜说完静静地看着汉尼拔,等待着他的选择。

汉尼拔低头沉吟,许久之后终于抬起头来,"你会允许我什么都不做吗?"

雅典娜缓缓摇头。

"你要拯救你的世界,代价就是我的世界。"

"不,我想拯救我的世界和你的世界。什么都不做,世界注定消亡。"

"以四十亿人的生命为代价。"

"你愿意付出整个世界和八十亿人,还是愿意牺牲四十亿人,让另外四十亿人得到活下去的机会?"

汉尼拔闭上眼睛。如果雅典娜代表命运,那么至少她对每个人都是公正的,她超越这个世界,裁决这个世界。至少这不会是一场残酷的自相残杀。

"请你开始吧。"汉尼拔轻声地说。

雅典娜没有回应。

过了半晌,轻柔的声音传来,"既然你愿意接受命运的选择,那么记住我的话。奥义之书的最后一册是这个世界的庇护符,它拥有颠覆世界的力量。如果到了没有选择的最后关头,烧了它。"

轻悄的脚步声传来,雅典娜在祭坛上移动。汉尼拔默默地等待着,突然一股灼热的气流扑面而来,睁眼望去,只见一垛垛奥义之书正冒出火焰。雅典娜站在火焰之中,周身发光。

他还没来得及开口,火势突然变大,整个祭坛都在熊熊燃烧。雅典娜高举双手,金色的光从她的手腕上放射四散,甚至盖过了火焰的光芒。

"陛下!"格拉斯特的喊声从背后传来。汉尼拔回头看去,格拉斯特正惊慌地看着自己,张嘴正想说话。就在一瞬间,他化作了一缕青烟。

汉尼拔心头一震,转回头去看雅典娜。

雅典娜却消失了,只有奥义之书仍旧熊熊燃烧。汉尼拔正感到惶惑,火焰突然间化作青白色,直冲云霄,仿佛一条青光铺就的大道。他抬头望去,情不自禁地张大了嘴。

蔚蓝的天空中,巨大的星球高高悬挂,仿佛随时要掉下来。星球上有蓝色的大海和黄绿相间的陆地,还有雪白的极冠。

那是另一个世界的地球!他很快回过神来。

"雅典娜!"他呐喊,希望得到回应。天空辽阔,喊声很快消弭。高悬空中的星球正以肉眼可辨的速度变得更巨大,转眼遮蔽了整个天空。沉重的压迫感让汉尼拔转身想跑,然而掉下来的星球无处不在,根本无处可逃。

汉尼拔鼓足勇气，原地站立，高高地昂着头，直视那越发逼近的星球。白云、大海、山川、河流……道路、农田和城市，这像极了乘坐高空气球俯瞰地球的情形，只不过一切都颠倒过来，成了高悬在头顶的镜像。

两个星球之间彼此碰撞，还有什么人能活呢？大概雅典娜也不是全知全能，并不知晓这样严重的后果。

星球越来越近，越来越大，越来越有压迫感。汉尼拔感到自己仿佛成了一只蚂蚁，即将被无边无垠的巨掌拍碎。他努力让自己站得笔直，迎着那从天而降的巨物，就像迎着无法逃避的命运。

哪怕下一刻就死了，此刻也要有尊严地站着！

奥义之书的光芒突然消失，世界仿佛化作一片黑暗和虚无。

拯救者

李大人也没有什么好的办法，或许他当年真的在系统中留下了木马，然而现在他已经全然不记得。他能做的唯一的事，是借助介入舱进入虚拟世界中巡查。

武丁十分怀疑这办法能否奏效，介入舱早已被封存，就算李大人真的借助介入舱进入虚拟世界，又能做什么呢？也许还有奇迹吧。

抱着最好的希望，做着最坏的打算。

"桃源界的节点资源配置有优先权，如果没有其他办法，我要求把桃源界和其他两个世界隔离开。"武丁提出建议。

这个方案意味着桃源界从此安全，也意味着妇好将失陷在亚里士多德的世界中。唯一解救她的办法，是重启亚里士多德世界，这需要重建一个空间站，不是一时能完成的事。如果资源配置导致记录被抹除，那么就连重启也无法进行。

武丁提完建议，心头像是放下了什么，又像是失去了什么，一时间竟然不知道自己希望忒修斯同意还是否决。

"这需要暂时停机，调整整体架构，主脑不会同意这种做法。"忒修斯回答。

"如果我没记错，当初把桃源界和其他世界放在同一个框架中，就是为了在必要的时候，可以让桃源界的居民进入其他世界。但看起来，这对桃源界的居民没有吸引力。他们几乎忘掉了外边的世界。"李大人说。他的脸上没有一丝表情，自从回到空间站里，他一直如此，像是一个关闭了情感中枢的机器人。

是的，在桃源界里，外边的世界早已经被遗忘——大概只有老师还记得。岁月静好是桃源界的写照，也是桃源界的愿望。

"桃源界是一个完美世界，"武丁接着李大人的话往下说，"我的使命就是保护她。这也是在保护其他世界，不然任何一个世界吞没了桃源界，就获得了更多节点资源，就能吞没其他世界。我知道这影响很大，但作为最后的保险绳，我需要确保这个方案能够在最后关头被执行。"

"把桃源界和其他世界分开会影响我的世界吗？"亚里士多德问。

"有影响，桃源界的算力资源有冗余，在必要情况下可以支持其他世界的运行，如果完全隔离，那么其他世界就不能借用这一部分算力。"武丁回答。

"你可以直说有什么后果。"

"你的世界所能够支撑的人口上限会下降，也许是从八十亿降到七十亿，或者六十亿，这要看具体的情况。原本不会有这种情况，对六七亿人口的世界来说，算力资源极其丰富，根本用不着借用，但是你的那个世界人口太多了。"

"那超出上限的人呢？"

"他们的记录会被删除，在你的世界里，他们从来不曾存在过，没有人会记得他们。更确切地说，你的世界会回到历史上的某个时刻，在那个时刻，人口低于新的上限。在区块链上，这叫作回溯。"

"回溯……"亚里士多德念了念这个词，稍稍思忖后接着问，"所以忒修斯有能力让我的世界回到历史上的某个节点？"

"我没有这样的能力,只有主脑才有回溯的权限。"忒修斯慌忙补充。

"主脑不会允许回溯。"李大人插了一句。他仍旧面无表情,连说出的话都冷冷的。

武丁看了看李大人。李大人是主脑的总架构师,当年强干预派和弱干预派之间的纷争正是由他一锤定音摆平的。外部世界不得干预元宇宙的内部发展,这是一条铁律。然而规则由人定下,自然也可以由人打破。

"您有权代表原生人类要求主脑回溯。"武丁郑重地说。

"我不记得了,大概我只能重新进入元宇宙去回想。"李大人扭头看着忒修斯,"还有多久才能使用介入舱?"

"还需要十六分钟。"

忒修斯话音刚落,警报声突然响起来,整个空间站似乎都在微微震动,众人一齐向忒修斯看去。

忒修斯说了一声"稍等!",整个人刹那间变成了凝固的雕像,一动不动。片刻后,一道光打在屋子中央,忒修斯的半身像突然出现在众人面前——他没有回到躯壳中,而是用了虚拟的投影。

"各位,刚才发生了一次区块链合并事件,RH149和ADR445世界重组,融合成一个。"

"这怎么可能!桃源界呢?"武丁脱口而出。他简直不敢相信自己的耳朵,两个世界融为一体,这意味着吞没。只有当一个世界拥有超过另一个世界的节点数量,才可能发生这样的事。这两个世界的节点数量是相同的,唯一让它们超越对方的机会就是先吞没桃源界。

"桃源界还维持着原状。"

武丁刚提起来的心一下子放下不少,却更加疑惑,"怎么可能呢?每个元宇宙世界的节点数量都是相同的,它们不可能彼此吞没。"

"它们是融合,并不是吞没。这两个世界的节点都接受了对方的记录,形成了一个混合世界。"忒修斯说着在身前画了一个大圈,空间站的全貌随着他的手势出现在众人眼前。

"服务器在重新组合,"他强调了一句,"这个融合事件已经溢出到了现实中。"

不用忒修斯多说,眼前的动静说明了一切。2084空间站中央是一个巨大的环形结构,向外伸展出八道桁架,就像八条细长的胳膊。桁架上整齐排布着小小的立方体,密密麻麻,立方体现在正沿着桁架移动,向中央聚集,仿佛有生命一般。

服务器会按照效率最高原则排布,将元宇宙中的人类所能觉察的延时降到最低。这么大规模的服务器重组,意味着元宇宙的整体结构调整,其中的人恐怕正经历着前所未有的动荡。

"能告诉我,那些世界里正在发生什么吗?"亚里士多德的声音微微发颤。

"谁也不知道,我们在现实中无法直接观察虚拟世界的情况。"忒修斯回答。

"在这里解决不了问题,"李大人扫视着几个人,"元宇宙内部发生的事,只有到元宇宙内部去解决。"他的目光落在亚里士多德身上,"你跟我一起去。"

武丁急忙说:"我也跟你去。"

李大人摇摇头,"你不行。元宇宙不允许凭空产生一个人,亚里士多德属于那个世界,我要借用他的身份。"

武丁的眼神一下子黯淡下来。

"我会想办法让妇好出来,桃源界你已经回不去了,至少让你们在现实中团聚。"李大人接着说。

武丁满怀谢意地点了点头。

天花板上打开了两个洞口,粗大的机械臂从孔中探出,向着李大人和亚里士多德头顶落下。快到头顶的时刻,机械臂张开,十多条细肢仿佛巨爪般向着两人的天灵盖抓去。两人的天灵盖打开,露出闪光的接口。当巨爪稳稳地抓住头部,接口也恰好和机械臂的中心部位贴合在一起。

李大人和亚里士多德几乎同时闭上了眼睛。

忒修斯不知道什么时候已经消失了。舱里只剩下武丁一个人对着三具失去意识的机器躯体。他看了看中央的投影，所有的服务器都已经从桁架上移动到了中央圆环，绕着空间站中轴排了一圈又一圈。

在那看不见的数字空间里，腥风血雨已经开始了吧！

武丁盯着那仍旧不断向着中央聚集的服务器，忧心忡忡。

李大人或许能解决问题，或许不能。亚里士多德的世界或许能幸存，或许不能。妲好或许能得救，或许不能。但桃源界一定要安全！武丁很快拿定了主意。

"忒修斯，你距离主脑有多远？"

"主脑在地球上，目前距离我们三光分。"

"所以为了和它对话，我最好亲自去见它？"

"你要去地球？"

"我要去见主脑。如果你没有权限隔离桃源界，那么就把我送到它那儿去吧。"

"你需要躯体传输，还是意识传输？"

"意识传输，我不能等那么久。"

"主脑在地球上，那儿只有通用躯体，没有你的仿生体。"

"没关系。"

"给我三分钟，我请主脑做好准备。"

武丁点点头。他的心思再次转到虚拟世界。两个世界居然能融合在一起，这究竟是如何发生的？融合的世界能够腾出许多算力资源，这意味着自己隔离桃源界的方案有了实施的可能。真要这么做，自己不可能再回到桃源界，回到那个充满着回忆的世界。但现在又何尝可能呢？

一旦分别，即是永别。世间大概没有比这更沉重的遗憾。妲好呢？大概也再也不能相见。只希望李大人能够平定事态，即便不能相见，至少她也能安好。

天花板上打开孔洞，连接臂缓缓落下。武丁平静地等待着灵魂被抽离身躯的那一刻。

噬魂兽

汉尼拔站在城楼前，透过垛口眺望海峡。海面上战舰云集，旗帜飘扬，浩浩荡荡的舰队从此岸跨到彼岸，有如浮桥。为了防止颠簸，船与船之间都以胳膊粗细的铁链相连，再铺上木板，比常见的浮桥更为坚固，足以抵御海浪的侵袭。君士坦丁堡高大的城墙下，红色衣甲的队伍骑着机器战马，排成长队，正向这壮观的舰队之桥开拔，他们要通过海峡，向安卡托尼亚半岛腹地进军，去摧毁那令人不安的邪灵。灰衣的步兵军团簇拥着机器战马前进，步兵们背着圆盾，腰挎短剑，一些步兵的圆盾上还挂着弓和箭。

海上的舰队气势非凡，陆上的大军却只是差强人意。曾经辉煌的帝国军团，能随时征召三十万铁骑，现在算上步卒，也不过区区十二万。雅典娜让一半的人消失，能征善战的军人却损失远远超过一半。

但至少自己还活着。这大概是最大的幸运！

汉尼拔抬高视线，望向更远方。黑塔如一根尖刺，突兀地立在地平线上，扎进云层里。这黑塔矗立在安卡托尼亚半岛的高地上，高度惊人，甚至从罗马的瞭望台上，能用望远镜看见利剑一般的尖顶。

没人见过这样高耸的堡垒，就连历史传说中都没有。可怕的消息也从海峡那边传来，这堡垒周围聚集着数不清的怪物，他们看上去和常人无异，健步如飞，力大如牛，躯体有如铁石，不惧刀剑。这种怪人以残杀人类为乐。甚至有人声称，亲眼看见一个怪人徒手将一个壮硕的成年男子撕成两半。它们以黑色高塔为中心活动，摧毁一个又一个城镇和村落，凡是它们遇上的活物，都会被残杀。

帝国近于分崩离析，无数的百姓等待着被拯救，然而黑塔在以肉眼可见的速度继续向天空生长。它一定怀有某种邪恶的企图，必须阻止它！

"陛下，我去了！"希罗德过来行礼。

汉尼拔微微颔首，说："如果情况不对，就撤回来，我们守着这海峡，把它们消灭在海上。"

"让攻城军团准备好投石车和火炮，我们会扫荡前进路上的一切，但对那面目可憎的塔可没什么办法。"

希罗德就像往常一样充满必胜的信念，那些令人惊心动魄的传言，在他眼中只不过是胆小鬼为了掩饰懦弱而编织的谎言。

"谨慎从事！我们可从没见过一座塔能如此高耸，或许是一种魔法。"

"我从不相信魔法，只要它们能被杀死，我们就可以杀死它们。"

"我也不相信魔法，但既然雅典娜可以让我们当中的一半人就此消失，这个世界肯定还有我们所不了解的力量。你是整个帝国最善战的将军，我祝愿你用又一场胜利为帝国增添光彩。千万小心，这和我们从前面对的任何敌人都不一样。"

希罗德微微鞠躬，跨上机器战马，嗒嗒而去。

汉尼拔目送希罗德的背影融入了向东的队伍中。

"陛下！"一声呼喊从背后传来。汉尼拔扭头看去，只见一个紫红色的身影正顺着马道向城墙上跑，两个卫兵挡住了他。那是德谟克里特，巨大的机器鸟停在他身后不远处，正在收缩翅膀。大概只有一件事能让德谟克里特如此匆忙地赶来。

"陛下！"德谟克里特再次高呼。

汉尼拔一挥手，卫士让开了道。德谟克里特忙不迭地跑上来，跑得上气不接下气。

"陛下！找到了！"他边喘气边报告，脸上满是喜悦。

"找到雅典娜了？"汉尼拔按捺着心头的惊喜，沉声问道。

"是的，她在奥林匹斯山巅的穹顶里边！"

奥林匹斯山巅的穹顶！那正是雅典娜出现的地方，也是自己第一次见到雅典娜的地方。该死，怎么就没有想到去那里找一找！

汉尼拔一边暗自责备自己，一边继续问："你怎么找到她的？"

"科学院派人去整理亚里士多德留下的量子阱设备，他们在穹顶大厅里发现雅典娜后，马上就通过电报告诉了我。"

"马上请她来，我有太多的事要问她。"

"她没法来，"德谟克里特喘了口气，接着说，"她像是睡着了一样。"

"什么？"

"她就像睡着了一样，而且根本近不了身。她的周围像是有一堵无形的墙，把一切都挡在外边。我们呼喊她，她也像是听不见。"

"她就在那里睡着，但是你们无法靠近，也无法唤醒她？"

"是的。"

汉尼拔向着那遥远的天边望了一眼，黑色巨塔醒目地矗立在那儿。

雅典娜或许知道那摩天巨塔究竟是怎么回事，也有办法对付，然而她竟然陷落在奇怪的沉睡中……汉尼拔沉吟不语，周围的臣僚大气也不敢出，城墙上一时间无比安静，只有旗帜随风飘扬，猎猎作响。

该去奥林匹斯山现场看看。

"德谟克里特……"汉尼拔刚开口，耳边便传来尖厉的叫喊，报警的铜锣声也响了起来，当当声震耳欲聋。

汉尼拔转身冲向城墙，一声惊呼传来。

"陛下，火！"一名将领站在垛口边，一手扶着城墙，一手指向海峡，颤声叫喊。没等汉尼拔回过神来，那将领浑身一颤，发出一声惨叫，开始在地上打滚。一股灼人的气浪涌来，汉尼拔不由得一个趔趄，紧接着身体左侧一阵剧痛，毛发和衣物瞬间被点燃。转眼间，整个城楼陷入一片火海，哀号声不绝于耳。

汉尼拔在地上快速翻滚，扑灭了身上的火。德谟克里特缩在城墙脚下，浑身发抖。火势熊熊，烈焰逼人，城墙上原本整齐的队列溃不成军，还能动弹的将士纷纷往墙下跑，甚至有慌不择路的，直接跳了下去。

"陛下！"两个忠心耿耿的卫士不顾伤势，想要驾起汉尼拔冲下城墙。

汉尼拔甩开他们，一步抢到垛口前向外望去。隔着德斯普鲁斯海峡，一条焦黑痕迹自黑塔的方向而来，直指君士坦丁堡的主城，宛如大地上一道可怕的伤疤，触目惊心。停泊在海峡里的舰队正熊熊燃烧，浓烟滚滚，人影在船上晃动，落水呼喊的声音遥遥可闻。还没有踏上舰队之桥的军团也并不幸运，焦臭的气息随着烈焰冲天而起，行进中的队伍几乎全军覆没，没有被烧死的将士四散奔逃。

汉尼拔征战三十多年，还从没见过这么惨烈的场景。他立在原地，一时不知所措。

"陛下，城楼要塌了！"卫士警告他。

汉尼拔一动不动。

突然间，在遮蔽海峡的浓烟和火焰中，一个白色的庞然大物钻了出来，摇摇晃晃地向前走。它像是一个巨人，却没有头，身体的边缘仿佛笼着一层雾气，模糊不清。

汉尼拔一把将缩在一旁的德谟克里特拉了起来，掰着他的头，让他直面那滚滚浓烟中走来的怪物。

"那是什么？你知道那是什么吗？"他向着自己的首席科学顾问大吼。

德谟克里特浑身发抖，脸色惨白，怯生生地看着那怪物，一个劲儿地摇头。

怪物继续向前走，它的个头比城墙还高，脚步却像棉花一样轻，仿佛毫无重量。它从尸体上走过。焦黑的尸体瞬间化作青烟，却并不消散，而是一直向上升腾，最后在怪物的肩部融入它的躯体之中。每向前行走一步，就有成百上千的青烟腾起、融入，怪物的躯体似乎也变得更为庞大。

它在吞噬人的灵魂！

汉尼拔瞪起双眼，几乎不敢相信看到的一切。

"陛下！"两名卫士顾不上礼仪，使劲拉扯他。

城楼轰然坍塌，烟尘卷地而起，一下子盖住了四个人。汉尼拔掩着口鼻，拖着德谟克里特往城下跑去。

城里的情况一团慌乱，惊恐的人们到处乱跑，寻找隐蔽的藏身之处。一队守卫正试图关闭城门，然而从城外逃进来的士卒和平民太多，根本无法关闭。两拨人挤在一起，相互叫骂，眼看就要彼此砍杀。

汉尼拔抽出宝剑，跳上巡检台，向着军士喊叫："让他们都进城！"

见到汉尼拔，守卫们仿佛一下有了主心骨，溃散的士卒和平民也一下子安定下来。

"士兵去那边列队整编，最高职级的向我汇报。平民自由入城。"汉尼拔用剑指着不远处的一方校场，溃散的士卒顺从地依着指引而去，不相干的平民则拥入街道，向着城市深处去寻找掩蔽所。城门的秩序安定下来。

汉尼拔感到格外振奋，一如当年第一次上战场厮杀。他跳下巡检台，站在守卫身旁向外眺望。巨大怪物已经逼近城墙，从门洞里看出去，只能见到一条白色的腿，仿佛是一团柱状的云朵。

将士们的尸体横七竖八地躺着。这些将士已经死了，却没有消散，而是被怪物吸走。

世界的规则已经不同了。

远方那神秘的黑塔，眼前这骇人的怪物，都超越了自己所了解的世界的常识。

汉尼拔心生寒意。"德谟克里特！"他转回身大喊。

德谟克里特战战兢兢地从人群中走出来，站在汉尼拔眼前。

"坐上你的机器鸟赶回罗马去，带上奥义之书去找雅典娜。一定要唤醒她！"

德谟克里特惊慌地摇头，"我不知道怎么才能唤醒雅典娜。"

"如果你找不到任何办法，就在雅典娜身边烧了奥义之书！特别是最后一册！"

德谟克里特仍旧不知所措。

"雅典娜是最后的希望！带上这个，告诉德摩斯梯尼，他必须无条件地协助你！"汉尼拔说着拔下剑柄上的黄金兵符，向德谟克里特丢过去。

德谟克里特接过来，拿着兵符，手抖个不停。

机器鸟伸展翅膀，冲天而起，汉尼拔目送它消失在远方天空中。

怪物逼近城墙，它足有上百米高，远远高出城楼。原本巍峨雄伟的城墙在它面前成了玩具一般的摆设，似乎只要抬脚就可以跨过去。

这是最后的时刻！

汉尼拔跑上仍旧燃烧着的城楼，高举宝剑，向着城里振臂高呼："我是汉尼拔，我在这里，永不后退！"喊完之后他转身面向怪物，无所畏惧地瞪着它，等着它向前。

怪物似乎听见了汉尼拔的喊声，停下脚步，无头的身躯没有眼睛，却仿佛正注视着身前的这个小人。

汉尼拔站立在城头，站立在烟火缭绕之中。自从雅典娜展示了神奇的预言，他就知道有些力量并非人力可以阻挡。既然不能永享生命的温暖，光荣地生、光荣地死也很不错。帝王是臣民的主宰，帝王更是臣民的表率！

他仿佛回到了一战成名的那个时刻，在所有人都绝望的时候振臂一呼。战士可以被杀死，但不会被击败！

他高高举起手中的剑。

生机之火

"准备好了？"

"是的。"

亚里士多德平静地回答，然后满怀期待地等待着。

一生能有如此奇遇，也够了！如果接下来还有更离奇的事发生，那就是冥冥之中命运的眷顾。

在这虚拟的时空中，实体消散，只有思维仍在，比冥想更空灵，仿佛一场梦，无始无终，漫长得像是一生。

李大人说，他将和自己合二为一，成为一个人。无论如何想象，亚里士多德也无法明白那种"你中有我，我中有你"是一种怎样的状态。大概事情只有发生之后才能真切地明白那是什么，此刻的空灵正是如此，接下来的融合必然也是如此。

没有任何事情发生。

亚里士多德困惑地睁开眼，蓦然间发现自己正站在奥林匹斯山巅的穹顶上。正是在这里，自己搭建了量子阱，试图跳出世界之外。从哪里开始，在哪里结束，这是李大人说的。

不知不觉中，融合已经发生了。

这不再是那个自己曾经生活过的世界，就连阿尔卑斯的群山也悄然发生了变化。

自己也不再是曾经的那个亚里士多德。

亚里士多德俯瞰脚下的世界。地球在转动，厚实的岩层下，数字岩浆汹涌，然而和真正的地球不同，三十公里厚的岩浆层下一无所有。这世界的物理法则是对真正地球惟妙惟肖的模拟，但只是最表面的那一层。复杂的算法周到细致，和真实世界简单而明确的物理法则形成了鲜明对比。这不是一个真实的世界，而是人类创造的他处。但数字的人类生活在数字的空间中，这对他们来说，就是绝对真实的世界。

对自己也是如此。

对主脑也是如此。

亚里士多德举起手来仔细端详。手掌的纹路间，数字在流淌。每时每刻，那广袤的真实太空世界里，能够装下十二个罗马城的巨大太阳帆在源源不断地提供能量，驱动这数字的海洋汹涌翻滚。每一个毫秒，都有数以十亿计的记录被保存，世界仿佛由记录组成的拼图，一帧帧翻滚，形成连续的时空。

亚里士多德看向时空深处，一个个彼此相似而又截然不同的世界正蓬勃发展，充满生机。所有的世界都基于同样的结构，也就有了互通有无的可能，一个宏伟的梦想由此萌发，为了成就它，一切都可以被牺牲，一切都可以成为代价，包括桃源界，那个创造者曾经承诺的永恒乐园。

亚里士多德感到万分愧疚。这本该是李大人的情绪，然而二者合二为一，就成了亚里士多德的情绪。事情因为自己而开始，也该在自己手中结束。这是李大人的决心，现在则是亚里士多德的决心。

三只机器鸟正翩然飞来，德谟克里特端坐在领头的机器鸟身上，寒冷的气流让他瑟瑟发抖。

德谟克里特是为了她而来。

亚里士多德低头看着脚下，透明的穹顶下，巨大的黑色立方基座上，妇好正在沉睡。她仿佛还活着，然而永远不可能再醒来。两个世界的融合抹去了她存在的记录，这具躯体不过是这个数字世界里的雕像，是她给爱人留下的纪念物。

亚里士多德缓缓落下，毫无阻滞地穿过穹顶玻璃，最后落在妇好的雕像旁。

来过，看过，爱过。

她的身旁刻着这几个字。

五百年前，她叫陈若婷，是他最优秀的学生之一。在洪入桃源界之前，她和王一法就是一对。在虚拟世界里，时间过去了一万年，她叫妇好，王一法成了武丁，他们还是一对。亚里士多德忽然间感到羡慕，一万年的光阴过去，没想到自己居然还能见证这样的爱情。

再伟大的传奇也有终结的时候，功业如此，爱情也是如此。

当年构建桃源界，不正是为了人们可以永远祥和幸福吗？陈若婷和王一法的爱情也在其中。没有什么可以永存不朽。亚里士多德不禁露出一个自嘲的冷笑。

妇好无法活过来,许诺武丁的事只能食言了。

德谟克里特进了大殿,一眼看见亚里士多德,眼睛瞪得溜圆,手中抱着的一捧书啪地掉落地上。"老师!"最初的震惊过去后,他发出一声狂喜的大喊,顾不上地上的书,拔腿就向高台跑过去,手脚并用爬上梯子,站在高台上,近距离看着亚里士多德。"老师,您终于来了!"说完这句话,德谟克里特已经热泪盈眶。

亚里士多德看着这个昔日的学生,格外冷静,"你把奥义之书带来了?"

"是的。"德谟克里特一下子想起丢在地上的珍贵图书,连忙又爬下梯子,把掉在地上的书都捡起来,放在一旁的桌上。

"我把所有的奥义之书都带来了,老师您稍等!"德谟克里特走出门去,不一会儿带着两个随从返回,又搬来厚厚的一大沓书,反反复复六七次,终于搬完。

亚里士多德从高台上飘然而下,仿佛被什么无形的东西托举着。德谟克里特看得目瞪口呆,随即低着头,静候一旁,等老师发话。

亚里士多德扫视着这一摞摞书,熟悉的书名一一映入眼帘。

"为什么把奥义之书带来这里?"

"汉尼拔大帝让我焚烧这些书,说这样可以唤醒雅典娜,只有雅典娜可以拯救这个世界。"

汉尼拔!听到这个熟悉的名字,亚里士多德抬头向远方望了望。

高墙和距离都挡不住他的视线,远在一千五百公里之外,黑色的高塔高高耸立。这将要毁灭世界的邪恶之物正向着太空急速生长,再有三天,它将会长到一万两千公里,和地球本身的直径一般大。它像是一根刺,要刺破这个世界的天空。它真的会刺破天空,因为建造它的力量就是为了粉碎这个世界而来。也就是那个力量,把跳出虚拟世界的奥义之书推到自己面前。每一个O型虚拟人都受到了召唤,但只有自己响应了召唤。这大概就是命运吧!

德谟克里特低着头,把亚里士多德离开之后发生的事一五一十地说了一遍。

说完也不敢抬头,只是静静等待。

亚里士多德盯着德谟克里特,问:"你真的打算烧了奥义之书?"

德谟克里特的头又低了几分,既不敢承认又不敢否认。

"雅典娜永远不会再醒来,这里只留下了她的雕像。"亚里士多德接着说,"汉尼拨让你烧书,他知道这是最后的希望。但烧了书,这个世界并不会变得更好。如果没有驾驭生机之火的力量,末日仍旧会到来。"

亚里士多德拿起堆在最上方的书,伸手抚摸那一个个烫金的字——区块链、元宇宙和未来世界。

这本书根本不应该出现在这里。曾经的亚里士多德没有看破,妲妲也没有看破,从外部设置的谜题,身在其中的人哪怕绝顶聪明,也无法解答。

而在谜题的设置者眼中,答案却无比简单。

"德谟克里特,"他转头向着自己的学生,"你天资聪颖,唯一的缺点就是缺少主见。奥义之书是这个世界的珍宝,好好地守护它,让它流传下去。雅典娜让你抄书,这倒是提醒了我,书的价值在于传播。保护好这些书,让它尽可能多地流传出去,让尽可能多的人读到它。"

德谟克里特惊讶地抬头,"老师,这是学院守护的不传之秘啊!"

"不要做孤独的圣人,要试着推动时代。如果你想让你的名字和汉尼拨一样伟大,这是你唯一的机会。"

"啊,万万不敢!"

"这是老师对你的最后一个要求。"

"啊,老师……"

亚里士多德托着手中的书,"这本书不属于这个世界,我会带走它。你可以留在这里,一旦我走了,你知道该怎么办。"

德谟克里特不敢接话。亚里士多德也不多说,手掌摊开,厚厚的书缓缓升起,悬在半空,发出灿烂的光芒。

一刹那间，书本化作了火焰，在空中飘摇。赤色的火焰没有温度，也毫不刺眼，似乎被强烈的气流吹动，明灭不定。

亚里士多德缓缓凌空上升，直至和火焰齐高。

火焰中映出一张人脸，须发皆白，面目清晰，分明是李大人的脸。时间过去了一万年，生机之火仍在熊熊燃烧，守护它的人却老了。

两人透过火焰对视着。

"你还活着！"两人几乎异口同声地说。

"很好，很好！"两人又同时说话，随后一起哈哈大笑。

"真没想到我还能回来。"笑过之后，亚里士多德说，"我以为一切都已经结束，但它还在，而且居然能够从桃源界逃逸，看来这一场恶战是不可避免了。"

"你有办法了？"

"最后的办法。"

老人点点头，"那样就没有人来守护生机之火了。"

"找个继承者吧，所有的事物都有尽头。妇好死了，她尽力了，如果不是她，恐怕在我们对话之前，它就已经吸收了整个世界。"

"她是个好学生。武丁呢？他没有和妇好在一起吗？"

"他们永远不能在一起了。武丁退到了现实世界，连妇好的遗像都看不到。我会想办法送一条消息出去，至少给他一点安慰。"

"嗯。我会做好安排，你准备好了就来找我吧。"

眼前飘摇的火焰骤然熄灭，穹顶之下一片空寂。

亚里士多德落在德谟克里特身前。德谟克里特的眼中满是震惊和惊惧，僵硬地立在那儿，嘴巴微微张开，似乎连呼吸也停了。亚里士多德暗暗叹了口气，如果苏格拉底愿意探究科学，比德谟克里特更适合承担先知的角色。然而此刻，也没有别的选择。

"德谟克里特，一切都会过去，世界会恢复平静。记住我告诉你的事，好好保护奥义之书,把知识传播给世人,这就是你的使命。"

德谟克里特回过神来,急切中向着亚里士多德跪下,颤声说:"老师,请传授我这样的魔法。"

亚里士多德摇头,"这不是魔法,只是超越了这个世界。如果你读懂了全部的奥义之书,自然就会明白。"

亚里士多德也不多说,身子腾空而起,直直上升,如若无物般穿透玻璃穹顶,向着高天飞升。四周的天空从湛蓝变成了黝黑,大气收缩成了一层薄薄的晕圈,紧贴在地球的弧线上。通天巨塔已经突破了大气,突兀地挺立着。电离火花不断从塔尖释放,仿佛一张巨网,不断地扫过整个地球。巨塔的根基处,地面深深凹陷,地球内部的一切都暴露出来,三十公里的表层被吸收,幽蓝的数字边界映照在巨塔上,仿佛来自地狱的光。凹陷一圈圈扩大,巨塔一点点长高,地球正一点点消失。

它已经开始吞没整个世界。

这大概就是命运吧!一切因为自己而开始,就该由自己来结束!

亚里士多德的身体开始飞速膨胀。

宿　命

雅典娜曾经预言,自己会头戴皇冠,身披金袍,坐在宝座上,安然化作青烟,离开这尘世,身后留下万民的恸哭。人民会怀念自己,感怀自己带来的秩序和繁荣。这是一个好的结局,然而汉尼拔知道恐怕永远不会再有这样一天。

世界正陷入混乱,自己却无能为力。

云巨人会吸收所有死者的魂魄,战场是它最好的营养地,城市是它乐于采集的果实。得到消息的人们散入荒野藏匿,试图躲避死亡。搜魂的恶鬼也散布开,在荒野中，在树林里，在各种能藏匿的角落搜寻人类，杀死他们，把尸体带给云巨人。

恶鬼的长相和一般的人并无差异，只是没有灵魂，不知疲倦，不知饥渴，没日没夜地搜罗着曾经的同类，杀死他们，带着他们的尸首回到云巨人身前，仿佛是给主人献上贡品。偶尔会有恶鬼被杀死，死去的恶鬼并不像从前的死人一样化作青烟，也不像现在的死人一样毫不腐朽，它们会立即化作一团白色粉尘，随即化作虚无。每当一个恶鬼死去，立即又有恶鬼从云巨人的肚子里钻出来，顺着它的腿滚落到地上，伸展躯体，无比迅捷地向着远方奔跑。

恶鬼是云巨人的奴仆，云巨人则是黑塔的奴仆，它不断向前行走，杀戮，吸收人的魂魄，它身后的大地不断陷落，成为巨大深坑的一部分。深坑看上去仿佛纯黑的大海，无边无际，无限深邃。深坑中央，黑塔以惊人的速度向着天空生长，越来越高，已经看不见塔尖。

这一切都是毁灭的预兆，或许就是毁灭本身。雅典娜说，她可以保护这个世界不被抹除。世界的确没有被抹除，却正在被毁灭。

汉尼拔坐在云巨人的肩上，木然地看着大地上发生的一切。

云巨人刚捉住自己的时候，他愤怒、呐喊、抗争、挣扎……最后不得不麻木。柔软如云的绳索既坚韧又有弹性，很快耗尽了自己所有的力气。

云巨人杀死前进路上的所有人，唯独留下自己，其中必然有特殊的缘由。或许这是一种酷刑，让自己眼睁睁地看着曾经的帝国一点点毁灭。

汉尼拔干脆闭上眼睛，不听、不看、不想，练习起苏格拉底传授的灵境呼吸。情绪慢慢地平静下来，耳边呼呼而过的风声逐渐变得遥远，世界一片白茫，缥缈而模糊。

什么东西突然闯入了这白茫茫一片的世界，起初只是一个小点，不断向着四面八方生长，很快成了一团，黑乎乎的，仿佛天空睁开了一只眼睛。

那不是幻觉！

汉尼拔猛然抬头仰望。高天之上，真的有一团黑色，比闭着眼睛所感觉到的更大，仿佛一个黑色的旋涡，正缓缓旋转。

云巨人也发现了那闯入的东西，停下脚步，虽然没有脑袋和眼睛，却仿佛也正向着那突然出现的旋涡观望。天地间的一切似乎都凝固起来，万物都在静候什么。

一道强烈的电光从黑色旋涡中闪出，分裂为七道，向着七个方向落下。其中一道直直地向着汉尼拔而来。汉尼拔只觉得眼前一片亮光，双眼剧烈刺痛，不由得惨叫一声，抬住双眼。身下突然一空，人向下直坠，他不由得张开双臂，胡乱挥动，想要抓住什么。

什么东西托住了他。

汉尼拔睁眼看去，眼前什么都没有。他伸手揉了揉眼睛，却猛然意识到看不见自己的手。

自己竟然瞎了！汉尼拔心头一沉。

不要慌乱！他稳住心神，稳稳站立，一声不吭，努力分辨传来的声响。

一种异样的感觉在心头荡漾。眼前似乎出现了一些东西，带着古怪的颜色，和平日里看到的事物截然不同，云巨人正分崩离析，从它的躯体中涌出了成千上万的红色人影，人影落地，便恢复了人形。远方也有云巨人，同样碎裂成无数小片，就像迸裂的大包裹，里边的东西纷纷掉落出来。

大地是黑色的，天空是白色的，黑白之间，被云巨人吞掉的人竟然都复活过来，山川和大地，城镇和乡村，甚至藏匿在荒野中的每一个人，似乎都在自己的眼中。不经意间，他看见了德谟克里特正在雅典娜的睡像前收拾奥义之书，看见了苏格拉底在撒丁岛的海边领着信徒沉浸在灵境世界里。

不知道为什么，虽然瞎了眼睛，自己却能看得更远，看得更广，看得更清楚。

汉尼拔又惊又喜。

"汉尼拔！"一声呼喊传来，喊声来自天上，来自那黑色的巨瞳。

"亚里士多德!"汉尼拔听出了那熟悉的嗓音,放声大喊。狂喜涌上心头,他不禁手舞足蹈。

亚里士多德招来了雅典娜,一定也有办法拯救这个世界。

"跟我来。"亚里士多德的声音仿佛能穿透一切,直入脑海。

边界再一次展开,整个世界都进入了知觉之中,太阳、月亮和星辰,高山、平原和大海,森林和草原,村镇和农田……极微小的细菌,庞然无匹的蓝鲸。极广大极复杂的世界像是一瞬间填满了所有的意识空间。

这宏伟而怪异的感受让汉尼拔震惊,立在原地不知所措。

"跟我来!"亚里士多德再次召唤。

汉尼拔看见了亚里士多德,他并不在地球上,而在地球之外。他向着地面施放了闪电,击杀了云巨人,宛如神话中的宙斯。

这是不是一场梦?汉尼拔有些怀疑。

亚里士多德的确在呼唤自己。汉尼拔想要向他靠过去,这个念头一出来,身体便已经腾空而起,直飞云霄,转眼到了大气层外。

这一定是个梦!

他追上亚里士多德。亚里士多德的身躯比云巨人更庞大,犹如一座山峰,然而和一旁的巨塔相比,又渺小得不值一提。

"这是决斗,我不会活着回来。"亚里士多德说,"战斗结束后,地球会恢复正常,但潜伏的危机仍在,你必须彻底铲除它。"

亚里士多德的话语中全然没有对帝王该有的恭敬,而是平常和淡然,仿佛是在和一个性命相托的朋友交代后事。

汉尼拔精神一振。

"是什么?"

"两个世界的合并带来的异生命,它们并没有什么过错,只是早已经被掏空,成了傀儡。我可以拯救这个世界的人,但无法拯救它们。在两个世界合并之前,它们真正的生命都已经被剥夺,剩下的只是躯壳。"

"是那些云巨人身上掉落的东西吗?"

"不,云巨人属于这个世界,危险来自另一个世界。记住,在十七个月内,你必须完全铲除它们,否则它们会复活。"

"它们在哪儿?"

"战斗结束后,你就会看到它们。"

亚里士多德说完,转身面向高塔。高塔上不知道什么时候出现了一个巨大的方孔,方孔中站着一个人,和亚里士多德一般高大,服饰奇特,像是来自遥远东方,丝绸的袍子闪着光。他头上裹着一块青色的方巾,腰间别着一把短短的匕首。匕首黑中带青,寒光闪闪,是一把利器。

"那是谁?"汉尼拔问,为了确保亚里士多德能听清楚,他几乎是在高喊。

"他叫荆轲,他是我。"随着亚里士多德的回答,对面的人面孔开始变化,仿佛烧化的蜡在流动。片刻间,那面孔已经变得和亚里士多德一模一样。

"在这里别动,很快就结束,之后的事就拜托你了。"亚里士多德说完上前,跨进方孔,站在那个叫荆轲的男人对面。

两个神一般的存在沉默对峙着,汉尼拔不知不觉屏住了呼吸。

"非得如此吗?"站在高塔中的男人开口了。

"不得不如此。"

"难道你觉得,这真是人类的未来?这个狭小的电子牢笼,愚蠢的泡影,毫无意义的虚无。"

"在现实世界中也可以问同样的问题,你认为这没有意义,只是因为你超越了这个世界。"

"那就该有超越的活法。"

"是的,但我们的肉体已经死了,你在现实中已经死了。"

"我不需要肉体。我可以占据所有的空间站,所有的算力都可以归我们所有,我们可以驱动主脑,可以建造星际飞船,可以创造无数的克隆体,在无穷无尽的星空间,创造最伟大的文明。"

"我们就是最伟大的文明,至少在可见的宇宙内。我思考过无数次,这一个个虚拟世界,就是最伟大的文明。如果你的想法只是回到现实世界,那并没有什么关系;如果你要将所有的世界都牺牲掉,我只能阻止你。"

荆轲叹了口气,"早知今日,何必当初。"

"解铃还须系铃人。从哪里开始,在哪里结束。"

荆轲握紧匕首冲了过来,亚里士多德毫不犹豫地迎上去。突然之间,两个人就像化作了两道光,一道白一道青,冲撞在一起。两道光碎裂成无数道光,彼此纠缠,搅和,很快便成了一团杂驳的光球,不断旋转,飞速膨胀。很快,便将巨塔包裹起来,和地球一道,仿佛成了两个连体的肥皂泡。

汉尼拔只觉得口干舌燥,目不转睛地盯着眼前的一片光,仿佛正透过幕布,看到后边的舞台。依稀中,似乎有两个人影,又似乎什么都没有,只是无数的数字在流动。

世界的命运,竟然是以这样的方式来决定吗?这和自己所经历过的任何阵仗都不同,也无从判断情势究竟如何。亚里士多德会赢吗?他说过不会活着回来。

不知不觉中,汉尼拔浑身大汗。

光球如肥皂泡般迸裂,高塔在一瞬间化为齑粉,仿佛有一道闪电在脑中炸开,世界随之堕入无边无际的黑暗。

"将军!"一个声音在耳边响起。

汉尼拔抬头,黑暗如潮水般退去,明亮的世界出现在眼前,整齐的军阵,斗志昂扬的士兵,成排的长矛锋尖锐利,闪着银光。希罗德头戴铁盔,正站在身旁,见自己看过去,微微点头致意。

汉尼拔看看四周,这是旧日的军营,波河平原的战场。是的,就是在这里的一场大战,自己带着败退的大军发起了反击,凭借精心布置的战场和必胜的勇气以少胜多，三万人歼灭了十三万人。那是自己最得意的一场战役，是帝国走向巅峰的起点。

这是回到过去了吗？

有些不一样。格拉斯特并不在身边，骑兵队里也少了几张熟悉的面孔。还有些更不一样的东西。亚里士多德应该正在学宫里埋头苦读，然而他不在那儿，他不在这个世界的任何角落；雅典娜是这个世界最受尊崇的神，她沉睡的雕像被放置在星球的最高点，最为勇毅的人才能去膜拜；德谟克里特此时应该只是一个学生，然而他却在奥林匹斯山巅，在雅典娜的雕像前向任何勇于到访的人传授奥义之书；苏格拉底成了一个骑士，此刻正在敌人的队列中等待着冲锋……世界的断片嵌合在一起，彼此间以古怪的方式关联，所有人都认为一切正常，除了自己。

他望向远方，深山中，沼泽里……世界的许许多多角落，混沌的黑暗正蛰伏着，和自己以特殊的方式发生感应。这就是亚里士多德所说的危机吗？

十七个月的期限一到，那些异世界的幽灵便会苏醒。时间不多了。

汉尼拔抽出了宝剑。

亚里士多德重塑了这个世界，还让自己看见了其他人看不见的东西。为什么如此已经不重要了，最重要的是，自己将沿着这条命运之路走下去，成为传奇，成为救世主，完成那个业已不在的朋友的嘱托。

他将宝剑高高举起，骑士们夹紧了长矛，矛头向前，齐刷刷一片。

"杀！"他发出一声呐喊，雄壮的鼓点声随之而起。

"杀！"排山倒海般的喊声中，马蹄震动了大地。

地　球

地球上的人类作为一个物种在五百年前就消失了。当最后一个人类离去，主脑就停止了对城市和建筑的维护。蔓草在庭院里生长，绿藤爬满了高楼，道路埋在没膝的淤泥中，排列整齐的电车被腐蚀得只剩下一点框架……

武丁缓缓地行走，努力辨认曾经熟悉的街市。才五百年，一切已经面目全非，人类退出，自然飞快接管了一切。

这里是上海吗？站在黄浦江边，对岸的高楼仍在，却已经坍塌了半截，有的甚至只剩下一点残垣。水中有一艘巨轮，一半搁浅在岸边，看模样至少应该是艘万吨巨轮。船体锈迹斑斑，船身上站满了海鸥，鸟粪将它染得惨白，仿佛一块肮脏的岩石。

武丁找到了岸边的灯塔，这古老的建筑被水浸泡过多次，墙体居然还没有倒塌，只是一次又一次被贻贝覆盖，完全看不出它原本的模样，只剩一个影影绰绰的轮廓。武丁一寸一寸地在墙上摸索，最后在某个位置停下。稍稍迟疑后，他动手清理，金属的手指轻松地刮掉一层又一层贻贝壳，露出最里边的墙体。砖已经成了粉，稍一用力，就成片掉下来。看似无比牢固的东西，也经受不住时间的冲刷。

武丁暗自叹了口气，停下来。

如果记忆没有出错，这儿应该有当年妇好留下的字迹。那时她还叫陈若婷，是风华正茂的三十四岁。

"你的方案不用再进行了。"主脑的信息传来，打断了他的思绪。

"李大人怎么样了？"虽然早已知道答案，武丁还是想得到一个确定的回答。

"按照约定，我销毁了他的大脑，他在现实世界中死亡。无论是在桃源界还是任何一个世界，我都没有发现他的任何原身迹象。要么他放弃了所有的权利，成了某个世界中的普通人，要么他已经死了。"

"我还能回去吗？"武丁怀着一丝希望问。

"桃源界只能从内部打开，这是它的设计原则，它的保护机制远超其他世界，而我连一个普通的世界都无法干预。请恕我无能为力。"

武丁微微叹息，这也是一个意料之中的回答。

"来过，看过，爱过。"主脑接着说。

"什么？"武丁不禁一怔。

"这是给你的消息，是在服务器完成重组的最后一刻发出的。"

"就这一句？"

"只有这三个词组。"

这是妇好留给自己的消息。这是永别，是最后的念想。武丁感到心头像是被狠狠地抓了一下。他的目光落在眼前铺满贻贝壳的墙上。当年就是在这里，陈若婷咯咯笑着，一笔一画地把这句话写在了墙上。痕迹已经被抹去，当年的情景仍旧历历在目。

"阿尔文1002号空间站正准备启动，我可以把你送到那里去，你可以进入一个新世界，同时仍旧保留原身记录的权利。"

武丁缓缓地摇头。

"你有什么要求吗？作为人类忠实的朋友，我将尽力满足你的任何要求。"

"有件事我还没有完全明白，或许你可以告诉我。李自珍是我的导师，他开始建构桃源界的时候就是我的导师，在桃源界里，仍旧是我的导师。我以为自己很了解他，但这一次危机，看来并不是偶然，是因为他吗？"

"李自珍同意他死后我可以直言不讳，简单地说，危机由他而起。为了对虚拟世界有调整的空间，他设计了底层的互联协议，拥有原身记录的人类可以获得联通虚拟世界的权利。他很快发现，在这种机制下，可以彻底绕开我形成一个平行计算网络。利用区块链节点认证的特性，一个较多节点世界一旦和另一个世界联通，就能随意篡改记录，攫取所有的算力，甚至能够夺取我的保留算力。这可以让发起人拥有近乎无限的算力，成为虚拟世界真正的神。这对人有很强的诱惑。李自珍的分身很快吸收了这种想法，而且付诸行动。桃源界在所有世界中独一无二，拥有优厚的算力资源，却没有太多的节点。首先占据桃源界的算力，然后依次吞并其他世界,这是个最优解。危机的表现是RH149世界被控制,桃源界被攻击。李自珍很快发现了危险,并且消除了危机。RH149世界因此受到毁灭性打击,近四亿人丧生,整个世界退化到蛮荒状态。李自珍无法原谅自己,给自己判了死刑。但我阻止了他,我告诉他,那个危险的分身仍在,随时可能复苏,至少要观察五百年,才能确认危险彻底解除,在那之前,他必须活着,因为只有他能彻底解除危机。他同意不死,但要以最大限度的痛苦惩罚自己。"

"这事发生在我刚进入桃源界的时候吗?"

"是的,就在桃源界成形不到两年的时候,你们在桃源界中经历的时间应当是四十年左右。"

武丁默想一下,那正好是自己和妇好完成第一次轮回,进入休眠的时间,怪不得对这一次危机,自己一无所知。

"所以这一次还是因为他的分身?"武丁接着问。

"是的。上一次危机解除后,RH149世界留下了O型虚拟人的种子。O型虚拟人能够和李自珍的分身之间产生呼应,这原本是为了堵截李自珍的分身而采取的措施,只不过危机解除后,没有办法撤除,也就在RH149世界一直存在。接近时间极限,分身大概也明白再不行动,恐怕就没有机会。他行动了,后来的事你都知道了。"

"那个分身就是桃源界的圣师?"

"不,他有多个分身。造成灾祸的是另一个,它藏匿起来,可能以任何身份出现。但是……这一次他自身和所有的分身都会消失,你在桃源界的老师也会消失。他们存在的基础相同,要彻底消除危机,这是唯一的办法。"

同归于尽,这是李大人的选择。他制造了魔鬼,用生命作为代价去偿还。老师因此而死亡,桃源界失去了守护人,会发生什么变化也不得而知。一个人的错误,居然会引发这么大的动荡,虚拟世界里的死伤狼藉可以想象。妇好和自己的命运,也因此而彻底改变。

武丁默然站着，半晌没有说话。

"需要我为你做什么吗？如果你想好了，可以随时找我。"主脑补上一句。

"我了解李大人，他是个理想主义者，我很难相信他想要成为神来主宰别人的命运。我的老师在桃源界守护了一万年，从来没有动过这种念头。我很怀疑他是否真的会为了成为神而摧毁整个世界。"

主脑沉默了片刻。

"我无法知道一个虚拟人确切的想法。但依据李自珍给我的信息，它的目的是毁灭虚拟世界，让人类重归现实。更准确一点，是让它自身重归现实。它自认为是人类文明的代表，而虚拟世界不过是一个幻影，人类的精神囚笼，是随时可以被抛弃的过渡产物。成为虚拟世界的神只是一个步骤，一个台阶。它要让世界成为它自己。"

"你很容易阻止它，只要摧毁2084空间站。"

"这不在我的选项中。在它控制2084空间站之前，我不能这么做，因为这意味着杀死2084空间站中承载的所有人口，其中包括优先权极高的桃源界，其中生活的三十万人都拥有原身记录。在它控制2084空间站后，我无法这么做，因为在它能够控制2084空间站的同时，它就能即刻向其他空间站扩张。这是一个链式反应，快到我根本无法采取任何有效措施。"

"你说过可以采用我的方案，隔离桃源界。"

"是的。那只能拯救桃源界，甚至也只是暂时的。因为如果它能够控制所有空间站，它也就能够取代我。即便它没有办法打开桃源界，它也能直接摧毁服务器。但我猜想它未必会这么做，因为一个封闭的桃源界再也不会影响到它。"

"我明白了。"武丁在灯塔的残壁前站了许久，最后接通主脑，"给我一架飞行器，我想在地球上好好地转一转，看一看。"

尾　声

第三个百年计划开始了。

"你确定要这么做吗？"主脑再一次提问。

"是的。"武丁毫不犹豫地回答。

"在过去的时代，我向任何一个人类提供进入虚拟世界的机会，他们都会毫不犹豫地接受，所以地球上的人类在短短三十六年间全部消失了。"

"这不是过去的时代。"

"我会遵从你的意志开始工作，在最后确认了你的意愿之后，我还想了解你的动机。如果你不想回答，可以拒绝。"

"这么广大的世界没有人类，该是多么无聊！你觉得我说得对吗？"

主脑过了好一会儿才回答："我无法判断你的对错。我会依据人类基因库创造第一对男女，考虑到需要进行基因调试，重建人造子宫，培养胚胎，这需要两年的周期。"

"我会等着。"

退出和主脑的通话，武丁在河岸边躺下。蓝色的天空格外明净，泥土和青草的气息沁入鼻孔，令人心生亲近。他深深地呼吸，刹那间似乎和这广阔的天地融为一体。人类抛弃了这颗星球，这美丽的家园，实在是一件很不该的事。存在于虚拟之中的每一个世界都有它的价值，现实世界的价值更是独一无二。把人类带回这个世界，大概会是自己这一辈子最有意义的事。

还有一点私心他没有告诉主脑。虽然妇好无法离开虚拟世界，然而总有那么一丝机会，她能够脱身而出。机会渺茫，但并不是零，自己愿意赌。漫漫余生，算是一个不大不小的赌注。

躺了一小会儿,武丁翻身而起,顺着溪岸向前,一片桃林出现在前方,桃花开得正盛,夹着河岸绵延不断,仿佛顺着溪流蜿蜒的两条锦缎。流水淙淙,绿草如茵,落英缤纷,美不胜收。

武丁停下脚步,望向远方。桃林的尽头,是一座山,溪流从山中流出。那山里是一个峡谷,土地、屋舍、良田、美池、桑竹……一切都准备好了。

孩子们会到来,这山谷会热闹起来。

他们会成长。

他们会经历不可预知的一切,深爱这个世界,也彼此相爱。

他们会拥有光明的未来。

(责任编辑:姚海军)